현대시의 감상과 창작

현대시의 감상과 창작

인쇄 · 2020년 4월 10일 | 발행 · 2020년 4월 17일

지은이 · 김명철
펴낸이 · 한봉숙
펴낸곳 · 푸른사상사

주간 · 맹문재 | 편집 · 지순이 | 교정 · 김수란
등록 · 1999년 7월 8일 제2－2876호
주소 · 경기도 파주시 회동길 337－16
대표전화 · 031) 955－9111－2 | 팩시밀리 · 031) 955－9114
이메일 · prun21c@hanmail.net
홈페이지 · http://www.prun21c.com

ISBN 979－11－308－1662－3 03800
값 20,000원

이 도서의 국립중앙도서관 출판예정도서목록(CIP)은 서지정보유통지원시스템 홈페이지(http://seoji.nl.go.kr)와 국가자료종합목록 구축시스템(http://kolis-net.nl.go.kr)에서 이용하실 수 있습니다. (CIP제어번호 : CIP2020014494)

교·양·총·서 12

김명철

현대시의 감상과 창작

저자의 말

필자가 우리 현대시를 구체적인 삶의 한 부분으로 접하게 된 계기는 미용실에서였다. 기다리면서 소파에 놓인 여성 잡지를 뒤적거리다가, 시 한 편을 읽게 되었다. 길지 않은 시였는데도 불구하고, 도대체 뭔 소리인지, 도통 알 수가 없었다. 그런데 시인의 약력을 보니 20대 초반이 아닌가. 뒤통수가 아니라 가슴패기에 묵직한 주먹이 날아든 것처럼 마음이 뻐근해졌다. 20대 초반이라니, 그 나이에 시를 쓸 수 있다는 것은, 나름대로 세계를 판단할 수 있는 자기 기준이 설정되어 있다는 것일 텐데. 나는 나이 40이 다 되어가는데도 세계는커녕 '나'에 대해서조차도 감을 잡지 못하고 있는데, 부끄러웠다. '나'에 대해서, 한없이.

문학의 종언이라는 말이 회자된 지도 꽤 지났지만 대한민국의 문학예술은 시일이 지날수록 더욱더 번성하기만 하는 것 같다. 또한 최근에는 제4차 산업혁명의 대두가 가져온 현대인들의 정신적 혼란 속에서 인간의 정체성, '나'의 정체성을 확립하는 데 문학의 역할이 크게 부각되고 있기도 하다. 특히 시문학은 기술의 발전과 세태 변화의 속도를 따라잡기에 급급한 현대인들에게 짧은 글을 통해서 '인간'에 대한 통찰을 제안하고 반추하고 재설정할 수 있는 계기를 제공하여 성별과 연령의 구분 없이 높은 선호도를 보이고 있는 것이 사실이다. 이 책은 한국 현대 시문학에 큰 관심을 지니고 있으면서도 쉽게 다가가지 못하는 사람들을 위해서 계획되었다.

생계를 내팽개치고, 나 시 공부를 좀 해야 되겠어, 라고 식구들에게 말했을 때 뜻밖에도 모두들 대찬성이었다. 생각해보니 내가 생활에만 너무 몰두해 있었던 것이 아닌가, 잘 가지도 못하면서 어디로 가는 줄도 모르고 남들을 뒤따라가기만 했던 것이 아닌가, 내가 '나'를 제쳐두고 어디로 가고 있었던가, 식구들도 알고 있었던가, 척박하고 무미건조하고 내가 그저 빡빡하게만 살고 있었다는 것을, 부끄러웠다, 한없이.

시문학의 향유는 우선 시를 읽고 감상하면서부터 시작된다. 그런데 언제부턴가 우리의 시들이 난해성의 성에 갇혀 일반 독자들이 쉽게 접근하는 것이 어렵게 되었다. 이에 이 책은 먼저 우리 주변에서 흔히 볼 수 있는 시들에 대하여 가볍고 즐거운 감상을 해볼 수 있는 실례들을 제시했다. 시를 나의 것으로 만들어 쉽고 조용히 음미할 수 있도록 하였다. 그러면서 후반부로 갈수록 점점 감상의 난이도를 높여나갔다. 그러니까 이 책은 앞부분이 쉽다 해서 서둘러 읽어버리면 뒤로 갈수록 점점 어려워지게 될 것이다. 감상편의 후반부에서는 분석적 감상의 경우를 제시하여 전문적인 감상 방법도 접할 수 있도록 구성했다. 이 체제는 일반 독자들이 큰 거부감 없이 현대시에 접근할 수 있도록 하기 위함이었다.

정확한 통계를 내기는 어렵겠지만, 2020년 현재 한국의 시인들은 무려 5~6만 명에 이른다고 한다. 취미로 혹은 전문적으로 시를 쓰려고 시 창작 연습을 하는 사람들의 숫자까지 넣어 생각한다면 시 창작자의 수는 상상을 뛰어넘을 것이다. 아이러니하게도 독자보다 시인들의 수가 더 많아진 시대가 되었다고 말해야 할까. 소수의 시인들이 시를 쓰고 다수의 독자들이 시를 읽는 시대가 아니라 다수의 시인들이 곧 다수의 독자가 되는 시대가 되었다.

필자는 처음 시 쓰기를 시도하면서, 시인은 태어나는 것이 아닌가, 아무리 연습을 해도 안 될 사람은 안 되는 것이 아닌가, 무슨 영감 같은 것이 있어야 된다는데 그 영감이란 것은 도대체 어디서 어떻게 오는 것인가, 나는 시적 재능이란 것이 없는가 보다, 발을 잘못 들여놓은 거야, 바보 같은 짓을 했구나, 그렇지만, 그렇다 해도, '나'는 어떡하나, 지금 어디에 서 있는지조차 모르는 '나'를 어찌해야 하는가. 난감했다. 그렇다면, 시인은 만들어질 수는 없는 것일까, 태어나지 못한다면 만들어질 수는 없는 것인가, 그래 만들어보자, 만들어진 시인이 대단해지지는 않는다 할지라도, 언제는 뭐 대단한 시인이 되려고 시 공부를 했는가, 시를 읽고 쓸 수 있는 정도라면 그것으로 족하지 않은가.

이 책은 현대시를 향유하는 데 있어서 감상 부문과 창작 부문을 분리하는 것은 절반만의 시도라는 생각을 바탕에 두고 쓰였다. 독자들은 이제 단순히 시인이 써놓은 시를 읽고 이해하며 감상하는 행위에 만족하지 못하고 있다. 독자들은 스스로도 자신들의 시 쓰기에 대한 열망을 보이고 있다. 이에 필자는 자작시에 대한 독자들의 갈증을 해소해보고자 필자가 직접 고안해낸 시 창작 방법 모델을 적용한 시 창작 학습 과정과 결과를 이 책의 후반부에 게재하였다.

이 책의 체제를 간략히 소개하면 다음과 같다.
1부 '현대시의 감상' 편에 시인들의 짧은 시들에 대한 '감성적 감상'을 전반부에 실었으며, 보다 깊이 있게 한 편의 시를 읽거나 주제별로 연관이 있는 3~4편의 시들을 묶어 감상하는 '비평적 감상'을 중반부에, 그리고 후반부에는 백석과 한용운 등의 시들을 논리적으로 읽은 '분석적 감상'을 배치하였다. 이는 독자들에게 시를 감상하는 다양한 층위를 순차적으로 제시함으로써 현대시 감상에 대한 이해의 스펙트럼을 넓혀보고자 한 것이다.

2부 '현대시 창작의 이론과 실제' 편에서는 김춘수의 시를 감상하는 방법과 그것을 통해 얻어낸 창작 기법을 해명함으로써 현대시 창작 방법의 한 측면을 소개하는 글을 필두로, 중반부에서는 김춘수, 서정주, 김수영의 시들을 텍스트로 하여 한국 현대시를 세 갈래로 구분해보고, 각 갈래에 해당하는 시적 특성을, 특히 이미지에 초점을 맞추어 설명함으로써 현대시 창작방법의 단서를 제시해보고자 했으며, 후반부에서는 필자가 제안한 시 창작 방법 모델에 맞추어 시 창작 학습에서 수행되었던 창작의 실제를 보여주었다.

시를 읽고 쓰는 사람들과 쓸쓸한 삶을 나누고, 시에 등장하는 동물과 식물과도 풋풋한 생각을 나누고, 사물들과는 때로 서러운 마음도 나누고. 족하지 않은가. 시를 읽고 쓰는 사람들과 시에 대하여 다투기도 하고, 시에 등장하는 동물과 식물과도 서로 신경을 곤두세우기도 하고, 사물들과도 설전을 벌이고. 이만하면 충분하지 않은가.

필자는 이 책을 통하여, 한국 현대시의 감상에 대하여 답답함을 느끼고 있는 독자들에게는 하나의 해결책이 제시되고, 스스로 시를 써보려는 독자들에게는 어느 정도 그 막막함이 해소되기를 기대하고 있다. 이 책이 현대시의 감상과 창작을 통해 타인과 자신의 삶을 이해할 뿐만 아니라 세계에 대하여 새로운 의미를 부여하고 싶은 독자들에게 효용성이 있기를 바란다.

이 책의 집필에는 일일이 나열하기도 쉽지 않을 만큼의 많은 시인들을 비롯한 전문적인 문학인들의 큰 도움이 있었다. 최동호 선생님과 고인이 되신 김유선 선생님께 먼저 큰절을 올린다. 산파 역할을 해준 맹문재 선생은 물론, 이 책의 원고에 대한 발판을 마련해주신 『경기신문』과 웹진 『시인광장』 및 여러 문예지의 리뷰란 담당자 분들을 비롯하여, 이 책에 게재된 시들의 시인들과 텍스트로서의 단행본을 제공해주신 선후배 문인들과 제자들과 또 식구들, 모두에게 감사를 전한다. 또한 종이책이 이토록 괄시를 받는 시대에 이 책의 내용을 평가해주고 흔쾌히 출간에 동의해주신 푸른사상사에 깊은 감사의 말씀을 전한다.

2020년 4월

화성의 노루터에서 김명철

차례

제1부

현대시의 감상

제1장

감성적 감상
: 순간을 사로잡는 시들

흰꽃씀바귀

정진규

우리 집 뒷마당 우물 곁에 흰꽃씀바귀 뿌리째 삶아 말리는 무쇠솥 하나 걸려 있다

우리 집 마당에만 초가을까지 흰꽃씀바귀 지천으로 피어난다

지천이여, 지천(至賤)이 곧 비방 중의 비방이다

당당함을 넘어 당돌할 만큼 튀어야만 겨우 주목받는 세태가 되었다. 주목을 받아야 호감도 사고 인정도 받게 되는 것이다. 돈도 명예도 어쩌면 사랑을 얻는 것까지도 이 처세술의 유무에 달려 있는지도 모른다. 그런데 특별할 것이 없는 보통 사람이 그렇게 주목을 받기 위해서는 얼마간 '나'의 정체성이나 '나'라는 본질에 스스로 상처를 내야만 가능한 일이다. 어떻게 보면 그것은 지천으로 피어 있는 흰 꽃들 중에 어느 하나가 주목을 받기 위해 제 몸을 붉은빛으로 바꾸려는 무모한 시도를 하는 것과도 같다. 시인은 지천으로 피어나고 있는 흰꽃씀바귀들을 심안(心眼)에 비추어 보면서 지천(至賤), '낮은 자세로 바닥에 이른다'는 말의 지혜를 우리에게 던진다. 오롯한 '나'를 꿋꿋이 지켜내면서도 천박하게 튀지 않고 '나'의 형태와 색채를 겸손하고 조화롭게 드러내는 일. 이 시를 읽으면 '지천(至賤)'이 이 세태를 건너가는 특효의 비방(秘方) 중 하나로 다가온다.

멧새 소리

백석

처마 끝에 명태(明太)를 말린다

명태(明太)는 꽁꽁 얼었다

명태(明太)는 길다랗고 파리한 물고긴데

꼬리에 길다란 고드름이 달렸다

해는 저물고 날은 다 가고 별은 서러웁게 차갑다

나도 길다랗고 파리한 명태(明太)다

문(門)턱에 꽁꽁 얼어서

가슴에 길다란 고드름이 달렸다

절망에 가득 찬 시간을 보내던 늦가을 이른 아침, 길바닥에 뒤집힌 채 떨어진 잠자리 한 마리를 본 적이 있다. 아직 죽지 않았는지 찬 이슬에 젖은 다리를 가느다랗게 움직이고 있었다. 그 모습을 보고 언뜻 '내 처지와 비슷하구나'라는 생각을 하고는 뒤돌아가서 길 한쪽에 바르게 놓아주었다. 그 내용으로 시를 한 편 쓰기도 했던 기억이 난다. 「멧새 소리」에서는 시적 주체가 꽁꽁 언 명태를 보고 자신도 가슴에 고드름이 달릴 만큼 얼었다고 말한다. 틀림없이 그도 극심한 절망 속에서 버둥거리고 있었으리라.

살아가면서 한두 번쯤 절망에 빠지지 않는 사람은 없다. 혹은 파괴된 생활난에 혹은 처참하게 떨어진 자존심에 혹은 비참한 관계들로 인해 한 여름인데도 꽁꽁 얼어 터지기도 한다. 그러나 그럴 때에는 명태(明太)를 생각하면서 힘을 낼 수도 있을 것 같다. 명태(明太), '밝고 크게 혹은 쩨쩨하지 않게 가슴 한 번 크게 펴라'라는 뜻을 생각하면 이런저런 비참들로부터 빠져나올 수도 있을 것 같다. 아무것도 모르는 멧새가 울어 서러움을 북돋는다 할지라도, 명태(明太)를 생각하며 절망의 문턱을 넘을 수도 있을 것이다.

봄날

이문재

대학 본관 앞
부아앙 좌회전하던 철가방이
급브레이크를 밟는다.
저런 오토바이가 넘어질 뻔했다.
청년은 휴대전화를 꺼내더니
막 벙글기 시작한 목련꽃을 찍는다.

아예 오토바이에서 내린다.
아래에서 칼칵 옆에서 찰칵
두어 걸음 뒤로 물러나 찰칵 찰칵
백목련 사진을 급히 배달할 데가 있을 것이다.
부아앙 철가방이 정문 쪽으로 튀어 나간다.

계란탕처럼 순한
봄날 이른 저녁이다.

나는 언제 이 철가방처럼 부아앙, 가속기를 밟다가 급브레이크를 밟아

보았나. 눈과 마음이 예기치 못하던 아름다움 쪽으로 급격히 쏠려, 찰칵 찰칵 시간을 정지시켜본 적이 있었나. 급브레이크를 밟고 잠시라도 멈추어 서려면 작은 마음의 틈과 자리가 필요한데, 그것들까지 모두 지루하고 딱딱한 생활들로 빽빽하게 채워진 것은 아닌가. 그런데 이 철가방은 누구에게 백목련 사진을 배달하려는 것일까. 애인? 엄마? 친구? 아니면 자기 자신에게? 이런 봄날에는 기어코 백목련처럼 하얗고 순한 마음을 찍어 외로운 누구에게라도 배달을 해보고 싶다.

봄

맹문재

불타버린 낙산사에서 나도 모르게 미소 지으며
기념사진을 찍다가
이렇게 웃어도 되는가?

날이 저물어서야 그 이유를 알았다

연둣빛 촉을 틔운 봄이
낙산사를 품고 있었던 것이다

바늘구멍을 통과한 낙타가 쉬는 것처럼
편안한 얼굴

나는 그 모습이 좋아

폐허의 낙산사에서 미소 지으며 기념사진을 찍었던 것이다

그렇다. 희망은 우리가 눈치채지 못하는 사이에 찾아온다. 새까맣게 불타버린 낙산사에 연둣빛 촉을 틔운 봄이 찾아오듯이, 새까맣게 불타버린 우리의 마음에도 희망의 촉이 움틀 준비를 하고 있으리라. 우리는 그렇게 믿고 싶다. 지금은 바늘구멍을 통과하는 것처럼 지난한 시간이지만 머지않아 우리는 곧 편안한 얼굴을 갖게 되리니, 마음의 폐허를 뒤적거려 이제는 촉을 틔울 씨앗을 찾아 나서도 좋으리라.

꽃다지

정한용

20년 만에 외가에 갑니다. 산발치 따라 한나절 걸리던 길, 이제는 아스팔트 포장길로 금세 닿습니다. 동네 어귀 느티나무는 여전한데, 이 작은 산골에 낯선 이뿐이라니요. 우스갯소리로 우리를 흔들던 외삼촌은 재작년 뒷산에 드셨고요, 이젠 텃밭에 호호 할미가 된 외숙모 혼자 놀고 있습니다. 누구슈? 맑은 웃음이 고요를 저으며 마당 가득 쏟아집니다. 도라지꽃도 살랑거리고, 작약도 질붉은데, 나를 예뻐했던 그분, 한 묶음 꽃다지가 되어, 햇살과 섞이고 있습니다. 누구슈? 나비가 폴짝거릴 때마다, 자꾸 되묻습니다. 누구슈? 살짝 가벼워지고 있습니다.

산골 마을의 집 텃밭에서 혼자 놀다가, 조카를 보고, 누구슈? 맑은 웃음을 고요한 마당에 가득 쏟아내는 호호 할미의 모습에는, 한국 여인네

의 일생이 예쁘게 담긴다. 그러나 여인은 읍내 시장에 나가 자식들의 신발이며 옷가지를 장만하기 위해 한나절을 걸었을 것이다. 남편을 뒤따라 농사일에 평생을 보내면서, 도라지꽃에도 작약에도 눈길 한 번 주지 못할 만큼 몸도 마음도 무거운 삶을 살았을 것이다. 그런데 이제 여인은 예뻐했던 조카도 몰라보며 한 묶음 꽃다지가 되어 가볍게 햇살과 섞이고 있다. 앞일을 내다보면 한없이 무거워지지만, 뒷일을 돌이켜보면 악다구니들조차 모두 나비처럼 가벼워지는 것. 무겁게 지나갈 미래들을 앞당겨 가서, 다시 뒤돌아보면, 그 미래도 조금은 가벼워질 수 있을까.

자목련

장석원

이 생이 끝나기 전에 혈혈 파먹는 바람 앞에서 붉은 구멍이 되리

두 개(頭蓋)가 벌어진다

피 묻은 발톱

악착이여

이렇게 강렬한 '악착'을 본 적이 있는가. 자신을 혈혈(血血) 혹은 혈혈(穴穴) 파먹는 바람 앞에서 구멍이 되기 위한 자목련 혹은 한 생(生)의 몸부림을 만난 적이 있는가. 붉은 구멍이 되기 위해 피 묻은 발톱이 된 붉은 꽃잎으로 자신의 머리통을 벌리고 있는 자목련! 혈혈 파먹는 바람에

순식간에 떨어져 사라질 붉은 목련 꽃잎! 자신을 파먹는 바람을 피하지 않고 기어이 구멍이 되어 그 바람을 블랙홀처럼 빨아들이려는 한 생(生)을 나는 들은 적이 있는가. 나는 그런 악착을 겪은 적이 있는가.

루트, 푸르른 기호

박현수

그렇지, 더 이상 웅크릴 수 없을 때까지 웅크리다가 나무로 솟아오르는 개암 열매를 닮았지 많은 수의 제곱근은 별무리처럼 모호한 무리수, 그러나 제 자신을 한 번 더 곱하면 비로소 별자리처럼 명쾌한 유리수가 된다지 어느 과학자가 루트를 보며 새로운 식물학을 꿈꾼 것은 당연한 일 어둠 속의 뿌리가 루트의 각질을 벗어나면 햇살 속의 가지가 된다는 거지 그렇지, 어둠 속에서 싹을 틔워 영혼의 키를 곱으로 키울 때 비로소 형상의 제국이 팝콘처럼 터진다는 것이지 어둠의 제곱이 바로 저 환한 숲이라는 것이지 저 숲속에 푸르른 초월의 약도가 있다는 것이지

나무껍질이 열매가 되고 무질서한 별무리에서 별자리가 탄생하며 뿌리가 가지가 되는 비밀, 어둠 속 무형(無形)의 세계가 팝콘처럼 터지는 형상의 제국이 되는 비법이 있다. 그것은 무리수를 유리수로 만드는 방법! 우리의 생활(生活)은 무리수처럼 아무리 읽어가도 그 끝을 알 수 없는 불확실과 불안정의 연속이다. 더욱이 그것이 어둠 속에서라면 읽어보려는 시도조차 두렵게 된다. 그러나, 각질을 벗기듯 어둠을 제곱해보자. 그것은 나의 어둠을 의연한 자세로 내려다보는 일일 것이다. 순환하지도 않

고 무한히 진행되는 어둠이라면, 어둠 속에 있지만 말고, 차라리 어둠의 저 위로 올라가 보고도 싶다, 반대편의 환한 숲이 보일 때까지.

고아

정우신

단칸방에 생일상을 차려두고 사람들과 둘러앉아 이야기를 나눴
다 잿빛 창문을 바라보며 좁아지는 바깥에 대해 생각했다 외부가
내게 닿기도 전에 넘쳐흐르는 것이 많았다 파란 페인트를 뒤집어
쓴 고독이 새벽 네 시를 남겨두고 떠난다

고아가 아닌데도 고아처럼 세상에 나 혼자라는 생각이 들 때가 있다. 사람살이의 방식에 대한 이해와 해석에 있어서 타인들의 일반적인 생각과 나의 생각이 현격한 차이를 보일 때에는, 창 바깥이 급격히 좁아지듯이, 내 자리는 외따로 떨어져 있는 것처럼 느껴지게도 된다. 세계를 바라보는 내 고유의 시각이 타인들에게 거부당할 때에는, 그 세계에 발을 들여놓기도 전에 감당해야 할 것들이 넘쳐흐르듯 많아서, 파란 페인트를 뒤집어쓴 것처럼 몸과 마음이 빽빽해지기도 한다. 그럴 때 내 곁에 남아 있는 건 고독뿐. 그런데 유일하게 내 곁에 남아 있던 고독마저 새벽 네 시에 떠나버리고 만다. 고독조차 사라진 시인의 고아 의식은 처절하면서도 담대한 강인함을 지니고 있다.

수리부엉이

김선향

어미는

죽어가는 새끼 입에

먹이를 찢어 넣어준다

새끼의 심장이 싸늘히 식자

어미는

죽은 새끼를 먹어치운다

새끼는

어미의 커다란 눈동자에

영원히 박힌다

자신의 생명을 보존하려는 행위는 생명 있는 모든 존재들의 본능일 뿐만 아니라 절대적 의무이자 신성한 권리이기도 하다. 그것이 생명에 대한 정의(正義)다. 그런데 '새끼에 대한 어미의 관계'에서는 그 정의가 지켜지지 않는 경우가 많다. 이때는 새끼의 목숨이 곧 어미의 목숨이다. 단장(斷腸)에 대한 고사(故事)에서 새끼를 잃은 어미의 창자가 토막 났듯이, 새끼의 죽음은 곧 어미의 죽음이 된다. 이 시에서 우리는 죽은 새끼를 먹어서라도 다시 살려내려는 어미의 처절함을 볼 수 있다. 죽은 새끼를 결코 보낼 수 없는 어미의 창자가 조각나는 고통. 어미의 눈동자에 박힌 새끼는 죽지 않고 영원히 산다.

개기일식

신철규

손바닥으로 해를 가릴 수는 없다

우리는 운동장 한구석에 모여 때를 기다린다
한 손에는 그을린 유리를 들고

손바닥만 한 달이 운동장만 한 해를 가린다
달의 뒤통수가 뜨거워진다

사위가 어둑해지고 달과 태양이 포개지면서
검은 우물이 만들어진다
태양에 은빛 갈기가 돋아난다

눈동자가
깊이
깊이
가라앉는 것 같아
나는 주저앉았다
환호성을 지르는 아이들 가운데서

손바닥으로 하늘을 가릴 수가 없듯이 손바닥으로 해를 가릴 수는 없다. 그렇지만 달이라면 사정은 달라진다. 뒤통수가 뜨거워질 만큼 해와 가까이 있는 달이 우리와 해 사이를 가로막는다면, 손바닥만 한 달이라도 운동장만 한 해를 가릴 수가 있다. 이렇게 되면 사위는 어둠에 싸이고 그 어둠의 중심에는 검은 우물 같은 달이 자리를 잡게 된다. 빛과 가장 가까운 거리에서 빛을 가리고 있는 '어둠'을 사실과 진실을 가리고 있는 '거짓들'로 바꾸어 놓아보자. 거기서 시인은 가라앉는 눈동자를 본다. 누구의 눈동자일까. 세월호의 아이들일까, 시인일까, 나일까, 우리 모두일까. 어쩌면 역사일까.

교차로에서

김백겸

이정표가 있는 네거리에서 금강이 있는 대평리 벌판으로 갔더라면
안개는 한 폭의 수채화를 보여주었을까
코스모스 꽃은 암호가 되고 대지는 숨 쉬는 고래처럼 에너지를 뿜는 풍경으로 산책길을 유혹하였을까

그날 아침
세계는 뮤즈의 꿈꾸는 눈을 하고 내 눈을 연인처럼 쳐다보았다
문명 감옥에 사는 내 정신은 그 눈을 마주보지 못하고 습관처럼 세종시 아파트의 안락함으로 돌아왔다
무도회에의 초대를 거절한 남자처럼

지도를 잃어버린 마젤란처럼

우리는 지금 삶의 이정표를 습관적으로만 보고 있는 것은 아닐까. 우리의 고귀한 마음과 숭고한 정신이 눈에 보이는 안락함에만 갇혀 어두워지고 있는 것은 아닐까. 코스모스가 우리에게 선사했던 설레는 기쁨의 암호와 대지가 보여주었던 생명의 환희는 어디로 갔는가. 어느 틈으로 우리의 신화와 전설과 유희마저도 빠져나가고 있는가. 우리는 어쩌면 조만간 인공지능이 지배하는 문명의 감옥에 갇혀 살지도 모른다. 로봇이 인간을 닮는 것이 아니라 인간이 로봇을 닮아갈지도 모른다. '나'의 존재의 의미가 매트릭스의 프로그램으로 귀결될지도 모른다. 우리는 길을 잃고, 아름다운 뮤즈가 초대하는 생명의 무도회에는 더 이상 참석할 수 없을 것인가.

이것도 없으면 가난하다는 말

이현승

가족이라는 게 뭔가.
젊은 시절 남편을 떠나보내고
하나 있는 아들은 감옥으로 보내고
할머니는 독방을 차고앉아서

한글 공부를 시작했다.
삼인 가족인 할머니네는 인생의 대부분을 따로 있고
게다가 모두 만학도에 독방 차지다.

하지만 깨칠 때까지 배우는 것이 삶이다.
아들과 남편에게 편지를 쓸 계획이다.

나이 육십에 그런 건 배워 뭐에 쓰려고 그러느냐고 묻자
꿈조차 없다면 너무 가난한 것 같다고
지그시 웃는다. 할머니의 말을
절망조차 없다면 삶이 너무 초라한 것 같다로 듣는다.

이 세상에 혼자 남겨졌다는 생각이 들 때가 있다. 회복 불능의 실패, 목숨만큼 소중한 어떤 가치의 상실, 사랑하는 사람과의 이별 등이 우리를 한두 번도 아니고 자주 절망의 상태로 몰고 간다. 시에서 할머니는 가족들을 모두 잃었다. 절망도 이런 절망이 없다. 그런데 할머니는 아들과 남편에게 편지를 써야겠다는 꿈을 갖는다. 왜냐고 묻자, 할머니는 그것마저 없다면 너무 가난한 것 같다고 지그시 웃으면서 말한다. 삶은 절망의 연속일지 모른다. 그런데도 누가 왜 사느냐고 묻는다면, 그게 삶이니까, 라고 대답해줄 수 없을까. 속으로는 울면서도 겉으로는 지그시 웃으면서.

시

최동호

별 없는 캄캄한 밤

유성검처럼 광막한 어둠의 귀를 찢고 가는 부싯돌이다

언젠가 내 마음이 한없이 어둡고 광막했을 때, 별도 없고 달도 없었던 캄캄한 밤이었을 때가 있었다. 그때 나는 강원도 횡성 깊은 산골에 땡중이 되겠다며 홀로 살고 있는 친구에게 잠시 도망치게 되었다. 둘이서 막걸리를 한 잔하고 담배 한 대 피우러 밖으로 나왔는데 지척을 분간할 수가 없었다. 그야말로 칠흑. 마루 밑에 있는 신발은커녕 코앞에 갖다 댄 내 손바닥조차 보이지 않았다. 어떻게 이렇게까지 어두울 수가 있나. 지금의 내 마음이 그런가. 라이터를 켜보았으나 불은 켜지지 않았고 부싯돌 빛 부스러기만 튀었다 사라졌다를 반복했다. 그런데 그 부싯돌 불빛이 빛으로서의 구실을 하는 것이었다. 가녀린 몇 톨의 빛 부스러기가 길을 찾아주는 것이었다. 그날 밤 나는 유성검 한 자루를 가슴에 품고 잠들 수 있었다. 시인이든 아니든 우리는 수시로 그 지독한 어둠 속을 헤맬 때가 있다. 그럴 때에는 불시에 모든 것에 대한 포기의 유혹이 다가오기도 한다. 그러나 우리 곁에는 늘 라이터 부싯돌 같은 불빛이 어디 가까운 곳에 있다는 것을 깨닫고 살자. 그 불빛은 시일 수도, 어린아이의 눈망울일 수도, 5월의 꽃잎일 수도, 아니 어쩌면 우리를 배신한 친구의 얼굴일 수도 있겠다.

나는 죽음을 맛보았다네 – 교통사고 트랙

정숙자

죽음은 맛볼 것이 아니라
한 번에 덥석 먹어야 하는 것이었네
죽음의 맛을 반추하는 건
히히히히힘든 일이네

그 순간의 기억과 허무에 싸여
무얼 계획하고 싶지도 않네
느닷없는 교통사고는
내 의사를 묻지도 않고
예예예예예고도 없이 언제든 다시
내 목을 끊어버릴 수가 있다네
지금도 뉴스를 틀면
'죽었다'는 소식이 판치지 않나
나는 죽음 곁에 살고 있었네
나는 죽음을 방관했지만
죽음은 죽 나를 지켜봤던 것이네
게다가 날 놀리기까지 했던 것이네

시인은 '죽음은 맛볼 것이 아니라 한 번에 덥석 먹어야 하는 것'이었다고 말한다. 무슨 말인가. 자신의 의사를 묻지도 않고 느닷없이 찾아드는 교통사고처럼, 죽음은 자신을 지켜봐왔고 게다가 놀리기까지 하였으니, 죽음에게 삶을 비루하게 구걸하지 않겠다는 말인가. 우연 같은 삶의 허무를 받아들여 그냥 죽어버리자는 말인가. 그러나 시인은 "히히히히힘든" "예예예예예고"처럼 말하며 죽음에 장난을 걸고 있다. 죽음을 희롱하고 있다. 시인은 죽음에 지고 이기고가 문제가 아니라 죽음을 넘어서려 하고 있는 것이다.

천초(茜草)

조정권

초두 변에 서녘 西,

해질 무렵 풀 끝에 붉은색 비친다 해서 천초.

풀 끝에 더 뻗어가고 싶었던 붉은빛 거센 숨 있다
비장하다

천초는
뿌리까지 붉다

서리 깔리면
뿌리 속까지 붉다
땅속까지 환하게 붉다

비장하게, 천초는 풀 끝에 더 뻗어가고 싶었던 붉은빛 거센 숨을 간직하고 있다고 한다. 그래서 뿌리까지 붉고, 서리가 깔리면 뿌리 속까지 붉어진다고 한다. 마침내, 그 붉은빛이 땅속의 어둠을 몰아내고 환하게 불을 밝힌다고 한다. 그런데 우리의 붉은빛 초심(初心)은 어찌 되어가고 있는가. 다른 사람들을 위해, 보다 더 나은 세계를 위해 작은 힘이나마 보태겠다던 우리의 붉은빛은 어디로 갔나. 서리가 아니라 바람만 불어도 흔들리고 흩날리는 우리의 붉은빛은 아니었던가. 어쩌면 우리의 빛은 붉은빛이 아니라 이미 검은빛으로 변해 있지는 않은가.

꽃등

방민호

한밤에 켠

꽃등은 아름다웠네

꽃등들 한데 모여 춤추면

꽃등에 그린 것들

살아있는 듯했네

노란 오징어가 헤엄쳤네

파란 코끼리가 앞발 이리 내딛고 저리 내딛고

빨간 올빼미가 나뭇가지 위에 앉아 장난스레 웃었네

꽃등 아래 서서

꽃등을 보면

세상은 왜 그리 탐스러운지

종이로 빚은

꽃등들의 아침은

생각나지 않았네

오로지 밝게 지금 빛나는

한밤의 꽃등만

사랑할 뿐이었네

한낮의 꽃등, 밝은 대낮의 꽃등이 무슨 의미가 있겠는가. 가도 가도 끝이 없이 내 앞에 도사리고 있는 어둠들, 내 안의 가난과 남루와 곤궁 같은 어둠들, 내 밖의 압제와 만행과 농단 같은 어둠들 속에서의 꽃등이야 말로 빛날 것이 아니겠는가. 그런데 우리는 한밤의 어둠을 뚫어내지 못하고, 그 어둠에 매몰되어, 어둠과 똑같이 되어가고 있는 것은 아닐까. 아니다, 어쩌면 우리는 본래 빛이었을 것이다. 빛으로부터 생겨 나왔을 것이다. 그러니 우리는 한밤을 밝힐 수 있는 꽃등이어서, 꽃등들로 서로 만날 수 있을 것이다. 노랗게 헤엄치면서, 파랗게 휘저으면서, 빨갛게 웃으면서.

유턴을 하는 동안

강인한

좌회전으로 들어서야 하는데
좌회전 신호가 없다.
지나친다.
한참을 더 부질없이 달리다가 붉은 신호의 비호 아래
유턴을 한다.
들어가지 못한 길목을 뒤늦게 찾아간다.

꽃을 기다리다가 잠시
바람결로 며칠 떠돌다가 돌아왔을 뿐인데
목련이 한꺼번에 다 져버렸다.
목련나무 둥치 아래 흰 깃털이 흙빛으로 누워 있다.

이번 세상에서 만나지 못한 꽃
그대여, 그럼
다음 생에서 나는 문득 되돌아와야 하나.
한참을 더 부질없이 달리다가

이 생이 다 저물어간다.

꽃을 혹은 꽃 같은 그대를 혹은 꽃 같은 '나'를 만나기 위한 '기다림의 길'이 막혔을 때, 뒷걸음치거나 되돌아갈 수도 없고, 불가항력 같은 것이 그 길을 막아설 때, 우리는 때로 부질없는 짓을 하게 된다. 그 길에서 잠시 벗어나 혼자서 바람결에 며칠 떠돌기도 하는 것이다. 그런데 하필이면 바로 그때, 우리가 기다리던 '꽃'은 왔다가 간다. 흰 깃털 같은 꽃잎을 떨어뜨린 채 쓸쓸히 왔다가 간다. 생이란 이렇게 아름답도록 서러운 것인지도 모른다.

망종(芒種), 태양의 그림자를 밟다

김정수

사막 한 귀퉁이에 운동화를 심었다

봄빛 사흘 만에
발이 돋아났다

먼 길을 흘러왔는지 겹겹이 옹이가 박혀 있었다
땅속에서 바람이 불어오자 한쪽으로 내력을 드러낸 운동화 바닥에서
붉은 발톱과 잔뿌리가 흘러나왔다

간신히 모래언덕을 넘은 낯선 발자국이

길을 물었다

태양의 이마를 찢고
입이 솟아났다

사막에 운동화를 심었더니 발이 돋아났고 최후에 입이 솟아났단다. 무엇인가가 탄생한다면 먼저 뿌리나 입부터 생겨야 하는 것이 아닌가. 입이나 뿌리로 양분을 흡수하여야 그 다음에 몸이 만들어지지 않겠는가. 그런데 운동화를 심었더니 발이 제일 먼저 돋아났단다. 그리고 이미 그 발은 사막을 건너느라 발톱은 붉어져 있고 옹이까지 박혀 있는 내력을 지니고 있다. 이렇게 혹독해진 발로 다시 태어나 사막의 길을 가야만 하는 사람들이 있다. 아니 어쩌면 우리 모두가 그렇다. '간신히'라도 모래언덕 같은 길을 넘어야 하는 취준생들이 그렇고, 직장을 견뎌내야 하는 중년들이 그렇고, 가족들을 부양해야 하는 이 시대의 가장들이 그렇다. 이 길의 의미를 묻는다면 나는 무엇이라 답해야 할까. 나를 고갈시키는 태양의 이마를 찢고 어떤 대답을 할 수 있을까.

내가 물이다

김유선

내가 물이다 실컷 먹어라
뼈다귀까지 먹어라

네가 물 먹인 물이다

물에 체한 물이다
마른 수건으로는 지워지지 않는
물의 흔적, 오래된 그림이다
물로 닦아야 지워지는 물의 뼈다귀다

혼자 있으면 불안해져
이 방 저 방의 문틈을 기웃대는,
기웃대다가 지레 돌아서는
겁 많은 그리움의 갈증이다

만만한 줄 알았다
오늘 그 물에 체했다.

우리는 누구나 타인에 의해 그려진 물의 흔적들, 물 먹은 다음에 오래된 그림처럼 남게 되는 물의 뼈다귀를 지니고 산다. 어쩌면 그것이 우리들의 진정한 뼈다귀인지도 모른다. 그 그림은 때로는 붉은 장미의 윤곽일 수도 있고 아니면 시퍼런 칼날의 그림자일 수도 있을 것이다. 나는 타인에게 어떤 물의 흔적을 남겼을까. 5월의 구름 한 점 같은 모양일까, 은빛으로 빛나는 물비늘의 형상일까, 아니면 타인의 마음에 성급하게 엎질러져 삐죽삐죽 튀어나온 거친 돌덩이의 모습은 아닐까, 혹시라도 내가 모르는 오만한 그리움을 그려놓지는 않았을까.

아픈 돌

이영광

돌에 입힌 상처 : 바르게 살자
바르게 살지 않으면
무른 살을 불로 지지고
쇠로 파내겠다

이마에 먹물을 넣고 칼을 씌워
이 거리 저 거리 끓려놓겠다

돌은, 아팠으리라

풍광이 좋은 자리의 너른 바위에는 흔히 고백이나 약속 그리고 어떤 결기 같은 문구들이 낙서되어 있다. 불로 지지고 쇠로 파낸 낙인(烙印)처럼 돌의 이마에 때로는 '바르게 살자' 같은 것도 깊이 찍혀 있으리라. 그 문구가 몸에 찍힌 채 시간을 견디어내는 돌의 마음을 생각해보면, 돌은, 아팠으리라. 바르게 산다는 것이 무엇인지 우리는 정말 알고 있는가. 돌의 이마를 파내어 먹물을 넣고 '바르게 살자'를 찍어놓는 그 행위는, 그것이 바르게 산 흔적인가. 그 돌의 마음을 '너'의 마음으로 옮겨오면, '너'의 몸과 마음에 내가 깊게 파놓은 나의 결기, 나의 사랑을 돌이켜보면, 너도, 아팠으리라. 그 결기의 결기가 나에게로 또 옮겨와 내가 '나'에게 찍어놓은 낙인들을 들추어보면, 나는, 아파야 하리라.

똥파리

김상미

영화 〈똥파리〉를 보았다. 〈똥파리〉 속에는 '시발놈아'라는 말이 셀 수 없이 나온다. 그리고 그 말은 보통 영화의 '사랑한다'는 말보다 훨씬 급이 높고 비장하다. 지랄 맞게 울리고 끈질기게 피 흘리는 그 영화를 다 보고 나와 아무도 없는 강가에 가 소주 한 병을 마셨다. 그리고 목이 터져라 '시발놈아'를 스무 번쯤 소리쳐 불렀다. 그랬더니 내 가슴 안 피딱지에 옹기종기 앉아 있던 겁 많은 똥파리들이 화들짝 놀라 모두 후드득 강물 위로 떨어졌다. 시발놈들!

통쾌하다. 후련하다. 뻥, 뚫린다. 때로는 단 한 마디의 욕설이 얽히고설킨 관계를 단 한 방에 정리해주기도 한다. 사랑에 너절하게 들러붙어 있는 연민이나 미련이나 앙금, 그리고 배신까지도 '시발놈아' 한 마디 속에 모두 용해될 수 있다. 용해되어 용서에까지 도달할 수 있을지도 모른다. 그렇지만 '내 가슴 안 피딱지'는 그대로 두자. 그것마저 사라진다면 사는 게 재미없다. 그 대신 그 피딱지에 옹기종기 앉아 있는 겁 많은 똥파리들은 후드득 떨어내자. 단, 아무도 없는 곳에서 혼자 외쳐야 한다. 영화가 아니라서 누가 들으면 급이 높지도 않고 비장하지도 않게 된다.

허공

이덕규

자라면서 기댈 곳이
허공밖에 없는 나무들은
믿는 구석이 오직 허공뿐인 나무들은
어느 한쪽으로 가만히 기운 나무들은
끝내 기운 쪽으로
쿵, 쓰러지고야 마는 나무들은
기억한다, 일생
기대 살던 당신의 그 든든한 어깨를
당신이 떠날까 봐
조바심으로 오그라들던 그 뭉툭한 발가락을

그렇다, 나무가 기댈 곳은 허공밖에 없다. 기댈 곳이 허공뿐이라서, 글자 그대로 텅 비어 있어서, 정말 아무것도 없어서, 마침내 나무는 위로 자랄 수 있다. 그러니까 허공은 나무의 유일한 기댈 곳이다. 허공에 기대지 않고서는 나무는 자신을 지탱할 수가 없다. 사람에게도 허공 같은 존재들이 있다. 어느 한쪽으로 쿵, 쓰러지기 전에 기억해내야 할 허공 같은 사람들이 있다. 허공처럼 늘 있으나 없는 듯 나를 일으켜 세우는 사람들. 허공을 숨 쉬는 것처럼 늘 함께하여서 바람 불고 눈비가 오는 날에나 그 든든한 어깨를 알게 하는 사람들. 이제는 내가 기댈 곳이 되어주어야 하는 사람들.

숨은 꽃

휘민

숨이란 말 참 좋더라
그렇게 따스울 수 없더라
후우 하고 내뱉고 나면
가슴속까지 편안해지는 말
콧구멍 간질이며 온몸을 덥히는 말
그러나 바닥까지 내려놓으면
돌멩이처럼 싸늘해지는 말

산다는 건
누구나 자기 몫의 어둠을 길들이는 일
슬픔의 모서리를 숨통처럼 둥글게
둥글게 깎아내는 일
몸속을 돌아 나온 더운 피로
숨결인 듯 눈물인 듯
붉은 꽃을 피우는 일

어둠이 없는 사람은 없다. 이 어둠은 악연이나 실연 혹은 가난 같은 데서 우연치 않게 출몰하고는 한다. 어둠이 감지될 때 우리는 '후우 하고' 큰 한숨을 내쉬기도 한다. 그 '숨'으로 편안해지기도 한다. 그런데 이 어둠이 하도 깊고도 짙어서 숨통조차 트이게 하지 못할 정도라면 어찌해야 할까. 그 '숨'을 돌멩이처럼 싸늘하게 내려놓아야 하는가. 그럴 수는 없는 일이다. 우리에게는 어둠 속에서만 피어난다는 저 '붉은 꽃'을 알고 있기 때문이다. 그 꽃은 슬픔의 모서리를 둥글게 깎은 후에야 피어나는 '숨어' 있는 꽃이기도 하며, 그래서 '숨'은 곧 '꽃'이기도 하다. 우리 몫의 어둠이 길들여지기만 한다면.

숙박료

박찬세

종례 시간에 선생님이 애들 이름을 부른다
다 나랑 친한 애들이다
종민이, 근영이, 군희, 그리고 내 이름까지 부른다
또 우리가 뭘 잘못했지?
생각하는데 생각이 안 난다
사실 생각 안 날 때가 제일 겁난다
변명거리를 준비 못 하기 때문이다

선생님께서 한숨을 내쉬며 말씀하신다
—야 니네들 왜 수업료 안 내?!
　이번 주까지 꼭 내!
　그리고 찬세 너는 맨날 자니까 수업료 말고 숙박료 가져와!

왜 우리는 끼리끼리만 친한 걸까. 잘난 사람들끼리만, 못난 사람들끼리만, 부유한 사람들끼리만, 가난한 사람들끼리만. 그건 그렇다 쳐도, 왜 우리는 매사에 제대로 대처를 못 하는 것일까. 집에서나 모임에서 그리고 직장에서 내가 뭘 그렇게 잘못했기에 겁을 먹고 매번 변명거리를 준

비해야 하는 걸까. 그것까지는 다 그렇다 쳐도, 또 왜 우리는 슬픔에 빠진 사람들을 더 이상 배려해주지 못하는 것일까. '수업료 말고 숙박료' 가져오라는 말, 무거움을 가벼움으로 바꿔주는 말, 곤경을 웃음으로 바꿔주는 말. 왜 우리는 그런 마음에서 자꾸 멀어지는 것일까.

아파트

인은주

애견도 애인도
적당히 옆에 두고

더 서글픈 친구도
하나쯤 옆에 두고

그들은
모른 척하며
제 발등을 찍고 있다

시간이 지날수록 '적당히'에 길들여지고 있는 것 같다. '적당히'가 아니면 곤혹스러운 일을 적지 않게 당하기 때문이다. 오해와 왜곡에 의한 상처를 생각해보면, 타자를 내 안에 들이려 하거나 내가 타자 안으로 들어가려는 시도는 무모해 보이기도 한다. 이젠 사랑에도 지쳐서 애견은 물론 애인까지도 적당한 거리를 두게 되었다. 그 거리감에서 오는 외로움을 견디기 위해 나보다 더 서글픈 친구도 하나쯤 옆에 두고 '적당히' 살게 되었다. 애인이나 친구가 더 가까워지려 하거나 더 멀어지려 하면, 모른 척하며 살아가게 되었다. 불편을 먼저 계산하는 것이 제 삶의 발등을 찍는 것인 줄은 모른 채, 서글프게도, 온몸과 온 마음을 다하는 관계의 짜릿함을 알지 못하게 되었다.

휴대폰

김희숙

젊은 메시지는 가고 늙은 메시지가 뜨겁다

휴대폰의 메모리와 메모리 사이
섬세한 회로의 연결고리를 이어가는
심장의 메시지들이 빠르게 솟구친다

메시지는 궤도 이탈이 시작되며 전파가
흐르는 하늘도 뜨겁다

레이더망에 걸려 넘어지는 메시지들
판도라 밑바닥의 희망을 찾아 나서는 내 사랑,

판도라의 상자는 동서와 고금을 막론하고 여전히 열리고 있나 보다. 나에게도 열리고 있고 당신에게도 여전히 열리고 있나 보다. 우리에게 뜨겁게 전해졌던 희망의 메시지들은, 보다 더 나아질 것이라는 '심장의 메시지들'은, 새롭고 의미 있는 생활이, 그런 삶이 곧 시작될 것이라는 메시지들은 매번 '궤도이탈'로 인해 환멸로 끝나지 않았는가. 그 메시지들은 결국 '걸려 넘어지는' 전언들로만 남지 않았는가. 그러나 어쩌겠는가, 우리는 '판도라 맨 밑바닥의 희망'을 끝까지 찾아 나설 수밖에 없는 것을. 그것이 우리의 삶, 우리의 사랑인 것을.

격렬鄙劣도

정선

격렬비열도에 전염병이 돌고 있다
땡볕은 비닐봉지만도 못하게 뒹구는 시들을 모아 파묻고 있다
꽥액 꽥액
시들은 파묻히지 않으려고 악을 쓴다
겉보기엔 멀쩡한 저놈들이
소리 없는 살인병기다
내 안에서 몇 번이나 수장시킨!
격렬비열도, 서서히 그믐달 바깥으로 침몰한다
절벽 틈마다 야자를 심자는 최초의 발상은
한통속으로 싱싱하다

어느 때 문득 '이건 본래의 내가 아니야'라고 느낄 때가 있다. 무엇보다도 소중하게 여기고 있는 삶의 목표를 위한답시고 부지불식간에 '나'를 내동댕이쳤을 때, 그로 인해 나답지 못하게 격렬(鄙劣)해져서 타인들로부터 또는 스스로에게 심한 모멸감을 느낄 때면 특히 그럴 수 있다. 시인들에게는 시가 살인 병기가 될 수 있듯이, 정치가에게는 권력이, 경제인

에게는 재력이, 사회인에게는 관계가 살인 병기가 되어 그들을 침몰시킬 수 있다. '나'를 죽이는 나의 격렬(鄙劣)은 어디에서 오는 것인가.

협탁이 있는 트윈 베드룸

남궁선

휴게소에 가면 비우는 것이 있지
널 이해하고 싶은 편견
한낮 텅 빈 여행지의 숙소를 사랑해

영문판 불경과 성경이
협탁 위에

상처받았다고 믿는 습관은
위와 폐에 나쁘고
미의식이 결여된 제복이라지

비어 있는 가구와 서랍
서랍을 열어보는 사람
서랍을 열어보지 않는 사람
서랍이란 말이 쓸쓸한 사람

너와 나 사이에
협탁
이란 말

'널 이해하고 싶은 편견'을 버린다는 것은 너를 이해하기 위해 편견을 가져야만 했다는 말이다. '나'의 견해를 버리고 편견을 가져야만 '너'를 이해할 수 있다니, 인간의 근원적인 외로움을 떠오르게 한다. 사실, 서랍을 열어보는 '나'와 서랍을 열어보지 않는 '너'처럼 사소한 행위의 근거조차 해명되지 않는 게 사람살이의 관계인데, 어찌 서로를 제대로 이해할 수 있겠는가. 그러나 너와 나 사이에 놓인 협탁을 편견으로 치우려 하지 말고, 있는 그대로 인정해보면 어떨까. 불경도 성경도 모두 성스러운 경전으로 통(通)하고 있듯이.

제2장

비평적 감상

시인, 천형(天刑)인가 축복인가

— 김명철의 「수직으로 막 착륙하는 헬리콥터의 자세로」,
김명인의 「달과 시」, 김명원의 「인터뷰」에 나타난 시 혹은 시인의 행로

1, 이륙이 아니라 이제 막 착륙하는 삶

필자는 나이 40이 되어서야 겨우 '나'의 삶의 경로를 인식하기 시작했다. 참으로 아둔하다. 그때서야 타자가 내 행로의 향방을 지배하고 있다는 사실을 알았다. 그때까지 줄곧 나는 나만이 나를 결정한다고 믿고 있었다. 끔찍한 근시였고 착시였다. 눈먼 사랑이었다. 그러니 타인은커녕 나를 둘러싼 환경이나 세계가 그 껍데기라도 제대로 보였겠는가. 나의 가난은 타인의 가난과 같은 뿌리를 갖고 있었으며 나의 행과 불행은 세계의 행과 불행이었다. 유치하게도, 무표정한 세계의 미와 추가, 선과 악이, 지와 무지가 모두 내 주관적 사랑의 생각과 행실의 결과였다. 푸른 하늘의 잠자리 날개였다가 땅에 떨어진 잠자리의 젖은 몸통이기도 하였다. 하도 무겁거나 하도 가벼웠으니.

잠자리의 날개로 떠다니던 저녁은 갔습니다
양손으로 컨테이너 집의 창살을 가만히 잡고 등을 말리던 가을

저녁은 갔습니다
흩어진 눈알들을 조각조각 기워도 방 안의 전모가 완성되지 않는 나날이었으나
비가 오는 날에도 날개를 접지 않았습니다
찢어진 날개로도 너무 가벼워 보랏빛 입술을 향해 떠다니기도 하였으나

잠자리의 날개맥을 닮은 나의 손금 어디쯤에 무거운 여자와 가벼운 아이가 사각의 방 하나를 지어 들어왔을 때
조금 찢어진 마른 꽃잎을 따라 나의 날개도 반투명이었습니다
되돌아선 사람의 굽은 등뼈를 세워 그 방문 틈으로 바람이 불어왔을 때

아침마다, 몸이, 젖어

구멍난 구름 틈에서 가느다란 다리와 수만의 눈들이 버둥거렸습니다 젖은 땅에 젖은 날개를 대고 버둥거렸습니다

뒤통수에 붙어 있는 눈이 흙에 파묻히고 돌아가거나 곧장 갈 수 없는 날개맥의 미로에서 여자와 아이를 맞닥뜨리고 바람의 방향이 남서에서 북서로 바뀐다면
그건 세수를 할 때 없던 배가 갑자기 생겨나고 있다는 느낌, 그러나 살(煞)이 흩어지려는 징후로 알았습니다

이제는 발뒤꿈치를 차일 때의 자세에서 피할 때의 자세로
날개와 몸통 사이에서 오래 사는 일만 남았습니다
— 김명철, 「수직으로 막 착륙하는 헬리콥터의 자세로」

나는 늘 제대로 읽어내지 못하는 나의 맹목 탓에 반생(半生)이 배신과 모반의 연속이었다. 나는 잘하려고 했는데, 답답하여라, 타인들은 나의

의도를 곡해하고는 하였다. 그 와중에 우연히 시를 접하게 되었다. 나는 새로운 눈을 갖게 되었다. 밖에서만 보았던 타자를 타자 안으로 들어가 엿볼 수도 있다는 사실이 놀라웠다.

시로 인해 내 사랑의 방식은 재편성되었다. 오랫동안의 연습이 필요했으나, 나와 타자와 그 관계들이 새로워졌다. 미가 추가 되거나 악이 선이 되기도 하였다. 몇 년간의 혼란과 정리와 혼동과 재배치를 겪은 후, 타자 속으로 들어가 타자를 볼 수 있다는 것에 대하여도 회의를 하게 되었다. 얼마나, 어떻게 들어갈 수 있는지에 대하여 반문했고 제대로 들어갔는지에 대하여도 확신을 할 수가 없었다. 지나치게 무겁거나 지나치게 가벼운 나의 표정도 마찬가지였다. 다만, 최선을 다해 나와 타자를 객관적인 나와 타자의 입장에서 사랑해야겠다는 생각을 하게 되었다. 그러던 어느 날 아내와 아이가 재탄생하였다. 그들의 모습도 이전과는 정반대였으나 새롭게 태어난 그들도 역시, 하도 무겁거나 하도 가벼웠으니.

나는 너무 무겁거나 너무 가볍지 말기를 바라고 있다. 멋쩍게 침잠하거나 증발하지 않기를 바라고 있다. 내가 얼마나 나와 타자를 치열하게, 올곧게 바라볼 수 있을지 모르겠으나, 이륙이 아니라 이제 막 착륙하는 삶의 자세를 바라고 있다. 그런 사랑을 바라고 있다.

2. 베이는 일은 시의 길

김명인 시인의 「달과 시」에서 우리는 '시인'의 죗값을 읽을 수 있다. '시인'에게 있어서 가시적인 보상이라야 일말의 칭송일 뿐이며 물질적인 보답이라야 문학상이 빙자된 들볶이는 몇 푼 상금일 뿐이다. 그러나 그 대가는 심대하다. 현실적인 욕구를 비워내야 '시인'의 마음속에 시가 채워지기 때문이다.

지금 시적 주체의 "마음엔 구름 펼칠 빈자리조차 없"다. 시인도 먹고 놀고, 우선 살아야 할 것이 아닌가. 시인도 다른 생활인처럼 타인과 현실적인 관계를 맺고 그 관계 속에서 현재의 상황을 부지할 방편을 모색해야 한다. 노심초사 알뜰히 마음을 모으다가도 자칫 방심하면 그나마 유지하던 알량한 관계나 심지어 가산(家産)조차도 부지불식간에 풍비(風飛)될 수 있는 있는 것이 오늘의 현실이다. 그러니 '마음을 비우는' 일이란 일종의 모험이다. 어쩌겠는가, 배부른 낙타가 가난한 시의 바늘구멍을 통과할 수는 없는 일인 것을.

> 없는 것을 주겠다고 약속하고서
> 잊고 산 지 몇 달 되었다
> 독촉 전화를 거듭 받고서야 내게 없는 시
> 저 달 속에 심겨져 있음을 바라본다
> 문득 비우고 채우는
> 이레의 달,
> 못 지킨 다짐에 대한 보복처럼
> 달은 반월도를 치켜들고
> 마구잡이로 구름을 베며 빠르게 나아간다
> 베이는 일은 시의 길,
> 마음엔 구름 펼칠 빈자리조차 없었으니
> 허방을 디디고 선 약속의 끝판,
> 평상에 나가 앉아
> 비우고 채워 가는 달의 시
> 눈 시리게 바라본다
>
> — 김명인, 「달과 시」

시인은 없는 시도 주겠다고 약속해야 하는 죄인이다. 이 약속은 불가항력이다. 강요받은 바 없고 협박받은 바 없으나 이 약속을 허용하지 않으면 스스로에 대해 거역을 하게 된다. 시인에게 이 약속은 자신과의 약속이며 자신에 대한 존재 증명이다. 그러니 "잊고 산 지 몇 달 되었다"는 진술은 거짓말이다. 이 약속을 잊는다면 시인으로서의 '나'를 잊는 일이다. '살다 보니' 비우지 못했고 비우지 못했으니 채울 수 없었던 것에 대한 자기 위무일 뿐이다. 그렇지 않다면 '시인'을 방기한 셈이 된다. 시를 안 쓰면 그만이지만 시인에게 그것은 마음을 비우고 채우는 행위를 떠나 마음 자체를 버리는 일이 된다. 존재 자체가 송두리째 뿌리 뽑히는 일이다.

시적 주체는 "비우고 채우는"('채우고 비우는'이 아니다!) 이레의 반월을 보고 있다. 비우고 나서 거침없이 채우는 달을 보고, 자신은 그렇게 하지 못한 것에 대하여 보복당하는 심사로 달을 보고 있다. 이 보복은 스스로에게 내리는 회피할 수 없는 형벌이다. 이 시의 시적 주체가 채우는 일에만 몰두한다면 그는 '우리' 속에 포함되지도 못하고 "외간 남자"가 되지도 못한다. 그저 '나'와 타인들과의 관계만 있을 뿐이다. 그러니까 "베이는 일은 시의 길"임이 분명하다. 현실적인 관계가 베여야 할 뿐만 아니라 '나'가 베여야 그 베인 자리에 시가, '사람'이 들어올 수 있다. '시인'은 이 길을 가야만 한다. 눈이 시릴 수밖에 없다.

3. 시인은 시를 믿고 사랑을 전하는 종교인

축복이든 저주든 시는 종교와 같다고 생각한 적이 있다. 한 번 발을 들여놓으면 쉽게 빠져나갈 수 없다. 신앙의 깊이와 방향에 따라 성전(聖殿)

을 관리하는 이도 있고 성전을 드나드는 이도 있으며 성전을 집으로 삼아 그곳에서 내내 사는 이들도 있을 것이다. 독자들을 통해 외부와 관계할 뿐, 그 성전에서 사는 이들을 시인들이라고 한다면 이들은 곧 성직자와 닮아 있는 셈이 된다. 이들은 시를 통하여, 시와 함께, 시 안에서 생활한다. 시라는 진리가 이들을 구원하리라고 한다면 과장일까. 성직자의 길이 우여곡절의 결과라고들 하지만 그들은 우여곡절을 쉽게 드러내지 않는다. 모두 다 '그분'의 뜻이니 우여곡절이야 별 의미가 없기 때문이다. 그들에게 '왜'라고 묻는다면 대답은 '몰라요'다. 그들은 그저 신앙의 대상을 만나 가슴 설레게 흥분한 신랑이나 신부처럼 행복한 사랑에 젖어 있을 뿐이다.

2011년 5월 6일 오전 10시
충대신문사 여학생 기자 둘이 찾아왔다
아파트 뜰에는 몇 편의 화살나무들이 휘영청 불고 있었고
발목에 고이는 입하(立夏)의 입자들이 찰랑대었고
연둣빛 햇살들이 우리를 소란스레 촬영 중이었다

—왜, 시인이 되셨나요?
바람이 은근슬쩍 불었는데, 가슴둘레가 불룩해졌다
—시란 무엇인가요?
그 바람, 수천 년을 불어오고 불어왔을 텐데 유독 서툰 척, 간지러웠다
—왜, 선생님 시에는 '복사꽃'이 많이 나올까요?
바람을 들여다보면 알겠지
바람이 키운 부푼 꽃이었다는 걸
바람의 씨앗으로 그 언약의 메아리로 세상이 채워졌다는 것을
나, 한 번도 복사꽃을 불러 세워 보고 만진 적 없으므로
저 바람이 내는 꽃향기 꽃몸 꽃그늘에만

사랑이라는 단어를 실어 보냈기에
자세하게 꽃뿌리 실핏줄들을 들여다본 적 없으므로
그리움마저 단단히 조여졌던
멀고 먼 복사꽃을 내가
몰라서 좋아했다는 것을

그대들이여!
나는 시인이 되려 한 적이 없으므로
나는 시가 무엇인지 궁금하지 않았으므로
나는 내 시에 복사꽃이 몇 장면이나 되는지 알지 못하므로
몰라서 말할 수 없으므로

오늘을 노는 저 바람과 분분(紛紛), 마음껏 대담하시라

— 김명원, 「인터뷰」

김명원 시인의 「인터뷰」를 보면 그는 '아름답고 당당하게 시를 믿는 성직자' 처럼 보인다. 사랑에 빠져 설레고 흥분한 신부 같다. 그는 시인과 시와 그의 복사꽃에 대한 물음에 대해 아름다운 내숭(?)으로 일관한다. 바람 탓만 한다. 바람과의 내밀한 비의(秘意)를 우려서 말할 뿐이다. 아예 "바람과 분분", 대담하라 한다.

시인과 시에 대한 물음에 그의 가슴둘레가 불룩해진다. 봄바람이 옷섶을 부풀리는 장면이지만, 화창한 봄날이 아니라 눈이나 비가 오는 배경이었다 할지라도 그의 가슴둘레는 여전히 불룩해졌을 것이다. 그에게도 우여곡절이 아니라 신앙의 대상이 중요하기 때문이다. 그런데 이 바람의 태도가 야릇하다. "은근슬쩍" 불고 "서툰 척"한다. 그래서 간지럽다. 이 간지러움은 고수(高手)들의 관조적 달관과는 거리가 멀다. 바람이 나의 뜻을 알고 내가 바람의 뜻을 알고 있는 교감 속에서의 사랑, 감미로운

사랑의 유희일 것이다. 둘만의 유희, 이 간지러움보다 더 큰 쾌감이 있을 수 있겠는가.

시인은 "복사꽃"을 불러들여 본격적인 내숭을 시작한다. 독자들에게 자신의 시가 '복사꽃'이라는 사실을 들킨 시인은 '아니'라고 발뺌을 하며 모르는 척한다. 바람이 꽃을 부풀렸고 바람의 씨앗과 그 언약 속에서 살았을 뿐, 꽃을 보고 만진 적도 없고 자세히 들여다본 적도 없다고 한다. 그런데 이 내숭에서 '은근슬쩍' 시인이 된 이유를 밝히고 '서툰 척'하며 시의 의미를 드러낸다. 복사꽃으로만 "사랑이라는 단어를 실어 보"내려고('사랑'이 아니라 '사랑이라는 단어'라고 하였으나 이 또한 내숭이다) 시인이 되었으며, 시란 "그리움마저 단단히 조"여진 복사꽃이 무엇인지도 모르고 좋아하는 것이라고 말한다. 다시 말하자면, 복사꽃으로 비유되는 '사랑' 때문에 시인이 되었고, 시란 곧 '사랑'이라고 말하고 있는 셈이다.(사랑 속에 빠져 있는 연인들을 생각해보라. 홍조를 띤 '난 몰라'라는 그들의 내숭이, 어쩔 수 없이, 얼마나 많이 상대방의 모습을 드러내는지.) 물론 시인은 이 또한 모르는 일이라고 내숭을 펼칠 것이다.

동서고금을 막론하고 종교는 사랑을 목표로 한다. 생명에 대한 자비가 사랑이고 무욕, 무소유의 생활이 사랑이며 이웃을 먼저 생각하라는 언급은 곧바로 사랑을 의미한다. 김명원 시인은 시를 믿고 사랑을 전하는 종교인인 셈이다. 그런데 그의 사랑의 모태(母胎)는 어디일까. "불경과 정사하고, 마른 몽정의 달빛을 핥아/잠 못 드는 모든 남성들 밤꽃 숲을 내달리며/무의식의 황홀을, 끝없이/출산하고 싶"(「내가 못 쓰는 시」 부분)다는 그의 고백은 어디에서 발원하는 것인가. 나는 모르겠다. 그의 그리움마저 왜 단단하게 조여졌는지. 다만, 그가 사랑 속에 언제나 젖어 있기를, 수천 번 수만 번 항상 젖어 있기를, 구원처럼 젖어 있기를 바랄 뿐이다.

혼탁과 불행, 분열, 파멸로부터의 출구들

— 오태환의 「산시(山詩) – 백담시편 · 7」, 이기철의 「불행에겐 이런 말을」, 박무웅의 「거울 생각」, 노혜경의 「사월의 기도」가 올리는 기원들

1. 털고 일어나 산으로 간 시인

나와 세계가 모두 혼탁하여 나와 세계로부터 내가 떠나고 싶을 때가 있다. 보이는 세계란 모두 혼탁하여 내가 그들로부터 떠나고 싶을 때가 있다. 드러나는 마음과 드러나는 물(物)과 드러나는 육(肉)만이 청(淸)이 되고 진(眞)이 되는, 지금은 청(淸)이 탁(濁)이 되고 탁이 청이 되는 시대. 청하려 하나 탁으로 몰리는 시대.

오태환 시인은 허위의 생활과 허상의 시[1]를 털고 일어나 산으로 갔는가 보다. 그는 산으로 가서 '나'를 씻었는가 보다. 맑은 돌을별에 탁해진 눈을 칼처럼, "겨누지 않아도 먼 데서 치는 우렛소리를 내며, 휘두르지

1 "2000년대 한국의 시정신은 저렴한 정상(政商)과 불온한 사욕 속에서 빈사 직전이다. 좋은 시는 상이용사처럼 쓸쓸히 퇴출되고 그렇지 않은 시가 개선장군처럼 떵떵거리며 횡행하는, 유례없는 암흑기다." 오태환, 「내설악에서」, 『현대시학』, 2012.11.

않아도 햇무리 낀 아침처럼 크고 맑은, 칼집의 어둠을 고요하게 지키면서, 일곱 벌판과 다섯 산맥의 모가지를 차례로 버히는"(오태환, 「칼에 대하여 1」) 칼처럼, "야부의 시구와 온전히 겨룰 수 있는 딱 한 구절을 얻기 위하여"(오태환, 「칼에 대하여 3」) 칼처럼 갈고 닦기를 원했나 보다.

> 새벽 설악산 한 자락의 산주름마다 물안개가 자옥했다 경계의 흰 발묵이 우련했다 그런데 꼼꼼히 뜯어보니 산 전체가 휘영청 떠서 흐르는 거였다 산 전체가 수묵빛 판옥선이 되어, 산 전체가 흘수선도 없는 판옥선이 되어 서쪽으로 가고 있었다 그런데 산이 물살을 쪼개며 서쪽으로 서쪽으로 가는 품새는 역력한데, 다시 보면 또 산은 영락없이 제자리에 와 있었다 순전히 착시겠다 여기고 돋을볕이 뼘 가웃 껑충 뛰어오를 마련해서 돌아와 보니
>
> 이번에는 산이 푸른 난간이며 푸른 용골이며 푸른 닻까지 이물켠부터 모짝모짝 말라들었다 그러더니 문득 진사백자 연적처럼 생긴 풍매화(風媒花) 한 포기로 오려졌다가, 이내 사금(砂金) 같은 꽃가루가 되어 명지바람에 실린 채 사라지는 거였다
>
> 그리고 산이 있던 자리에는 무슨 그늘 같은 흔적만 남아 있었는데 아주 맑고 투명했다
>
> — 오태환, 「산시(山詩)-백담시편 · 7」

「산시(山詩)-백담시편 · 7」에서 새벽 여명에 씻긴 시인의 눈은 처음에는 물안개 자옥한 산주름의 경계에 머물러 그 우련한 발묵을 보게 된다. 그리고 그의 눈이 조금 더 씻길 마련해서 제대로 된 산 전체를 보기 시작한다. 산 전체가 흘수선도 없는 판옥선이었다는 '사실'을 목도한다. 그 판옥선이 휘영청 떠서 흘러가고 있다.

판옥선은 당연히 서쪽으로 서쪽으로 가야 한다. 혼욕과 혼란과 혼돈의

세계를 등지고 침전과 침정과 침잠의 세계로 가야 한다. 그곳에서만이 청과 탁이 명명백백하게 밝혀질 수 있겠기 때문이다. 그런데 시인은 서쪽으로 가는 산의 품새를 왜 다시 불러들여 제자리에 와 있게 하는가. 무엇이 착시(錯視)이고 무엇이 정시(正視)란 말인가.

뼘가웃 껑충 뛰어오른 돋을볕에 닦인 시인의 눈은 허상의 물상들에 머무르지 않는다. 시인은 돋을볕의 높이에 따라 위에서 아래로 내려가는 범안(凡眼)의 피상적 시각이 아니라 돋을볕의 높이에 역행하여 아래에서 위로 올라가는 예안(銳眼)의 심층적 시각을 보여준다. 그래서 시인의 눈은 산자락의 무지한 시시비비와 능선의 무모한 일진일퇴와 계곡의 무미한 희희낙락 너머를 향한다. 난간과 용골과 닻부터 모짝모짝 말라들어야 하는 것이다.

아래에서 위를 향해 탁한 허상과 허위들을 정시하며 지워나가던 시인의 눈은 마침내 풍매화로 오려졌다가 사금 같은 꽃가루가 되어 명지바람에 사라지는 산을 보게 된다. 보이는 것과 보이지 않는 것의 전복(顚覆)이 이루어져 귀정(歸正)이 완성되고 있는 셈이다.

그런데 산이 처음에는 판옥선이 되어 물을 쪼개며 휘영청 떠서 흘러가다가 풍매화 한 포기로 명지바람에 실려 사라졌으니, 다시 말해 산이 혈(血)을 타고 기(氣)를 받아 사라졌으니, 이는 만상(萬象)의 순리와 이치를 통째로 보여주는 셈이 아닌가, 또 다시 말해서 이는 본래의 자연에 기거하는 존재의 당위적 참모습이 아닌가.

판옥선이었다가 풍매화로 사라진 오태환의 산은 모든 존재를 대신하는 대상일 수도 있을 것이다. 이 산은 산일 수도 있고 절일 수도 있으며 우주 전체일 수도 있고 미침내 시나 사람일 수도 있을 것이다. 「산시」의 '산'의 자리에 '시'나 '사람'을 넣어 읽어보자.

그리고 시/사람이 있던 자리에는 무슨 그늘 같은 흔적만 남아 있
었는데 아주 맑고 투명했다

2. 나의 불행은 얼마나 꽃피우고 있는가

이기철 시인이 등단 이후 줄기차게 그의 시에서 추구해왔던 가치는 '생(生)'이라고 볼 수 있다. 그의 시는 부분적으로는 인간관계에서 발생할 수밖에 없는 부정적인 상황들에 대하여 상한 마음의 편린을 보여준다거나 자연과의 관계에서 빚어지는 작고 소박한 아름다움을 노래한다거나 소망스러운 삶의 자세를 견지하는 혜안을 제안하는 등의 시적 편력을 걸어왔다.

그의 시가 어떤 시각에 특별히 오래 그리고 지속적으로 머무르는 모습을 보일지라도 결국 시인이 그의 시에서 추구하는 가치는 '생'이라고 볼 수 있다. 이 '생'은 '삶'과는 다르다. 부정적인 상황들로서의 '삶'이 있을 수 있고 아름다운 자연의 '삶'이 있을 수 있으며 사람살이로서의 '삶'이 있을 수 있다. 이 '삶'들은 대상에 따라서, 대상이 처한 상황이나 조건에 따라서 그 양상이 달리 표출될 수 있다. 그러나 그의 이 모든 '삶'들은 '생'을 바탕으로 한다. 다시 말해서 시인의 '생'은 그의 시의 모태요 원형질이다.

불행도 자주 만나면 친구가 된다
더운물로 그의 발을 씻겨주고 그의 몸을 타월로 닦아주면
면내복처럼 유순해진다
한 열흘은 불행하고 단 하루는 행복하자
조금씩 내리는 찬비처럼 내게 오는 불행이여
내 새 옷 한 벌 사줄게 채소 같은 행복 한 잎만 들고 오면 안 되

겠니

신장에도 장롱에도 책상에도 지붕에도 이슬같이 내리는 불행
그러나 내가 그를 찾아가 이마를 짚어주면
불행도 부츠처럼 편안해진다
나는 서른까지는 불행하고 마흔은 행복하고
쉰은 조금씩 아끼며 불행하고 예순은 조금씩 보태며 행복하고 싶었다
철조망 안에도 햇볕이 놀듯 활짝 불행을 꽃 피워
행복의 열매를 맺고 싶었다
먼 길 걷는 사람은 처음부터 불행할 줄 알아야 한다
그와 함께 걷는 신발 소리가 행복을 맞으러 가는 발자국 소리임도 알아야 한다
나는 피하지 않고 그를 만났고 그와 밥 먹고 그와 잠자면서
마침내 그의 머리카락 냄새 속옷 냄새까지 맡을 수 있게 되었다
때로는 그의 뒤를 닦아주고 그와 입도 맞추었다
불행은 행복의 언니에게 안기면 스스로 행복의 누이가 될 줄도 안다

— 이기철, 「불행에겐 이런 말을」

이 '생'은 단순히 생명성이나 생명력이나 나아가 목숨줄을 지칭하지 않는다. 이 '생'은 삶을 삶이게 하고 생명을 생명이게 하는 원동력이자 추동체로서의 의미를 갖는다. 그의 시에 등장하는 맨살("맨살 비비는 돌들과 함께 누워" –「청산행」)이나 맨발("맨발 아니면 닿을 수 없는 정신의 처녀림으로 가야 하리" –「정신의 처녀림」)이나 맨몸 혹은 알몸("누구의 아비 누구의 남편도 벗어놓고/햇살처럼 쨍쨍한 맨몸으로 앉아보렴"//"바람 잘 씻긴 알몸으로 앉아보렴" –「벚꽃 그늘에 앉아보렴」) 등이 곧 그의 '생'에 대한 비유가 될 것이다. 또한 그의 시에는 자주 '신발'이 등장한다. 맨발이 '생'이라면 신발은 '삶'이 될 것이다. 결국 시인에게 '삶'은 '생'을 위한

보호막인 셈이다.

시인은 '생'의 발현을 위해 '삶'을 전경화한다. '생'을 '생'으로만 표출하면 역설적이게도 '생'은 '죽음'이 될 수 있을 것이기 때문이다. '생'이 관념적이고 사변적인 모습으로만 출현한다면 오히려 우리는 그의 '생'에서 '죽음'을 발견하고야 말 것이다. 그러므로 그의 시에서 '삶'에만 몰두하면 자칫 그의 시를 현상에 머무르는 표면으로서만 읽게 되는 오류를 범할 수 있다.

20여 년 전, 그러니까 내가 새로운 신발을 신고 새로운 길로 들어서려 할 때였다. 앞길에 행복만이 가득할 줄 알았다. 신장에도 장롱에도 책상에도 지붕에도 이슬처럼 행복이 내릴 줄 알았다. 열흘 중의 열흘이 행복일 줄 알았다. 그런데 첫발도 채 떼어놓기 전에 불행이 찾아왔다. 그는 거대했고 불가항력이었다. 그에게는 이성도 없었고 감성도 없었다. 그는 이유도 근거도 없이 그냥 있었다. 떼어놓으려 하면 할수록 달라붙었다. 달라붙어 마침내 나를 삼키고야 말았다. 그 불행 안에서는 삶도 죽음이었고 생명도 죽음이었고 생도 죽음이었다.

이기철 시인은 '불행에게 이런 말을' 한다. 불행에게 친구가 되자고 한다. 발을 씻겨줄 테니 같이 가자고 한다. 이마를 짚어주고 발을 씻겨주고 새 옷 한 벌 사줄 테니 채소 같은 행복 한 잎만 들고 오라 한다. 활짝 불행을 꽃피우라 한다. 나의 경우에, 피하지 않고 그를 만났고 그의 뒤를 닦아주고 그와 입도 맞추었는가.

불행을 다스릴 줄 모르면서 생활을 한다고 할 수 없을 것이다. "근심이 비단이 되고" "상처가 보석이 되는"(「생의 노래」) 생활이 아니라면, 근심도 없고 상처도 없고 그래서 불행할 줄 모르는 삶이라면 그것이 온전한 삶일 수는 없을 것이다. 불행이 동반된 삶이 없는 '생'의 발현은 허망에 불과한 일이다. 불행을 꽃피우지 않고는 '생'도 꽃을 피우지 못하는 일.

나의 불행은 지금 얼마만큼 꽃을 피우고 있는가.

3. 공감을 매개로 통합을 시도하는 거울

언제나 공감(共感)은 먼 세계였다. 시간이 흐를수록 세계는 더 깊게 찢어져 갔다. 인간과 자연이, 종교와 종교가, 나라와 나라가, 가족과 가족이, 나와 네가 그리고 급기야는 '내'가 '나'에게까지 공감하지 못해서 마침내, '나'에게서 '나'가 찢어져 나갔다. 그동안 보아왔던 몇몇 조화로운 세계는 땅에 뿌리를 내리기는커녕 허공에 발을 거꾸로 매단 자의 허망한 눈빛이기도 했다. 뿌리 없는 꽃이었다.

박무웅 시인의 시편들에서는 '뿌리'가 읽힌다. 이 뿌리는 꽃을 피운 다음에나 문득 생각나는 뿌리가 아니다. 꽃에서 찢어져 나와 뜨거운 태양 아래 솟아오르는 뿌리가 아니다. 이 뿌리는 '나'를 있게 한 '나'의 뿌리이며 무수한 '나'를 피워낼 발원지로서의 뿌리다. 이 뿌리에서 비롯된 꽃은 상상(the imaginary)의 꽃도 아니고 상징(the symbolic)의 꽃도 아니다. 실재(the real)의 꽃, 전체로서의 꽃이다.

라캉(J. Lacan)은 '거울'을 통해 대상에 대한 인식(object petti a)의 발로를 보았다. 이 거울을 보며 인간은 전체성에서 분리된 자신의 모습을 발견했다. 개별적인 이미지들과 개별적인 소리들이 분별되었고, 독립적 개체가 된 자아가 타자와 분리되는 고통이 시작되었으며, 그래서 인간은 전체성과의 통합에 대한 욕망을 지니게 되었다.

이상(李箱)의 「거울」은 라캉의 '거울'이 보여준 자아에 대한 이상(理想)과 허상(虛像)을 비추어준다. 이상의 「거울」에 나타난 '나'는 온전한 '나'가 될 수 없음에 대하여 극도의 불안감을 느낀다. 이 거울 속의 '나'는 또 다른 '나'를 보지만 그 '나'는 말하는 '나'의 소리를 듣지 못한다.("거울속에도 내게귀가있소/내말을못알아듣는딱한귀가두개나있소" – 이상, 「거울」 부분) 이상의 거울에 비친 이미지와 소리는 발원지로서의 뿌리를 거부하는 것만 같다.

이상의 거울이 '나'와 '나'의 분열 의식을 보여주었다면 박무웅의 거울은 공감을 매개로 하여 '나'와 '나'의 통합뿐만 아니라 '나'와 '너', 나아가 이 세계와 저 세계의 통합을 시도한다. 그의 거울 속 이미지와 소리의 뿌리는 견고하다. 그의 「거울 생각」을 읽어보자.

이른 아침 거울을 본다
넥타이를 매고 양복을 입고 거울을 본다
하루의 일을 마치고 거울을 본다
운동을 하고 여자를 만나고 술을 마시고 거울을 본다

같은 거울, 같은 얼굴?
내가 다르다

옳다 그르다. 좋다 싫다 거울은 말하지 않는다
거울에 비친 세상을 무엇이라고 끝내 우길 수 있을까
서로 다른 것은 발전?

방충망은
벌레의 침범을 막아주고 환기도 시켜준다
거울도 내 불안한 인생을 지켜주는 방충망?

마흔인 아들과 대화한다
아들은 시(詩)처럼 말한다
행간 속의 형체가 없는 말들의 무게가 천금이다

이것도 거울 혹은 공감(共感)

—박무웅, 「거울 생각」

이 시에서도 시적 주체는 거울을 통해 다른 '나'를 발견한다. 그러나 이 거울 속의 '나'는 거울 밖의 '나'와 온전히 같은 뿌리를 갖고 있다. 의문부호를 붙였으나 시적 주체는 이 '다름'을 "발전"이라고 해석한다. '나'가 또 다른 '나'로 전이되었다는 것이지 단절되었다는 것이 아니다. 그러니 거울 밖이나 안이나 하나의 '나'인 셈이다.

이 시의 시적 주체는 '나'에 대하여 옳다, 그르다, 싫다, 좋다 등의 판단을 유보한다. 그 어느 하나로 '나'가 규정된다면 '나'는 세상을 규정된 바로 그 의미로밖에 바라볼 수가 없다. 그러니까 이 시에서 언급된 시적 주체의 불안은 내면 의식의 분열에 의한 불안이 아니다. 이 불안은 올곧은 하나의 '나를' 지키기 위해("벌레의 침범을 막아주고") 발생하는 불안이며, 규정되지 않으려는 '나'를 위한("환기도 시켜준다") 불안이다. '나'는 닫혀있어서는 안 된다. "발전"해야 하기 때문이다. 이 발전은 공감의 세계를 지향한다.

시적 주체는 아들과 대화를 나눈다. 아들의 소리를 듣고자 하는 것이다. 아들은 사실 그의 또 다른 거울이다. 오롯이 같은 뿌리를 지닌 또 다른 '나'인 셈이다. 그런데 이 아들이 전하는 말의 정체가 흥미롭다. 아들의 말은 시 같고 행간 속의 말들은 형체가 없다. 앞에서 '나'는 거울을 매개로 다른 '나'를 발견하였으나 "발전"을 통해 그 둘의 통합을 선보였다. 이제 시적 주체는 "시처럼" 형체 없는 세계와의 결합을 시도한다. 형체 없는 세계는 비물질적인 세계이며 비가시적인 세계일 것이다. 시인은 물질과 비물질, 가시와 비가시의 세계가 "적벽대전이 끝나면/유비와 조조가 어깨동무를 하듯이"(박무웅, 「바둑삼국지」 부분) 서로 통합되기를 바라고 있다. 전체성과 통합된 “천금” 같은 실재의 ‘나’를 꿈꾸고 있는 것이다.

라캉식으로 말하자면, 완결된 전체성의 순간을 포착할 수 있는 가능성으로서의 시를 읽었다. 여전히 세상은 분리의 고통과 분열의 혼란이 지속되는 어둠 속에 있다. 그러나 박무웅 시인은 “낮보다 밤이 더 환하다/어두울수록 더 초롱초롱해진다”(박무웅, 「박쥐」 부분)라고 말한다. 그 어둠 속에서 박무웅 시인이 피워낼 꽃들이 많다. 그의 뿌리가 팔방으로 뻗어나가 드넓은 땅에 만개하기를 기대해본다.

4. 사월에 하는 기도는 모두 그런 것

단장(斷腸)의 고사(故事)를 보면 새끼를 잃고 창자가 토막 난 어미 원숭이를 읽게 된다. 한 병사가 “무심히” 새끼 원숭이를 잡아간 것이 어미의 창자를 끊어놓은 것이다. 이것은 우연에 의한 사건인가.

> 반지하 주차장 차가 빠져나간 구석에 어미고양이가 앉았다. 뒷범퍼엔 새끼고양이의 두개골을 살짝 묻힌 채로 무심히 돌아다닐 에쿠스가 있던 자리, 손바닥만한 새끼고양이의 사체 옆에, 오래 앉았던 기색이 역력한 초라한 몰골로, 어미고양이가 갑자기 켜진 전등 아래 운다. 늑대처럼 운다. 사료를 먹고 물을 마시고 돌아와 기운내서 운다. 이 어미고양이는 지난겨울에 뒷마당에 놓아둔 스티로폼 박스 안에서 얼어 죽은 새끼 곁에 오래 머물렀던 그 고양이다. 눈가 얼룩무늬 위 누가 만들어주었는지 찢어진 흉터를 나는 알아본다.
>
> 그는 한 계절 사이 다섯 마리 새끼를 모두 잃었다. 남은 수명 동안 또 얼마나 많은 새끼를 잃을지 모른다. 종량제 봉투를 가지고 와서 마른 걸레로 싸서 새끼를 담는다. 유한락스로 핏자국을 지운다.

이 더럼 타는 일을 서슴지 않는 까닭은, 어미고양이의 마음이 침범
하는 것을 막기 위함이라고, 결코 하고 싶지 않은 일을 막아내고자
하기 힘든 일을 하는 거라고.

사월에 내가 하는 기도는 모두 그런 거라고.

— 노혜경, 「사월의 기도」

우리는 애완동물을 '반려(伴侶)'라고 부르고 있지만 유기견과 유기묘들은 넘쳐나고 있다. 적당히 반려(伴侶)하다가 싫증 나면 유기하는 것이다. 유기된 동물들은 갈 곳도 없고 먹을 것도 없다. 잊히고 폐기된 채 폐허 속을 떠돌다 맞아 죽기도 하고 빠져 죽기도 한다. 이러한 일들은 우연히 발생하는 것인가. 인간적 우월의식이 필연적으로 작동한 결과가 아닌가. 나아가 합리화된 고의(故意)에 의한 것이 아닌가.

그런데 우리들의 역사도 그와 다르지 않다고 하면 지나친 비약일까. 바른말로 해서, 역사의 폐허를 뒤적거리다 보면 '그들'만의 역사만 있고 우리의 역사는 잔해조차 찾기가 어려운 것이 사실이다. 반려동물과 유기동물로 분류되는 애완동물들처럼 우리 인간들도 역사의 소수인 주인공들과 역사의 다수인 엑스트라나 소품들로 분류될 수 있을 것이다. '지금, 여기'에서 우리는 연간 생활비로 5억 원씩 쓰면서 송로버섯을 먹고 있는 '그들'에 의해 개, 돼지로 취급당하면서 적당히 양육되다가 폐기처분되는 실상을 너무도 자주 목격하고 있다. 영화 〈내부자들〉의 백윤식식으로 말해서 결국 "좆 되고" 마는 것이다. 얼어 죽은 새끼를 포함해서 다섯 마리 새끼를 모두 잃은 고양이가 또 얼마다 더 많은 새끼를 잃을 것인가를 셈해야 하는 상황에서, 결정론적으로 '그들'은 항구적이고 영속적이며 반복적인 반면 우리는 휘발적이고 일시적이며 소멸적인 상황에서, 우리는 미래에 도대체 어떤 희망을 걸어놓을 수 있겠는가.

그런데, 그럼에도 불구하고, 시인은 "결코 하고 싶지 않은 일을 막아내고자" "더럼 타는 일을 서슴지 않는"다고 한다. "사월에 하는 기도"는 모두 그런 것이라고 한다. 그는 '사월'을 '四月'도 아니고 '死月'을 넘어 '死越'을 기원하고 있는 것인가.

축제, 고통의 향연

— 김명은의 『사이프러스의 긴팔』

땅거미가 계수나무를 타고 내려왔어요
한 움큼 뽑힌 머리카락과 어둠이 뭉텅이로 번져요
공포가 은하수처럼 반짝일 때면 낫날은
우리의 발뒤꿈치를 향해 날았죠
던지면 되돌아오는 부메랑 같았어요

—「부메랑」 부분

김명은 시인의 시집 『사이프러스의 긴 팔』이 보여주는 표층적 정서는 먼저 감각의 향연이다. 이 향연에서 우리는 감각적인 시적 언어들을 만끽하고 거기에 한껏 도취될 수 있다. 음악은 현란하고 그림은 황홀하다. 시집 읽기의 중간쯤에 이르면 나도 모르게 그 향연에 몸과 마음을 맡기게 된다. 그러나 마지막까지 이르게 되면 이 향연은 단순한 놀이로만 끝나지 않는다. 슬픔이 압도하는 것이다. 이 향연은 고통을 기저로 하는 축제 같다. 디오니소스 축제(Dionysian) 같다. 나아가 이 축제는 지금의 고통보다 앞으로 다가올 더 큰 고통을 예감하거나 수락하는 몸짓들이다.

축제를 이끌어가는 시적 주체들은 제사장 같기도 하고 제단에 바쳐진

제물 같기도 하다. 아니, 제사장이면서 동시에 희생제물이다. 제사장으로서의 시적 주체는 모든 감각을 개방시켜 제물이 된 자신을 손질한다. 때로는 베고 때로는 자르고 때로는 태워서 바람에 날려 보낸다. 의식이 거행되는 제단을 둘러싼 사물이나 사태들은 표면적으로는 때때로 이탈하거나 혹은 일탈하는 듯 보이지만 이 의식에 한시도 눈과 귀를 떼지 못하고 골몰한다. 그만큼 의식의 진행은 엄중하다. 그런데 무엇을 향한 제사이고 무엇을 위한 제물인가.

가시 사이에 있는 새들이 몸피를 줄인다
새가 달아날까 봐 쳐 놓은 울타리라고?
탱자를 꺼내려는 손에 가시가 돋고 새로 돋은 잎은
움직일 때마다 상처가 난다

너에게 감금되었는데 너는 없다 행복은 피를 찢고
쟁취하는 거야 핏방울과 침이 튀고 생각의 줄기 끝이
환부에 박힌다 DMZ 같은 선은 삼엄하고
가시 끝에 걸려 있는 이슬 한 방울은 개인적인 것일까
분쟁에 관한 기사를 오래 들여다본다
손가락 하나 빠져나오지 못하는 구조
눈 속에서 너를 빼내려고 붉은 표적을 본다
흔들리는 표적은 새로 난 도로 표층 위에 떠 있다
기억이나 망각이 오르내리는 오르막길이 좋아
한 방울의 이슬이 흰 꽃 하나를 통점에 앉힌다

눈을 뜨면 어제 아침이다
가시와 가시 사이로 넝쿨들이 올라온다
노래하던 새가 운다 흰 가지가 몸을 뒤틀고

발등에는 피와 새똥이 묻어 있다

—「경침(莖針)」 전문

이 시에서 시적 주체는 탱자나무에서 탱자를 따려다가 자신의 손에서 가시가 돋아 나오는 현상을 목도한다. 제목처럼 온몸이 가시로 변한 것이다. 아무도 이 가시에 다가갈 수 없고 가시의 주인도 이 가시에서 빠져나올 수 없다. 가시는 시적 주체를 유폐시키고 감금하며 고립시킨다. 가시에 난 문(門)은 없다. 가시는 때로 새장이나 은장도나 낫날이 되기도 하여 그의 날개를, 목을, 발목을 묶고, 겨누고, 노린다. 그들은 형태를 바꾸면서 시집 도처에 도사리고 있다가 어느 때나 어디에서나 시적 주체를 윽박지른다. 그렇다면 시적 주체가 그들로부터 달아나야 하지 않겠는가. 제전(祭典)을 통해서라도 벗어나야 하지 않겠는가.

신열과 통증으로 누워 있는데 새소리가 들리지 않는다

수컷을 받치고 있는 암컷의 등이 둥글다 안간힘으로 버티다 기울어지는 수컷

기울어지는 햇살을 두꺼운 커튼으로 가린다 커튼의 감정을 뺀다 수컷이 죽었으므로 의미였고 기호였던 새장을 창틀에 올려놓는다

옥상에서 뛰어내린 바람이 어지럽히는 허공
놀란 새가 허공을 가로지른 횃대와 비좁은 창살을 오간다

십 년 만에 문이 열린다 창살을 놓친 새가 가까스로 화살나무 붉은 가지를 붙든다

이 꽃은 금슬이 좋으면 많이 핀대
친구가 선물한 사랑초 가느다란 줄기가 비틀려 있다
땅에 묻은 죽음은 사소해질 것이다

나뭇가지에 앉은 새는 죽은 떡갈나무를 본 적이 없다

죽은 새가 두루마리 화장지에 둘둘 말린다
보풀이 일어난 갈색 무늬 흰 카디건을 걸친다 문을 나선다

—「외출」 전문

그런데 '가시'와 마찬가지로 '새장' 같은 것들은 어디에서 왜 끊임없이 출몰하여 그를 옥죄는 것일까. 이것들의 출처나 근원지는 어디란 말인가. 가족 중에 혹은 소중한 지인 중에 누구를 잃었던 기억이 그를 강박에 이르게 하였는가.

「외출」에서의 새장은 수컷의 부재로 인해 그 존재 의미를 상실한다. 그렇다면 새장은 떠받쳐 우러를 수 있는 대상이나 사랑이 현재하는 한에서만 존재 가치를 지닌다는 의미일 것이다. '수컷이 사라졌으므로 무의미한 울타리로서의 새장을 떠나는 암컷, 소중한 사랑을 잃었으므로 십 년 만의 외출을 감행하는 나'라는 것이다. 그러나 이러한 표면적이고 도식적인 이해는 시적 주체에게나 시를 읽는 나에게는 지나치게 건조한 것으로 보인다. 사안이 급박하기 때문이다.

시적 주체는 죽을 것만 같다. 그러나 물론 이 죽음은 물질적인 제물로서의 죽음을 뜻하는 것이 아니다. 그것은 「외출」에 등장하는 죽은 수컷이나 줄기가 비틀린 사랑초처럼 '땅에 묻히는 사소한 죽음'일 뿐이다. 그렇다면 시적 주체가 지향하는 죽음의 의미는 다른 곳에서 찾아져야 한다. 그는 십 년 만에 열린 새장의 문으로 새가 날아갔듯이 새처럼 갈색 무늬

옷을 걸치고 문을 나선다. 이 문을 나서면 유폐와 감금으로부터 벗어날 수 있을까. 다음의 시에서 그는 "나를 위해 죽겠어요"라고 말한다.

칠보공예 작가의 목걸이
내 몸에 손만 대 봐
은장도가 울음통 가장 가까운 곳에 가로놓여 있다

칼 한 자루와 칼집에 새겨진 화사(花蛇)
똬리를 튼 뱀을 에워싸는 꽃잎들

나를 위해 죽겠어요

휘거나 굵은 알갱이로 튀어 오르지 않게
칼이 몸의 형식과 내용을 결정하듯 불 속에 몸을 꽂고

나를 낚아채 가려는 바람이 날아와요

새가 별자리에서 떨어진 검은 별을 쪼아 댄다
짐승의 발자국은 발자국 사이로 걸어 들어가고

숲의 추격과 나무의 도망과 바다의 추락과 불의 범람

뱀이 고개를 쳐들어 바라본다 여자의 목이 반짝인다

—「극에 베이다」 전문

이 시의 은장도도 가시나 새장처럼 시적 주체에게 절박한 고립의 통증을 유발시킨다. 은장도가 있음으로 해서 내부와 외부 세계가 서로 단절된다. 이 단절을 극복하기 위해서, 다시 말하자면 영혼과 육신을 결합하기 위해서, 또 다시 말하자면 내용과 형식이 혼융되기 위해서 시적 주체는 "불 속에 몸을 꽂고" "낚아채 가려는 바람"을 기다려야만 한다. 이 의식의 거행을 보좌하기 위해 제단 둘레에서는, 주문처럼, "숲의 추격과 나무의 도망과 바다의 추락과 불의 범람"이 연출된다.

그러므로 시적 주체에게 죽음은 오히려 활로(活路)이며 승화가 된다. 시집 전체를 놓고 보자면, 이 죽음으로 인해 시인은 내용과 형식이 온전히 결합된 시와 사랑의 활로뿐만 아니라 사물과 사람에 대한 관계의 활로, 삶의 활로를 찾고 있는 듯하다. 그러나 그것을 위해 시인은 고통의 축제를 내내 감내할 수 있을 것인가. 고개를 쳐든 뱀에게 기꺼이 목을 내어줄 수 있을 것인가.

감각과 의식의 혼융

— 박복영의 『눈물의 멀미』

감각이 선행되어 의식이 생성되는 것인가, 의식이 감각을 일깨우는 것인가. 이 논란은, '코기토'(데카르트)에서는 관념을 껴안은 의식이 우세하다가 '신체화된 코기토'(메를로 퐁티)에서는 체험을 등에 업은 감각이 그 열세를 극복하는 양상으로 전개되었다. 물론 이 논란의 종지부는 끝까지 찍지 못할 것이다.

박복영 시인의 『눈물의 멀미』를 읽다 보면 감각과 의식의 논란에 대한 흥미로운 하나의 해결점을 발견하게 된다. 시집에서 그는 표면을 '보는' 것이 아니라 그것을 들추어 내면의 소리를 '듣는' 감각을 들려준다.

무심히 시집을 읽어나가면, "늙은" "닳은" "지친" "아픈" "슬픈" "차가운" "느린" "갈라진" "찢어진" "꺾인" 등의 수식어들을 접하게 되고, '소외된 자들을 보고 있구나', '남루한 것들을 향하여 연민의 눈을 뜨고 있는 시들이구나', '낮은 곳에 시선이 머물고 있으니', '긍정의 눈초리로 따라가면 되겠다', 정도의 시각적 안도, 감(鑑)에 빠지게 된다. 그런데 「물의 말을 듣다」에 이르면 늘어졌던 청각이 팽팽하게 당겨짐을 느끼게 된다. 먼저 시의 전반부를 들어보자.

매끈한 듯 울퉁불퉁한 물낯을 들추자 파닥거리는 물의 말들. 들린다.

쏴아, 물이 미끄러지며 달려가는. 꾸륵, 물살 지느러미가 돌을 차고 오르는. 화아, 침잠하는 물빛에 햇살이 얼굴을 씻는. 까딱, 물풀이 물결을 잡아당기며 일어서는.

말들이 세월을 이끌고 왔던 것

—「물의 말을 듣다」 전반부

시인은 물낯의 표면을 보려 하지 않고 그것을 들추어 소리를 듣는다. "쏴아" "꾸륵" "화아" "까딱" 등이 "파닥거린다"고 한다. '파닥거리는' 이 소리들은 처음에는 단순한, 의미 없는 '소리'에 불과하다. 그러나 시인은 여기에서 의미를 발견하기 시작한다. 물과 물살과 햇살과 물풀이 달려가고, 차고 오르며, 얼굴을 씻고, 일어서는 등의 의미로 해명되는 것이다. 뒤이어 그는 언어가 세월을 이끌고 왔다고 이해한다. 감각이 소리로서의 언어를 만들고 언어는 의미를 만들고 의미는 곧 세월–인간의 삶으로 이어진 셈이다. 이것은 "찰랑"이 "밥그릇에 고이는 허기"(「해질 무렵」)로, 재봉틀 바늘이 내는 "탁탁탁" 소리가 "어깨를 다독"(「구름 세탁소」)이는 소리로, "휭휭"하는 이파리의 소리가 "읽지 않고 넘겨버린 청춘"(「시간의 체온」) 등의 의미로 이해되는 것과 마찬가지의 원리를 따른다. 그러니 이 상황으로는 감각이 의식에 앞서는 것이 분명하다.

깨진 거울처럼 물의 혼잣말은 굴절되었을까. 아무도 알아듣지 못한 말이 층진 채 기울어져 있다. 퉁, 닿기만 하면 튕겨 나올 말들의 뼈마디가 시퍼렇다.

이제 말들은 쉬고 싶은 것이다.

—「물의 말을 듣다」 중반부

시의 전반부에서 시인이 들려준 '소리가 곧 세월/삶'이라는 해명은 중반부에서는 "알아듣지 못한 말"의 의미로 확장된다. '말/소리/언어'는 내가 들을 수 있는 것이 있고 내가 들을 수 없는 것이 있다. 앞에서 '말'이 '세월'을 이끌어왔다고 하였으니 '알아듣지 못한 말'은 곧 시인이 직접 체험하지 못한 타인의 삶의 모습을 의미한다고 볼 수 있다. 결국 아무도 알아듣지 못하지만 시퍼렇게 살아 있는 말들에 대한 시인의 관심은 잘 드러나지 않는 사람들, 인정받지 못하는 낮고 가난한 사람들에 대한 긍정적인 관심으로 전이된다. 사실 시집을 주도하는 주제의식은 이것이다. 의미 없는 '소리'로만 살아가는 사람들, 사람들의 무리에서 멀리 떨어져 홀로 외로이 살아가는 사람들에 대한 동정과 연민 그리고 그 사람들과의 연대이다.

그런데 시인은 말들이 이제는 쉬고 싶어 한다고 선언한다. 말/감각이 쉬면 세월/의식은 누가 끌고 갈 것인가. 시의 후반부를 보자.

양은냄비 뚜껑 손잡이 같은 어미의 까만 젖을 더듬듯 하류의 늙은 말들이 아이가 된다. 아이의 말은 순결하다. 문법도 형식도 없는 아이의 말을 들으며 서성거리는

물낯의 근육도 풀어지는 나른한 시간

뿌리박고 살면 고향이제.

머리 내민 돌멩이가 씨부렁거린다.

—「물의 말을 듣다」 후반부

아이의 소리를 내는 늙은 말들은 문법도 형식도 없다. 울음소리나 웃음소리, 명사 하나나 동사 하나가 모든 것/세월을 해명하고 이해하고 해석한다. 서둘러 말하자면, 이제 소리/언어는 있어도 좋고 없어도 좋으며 의미 다음에 따라와도 상관없다. 첫 연에서 '파닥거렸던' 소리들이 마지막 연에서는 '씨부렁거림'으로 바뀌었다. 그 씨부렁거림은 구체적인 '소리의 매개 없이' 곧바로 "뿌리박고 살면 고향이제."라는 돌멩이의 세월/삶이 된다.

이런 전개는, "뚝뚝" 빗방울 소리가 막, 말을 배운 아이의 눈을 거쳐 "나무와 그늘 사이 내가 있"(「다시 서성거리다」)는 것으로, "쿵", 누군가 악기 속에서 발을 헛디디고 내는 북소리가 "함께 걷던 당신이 내 손 꼭 쥘 때"(「안개」)로, "탁탁", 슬픈 빗방울의 울음소리가 흔들리는 당신의 얼굴을 지나 "누가, 저와 함께 죽음을 찾아보지 않을래요?"(「먹구름을 찾다」) 등으로 바뀌는 과정과 맥을 같이 한다. 그러니 감각과 의식이 선후 관계 없이 혼융된 셈이다. 이쯤에 오면 오히려 '코기토'이든 '신체화된 코기토'이든 감각이 먼저냐 의식이 먼저냐의 선후를 따진다는 것 자체가 무용하지 않겠는가.

노동과 사랑과 '나'

— 조혜영의 『봄에 덧나다』

전 지구적 자본주의에 의한 세계화의 '물결'이 범람한 지 오래되었다. 이 물결은 국가적 차원은 물론 공적, 사적 단체뿐만 아니라 개인적인 사고와 행동에까지 깊은 영향을 주고 있다. 세계화의 폐해를 잘 알고 있으면서도 그 물결에서 어디 구석으로 밀려나 고인 물로 썩어갈까 봐 노심초사와 전전긍긍을 떨쳐내지 못하는 우리 같은 소시민들은 '글로벌'이라는 어휘 앞에서는 술자리와 농담, 시시껄렁한 수다에서조차 목과 어깨를 동그랗게 말아 움츠러들어야 한다.

화려하다. 글로벌 구조, 글로벌 경영, 글로벌 창의, 글로벌 문화, 글로벌 교육, 글로벌 연애 등등. '글로벌' 시대에 글로벌 스탠더드한 태도를 취하지 못하면 지탄을 면치 못하는 시대가 되었다. 자못 글로벌 전체주의나 제국주의 같기도 하다. 사실 '글로벌'의 기치는 미국의 세계질서에 대한 헤게모니 선취 음모로서, 1980년대부터 시작된 미국 자본에 의한 한국의 신식민지화 전략의 연장선상에 있는 것이 아닌가. 그런데, 그럼에도 불구하고 이제는 우리가 '글로벌'의 총대를 메고 "밖으로! 밖으로! 세계로! 세계로!"를 외치고 있다. 하청업체의 비정규직 노동자가 목숨을 걸어야 하는 노동현장이 여전하고, 사글셋방을 전전하며 간신히라도 살아야 하는 노동자들이 아직도 존재하고 있는데도 말이다. 이런 자리에서는 조혜영 시인의 노동시들을 읽고 참담과 위로를 같이 받아도 좋을 것이다.

> 언덕 위의 그 방 사글셋방
> 정거장 가는 길은 가파르다
> 송림4동 철탑 밑의 작은 내 방
> 동화책만한 창문으로 새어나오는
> 침침한 형광등 불빛
> 마른 장작 같은 나무대문
> 15년 만에 찾아와
> 나를 만난다
>
> 야근하고 돌아와 라면 끓이던
> 번개탄으로 불붙이면 새벽녘에야
> 언 몸 달래주던 그 방
> 숨죽여 노동법과 역사를 토론하던 방
> 선배의 눈빛에 마음 주다
> 반성문 쓰며 울었던 방
> 노조를 만들던 날
> 동료들과 부둥켜안은 방
> 스무 살 더듬이가 유난히 빛을 내며
> 숨고르기 벅찼던 그곳
> 구멍가게 막걸리 좌판도
> 철물집 할아버지도 모두 여전한데
> 사글셋방 남겨놓고
> 나만 멀리 떠났구나
>
> —「언덕 위의 그 방」

그러나 '밖으로'와 '세계로'의 물살만 타다 보니 우리 내부의 흐름은 역류(逆流)의 조짐이 보이는 듯하다. 얼마 전 국민에 대한 기만과 국정에 대한 농단, 무엇보다도 인간에 대한 우롱을 종식시키기 위한 촛불혁명으로 새로운 시대가 열렸으나, 여전히 재벌과 서민경제의 관계는 건기(乾期)로 물이 말라버린 논바닥의 움푹 파인 게딱지 등짝처럼 찢어져 있다. 자식이나 형제자매와 생이별하거나 사별해야만 하는 가족들은 여론 조작과 수사 유기와 개입 판결로 인해 폐수(廢水) 속에서 허우적거려야 실정이다. 거기다가, 개인들조차 먹방 문화식의 아전인수(我田引水)로 나만 잘 먹고 잘살아보자는 의식이 갈수록 팽배해지고 있다. 아아, 그리고 우리의 가련한 가계(家計)! 가계는 이 모든 역류와 건기와 폐수와 인수들의 소용돌이 속에서 위태위태하다. 이러다가 세계로의 물결에 따뜻한 밥 한 끼마저 휩쓸려 가는 것은 아닌가.

산그늘 짙게 깔린
모내기 끝난 논에서
뜬모를 하다가
땅에 붙박이지 못하고
물 위에서 썪어가는 모를 본다

척박한 땅에 태어나
하루하루 사는 우리 모습이 저럴까
그들의 허기진 가슴을 떠올리며
엉덩이에 힘을 실어
한 포기 한 포기 모를 꽂는다
이 공장 저 공장 떠돌다
흔적도 없이 떠나가던 숱한
뜬모들과 그들의 밥을 생각하며

휘청거리는 몸을 꽂는다

아픈 허리 잠시 펴고
뜬모처럼 정처 없이 떠도는 내가
붙박여 살다 가야 할 곳은 어디일까
손톱 밑 아리게
꾹꾹 눌러 뜬모를 심는다

—「뜬모를 하다가」

박노해의 『노동의 새벽』(1984)으로부터 시작된 우리의 노동시는 그악스럽고 참담했던 한국의 80년대를 다음 세대로 건너갈 수 있게 해주었던 정신적 지주의 하나였다. 그러나 90년대가 시작되자마자 한국 노동시의 위상은 현실 사회주의의 몰락과 함께 퇴색하기 시작했다. 2000년대에 들어서면서부터는 '글로벌' 시대의 개막과 함께 노동시를 쓰고 읽는 일이 드물다 못해 희귀한 현상으로까지 간주되고 있다.

주지하다시피 노동시는 목적시다. 노동시는 노동과 노동자가 착취당하고 소외당하는 현상에 대한 해방과 저항운동으로서의 시다. 노동시의 궁극적인 목적은 인류의 참다운 자유 실현이다. 그러므로 현재 노동시가 퇴색되었다면 노동시의 목적이 달성되었기 때문이어야 할 것이다. 그러나 우리의 현실은 그렇지만은 않은 것 같다.

산길을 걷는데
막무가내로 잘린 소나무 가지 무성하다
부러지고 고꾸라지고 널브러지고

잘린 가지 가지마다 눈물이 흐르다 맺혔다
잘린 자리 자리마다 핏물이 흐르다 굳었다

나무둥치 사이로 흐르다 멈춘 자리
그곳에 분노가 있다

인간의 땅에도
자본가의 톱질에 잘린
팔 다리 목들이 천지에 널브러져 있다
철탑위에 닫힌 공장 굴뚝 위에 크레인 위에
보드블럭 콘크리트 바닥에도
천막농성장 캄캄한 침묵 속에도

잘린 상처는 쉬 낫지 않는다
비바람에 모진 세월을 견딜 뿐
다만 딱딱하고 매운 송진 덩어리를 키운다
사람들 가슴 속에 옹이 박혀
폭발할 듯 폭발할 듯 맵고 뜨겁다

송진에서는 땀냄새가 난다
송진에서는 분노의 냄새가 난다
송진에서는 피의 냄새가 난다

이쯤 되면
누군가 서둘러 불씨를 당겨야 한다
이쯤 되면
누군가 앞질러 횃불을 피워 올려야 한다

—「송진」

노동현장이 개선되었다고는 하나 개선된 그 정도만큼 노동가치가 묵살되는 현장을 우리는 곳곳에서 수시로 그리고 오랫동안 목격하고 있다. 신자유주의에 편승하여 천민 자본에 예속된 특권적 노동계의 반대편 어느 한구석에는 생존권을 박탈당한 채 생명의 위험을 무릅써야만 하는 노동현장이 여전히 존재하고 있다. 그럼에도 불구하고, 껍데기만 요란한 글로벌 시대 상황에 따른 결과이겠지만, 노동시를 읽고 썼던 많은 노동자들이 노동현장을 떠났고, 노동시를 썼던 많은 시인들이 노동자를 떠났으며, 공동체에 대한 연대의식으로 노동시를 읽던 일반 독자들도 자본에 낙오되지 않기 위해 사실 '닥치고' 노동시를 떠났다. 그런 와중에도 조혜영 시인은 여전히 노동시의 기치를 들고 나선다.

노동과 시를 바라보는 눈에도
질적인 차이가 있는 게야
노동현장에서 일하며 줄곧
시를 써온 한 시인에게
유명한 평론가이자 교수는
일하면서 시 쓰기는
좀처럼 쉬운 일이 아니라며
시 쓰는 일과 노동자의 삶은
좀처럼 어울리지 않는다고 감탄 연발이다

여전히 노동하며
시 쓰기를 계속하고 있는 시인에게
평론가이자 교수는
이 시대의 진정한 노동자 시인이라고
칭찬이 아깝지 않은데
노동하며 밥 먹고
노동하며 연애하고
노동하며 새끼 낳고
노동하며 노래 부르고
노동하며 시 쓰는 게 뭐 대수냐 싶은데

노동을 모르고 시를 쓰고
노동도 없이 먹고 싸는 부류가 너무 많아
노동하며 시 쓰는 아주 평범한 시인은
시집 한 권으로 평론가 교수를
감동시키고 있구나

노동하며 시를 쓴다는 이유 하나로

—「편견－노동시」

상처 없는 인간은 있을 수 없다. '인간=상처' 같기도 하다. 우리는 의식적으로든 무의식적으로든 상처를 받으며 그 속에서 가까스로 삶을 영위하고 있다. '글로벌' 같은 외양적 부피의 확장이나 표면적 화려함의 시대적 특성으로 인해 상처에 둔감하거나 상처를 의도적으로 멀리하는 부류의 사람들이 늘어가고 있지만, 바로 그런 정도만큼 조혜영 시인은 자·타의 상처에 깊은 관심을 드러내며, 특정한 관심의 속성을 자신만의 감성으로 특성화하여 시화(詩化)한다. 그러니까 노동시를 주로 쓰는 시인의 감성은 노동과 관련된 상처에 예민할 것이며, 노동시를 쓰는 여성 시인의 감성은 거기에 여성만이 지닌 감성이 보태질 것이다.

희선이가 면회 온 엄마를 보내고
종일 침대에 엎드려 운다
아침부터 엄마가 온다고 좋아하며
사람들마다 자랑을 하더니
목 놓아 운다
엄마가 뭐길래
진정으로 엄마의 마음이 무엇인지
나도 아이 둘의 엄마인지 다시 되묻게 된다

아이들 앞에서 울지 않고
아이들도 엄마 앞에서 울지 않는
긍정적인 관계를 생각하며
나도 엄마가 되고 싶어
혼자서 목 놓아 울었다

—「정신병 이야기 14 – 엄마」

참된 노동시인이란 여전히 노동현장에서 일하며 노동시를 쓰는 시인일 것이다. 노동의 가치가 왜곡되지 않으며 노동 자체로부터 소외당하지 않고 인간의 한 본질로서의 노동의 의미가 드러나는, 그런 '참 노동'을 통한 '참 사랑과 참 평화와 참 평등'을 갈망하는 시인일 것이다.

술 마시면 얼굴이 빨개지는 것은
숨어 있는 상처가 드러나기 때문이다
그래서 상처가 있는 사람만이 술을 마신다

상처가 아물지 않은 사람들은
하루도 빠짐없이 술을 마시며
온몸을 붉게 물들인다
기를 쓰고 그늘을 걷어낸다

내 주변에 그런 사람 너무 흔하다

무슨 일이 있어도
오늘은 그대 앞에서 독한
술 한 잔 하고 싶다
상처뿐인 흔적을
몽땅 붉은 반점으로 피워보겠다

술기운 빌려
아픈 과거를 까발려보겠다

—「술을 마시는 이유」

1980년대의 일부 노동시들에서는 선서식 또는 선언과 투쟁 일변도의 직설적 표출이 적지 않았다. 그것은 먼저, 혁명에 대한 열정에서 오는 윤리적 주체와 시적 주체 사이의 괴리 때문일 수도 있었겠으나, 윤리와 자아를 통합적으로 형성하려는 노력, 무엇보다 시인 자신에게 충실한 독단적 인간으로서의 고뇌들이 시의 저류를 형성하지 못한 것도 하나의 원인이었을 것이다.

조혜영의 시에서는 이 괴리가 보이지 않는다. 그의 시=노동=삶으로 읽힌다. 그의 시에서는 상처도 붉은 반점의 꽃처럼 피어날 수 있다. 그의 시를 읽으면 같이 술 한 잔 하고 싶은 마음이 드는 이유가 거기에 있다.

미녀의 알에서 깨어난 생명의 노래들

— 김백겸의 「스타벅스 로고(logo)」, 안차애의 「난생(卵生)의 계보학」,
이령의 「낙타가시나무풀」, 송과니의 「찔레꽃과 나와 새」가 제시하는 생명의 의미

촛불집회가 열리던 날 충격적인 사건이 벌어졌다. 광화문 광장에서의 한 스님의 분신과 태극기 집회 참가자의 아파트에서의 투신이 그것이다. 두 사건은 그들 죽음의 원인에 대한 선악을 떠나 생명의 기원과 의미와 바람직한 인간 삶의 형태 등에 관하여 다시 한번 되돌아볼 계기를 제공해준다.

인간 생명의 기원은 크게 두 가지 방식으로 논의된다. 하나는 진화론이고 다른 하나는 창조론이다. 그런데 그 어느 쪽이라 할지라도 인간생명의 존엄성이 엄숙하게 지지를 받는다는 것은 자명한 것 같다.

생명의 기원을 창조설의 관점으로 본다면 우리는 완전무결하고 영원무궁하며 전지전능한 신(神)에 의해 창조된 존재들이다. 유한한 인간으로서는 더할 나위 없이 영광스러운 일이다. 그런 의미에서라면 인간은 본인 자신의 생명 여탈에 대한 권리조차 없게 된다. 오로지 생명을 보존하고 예찬해야만 하는 과분하고 즐거운 의무만이 남게 된다. 이런 관점은 인간 생명의 근원을 천지인(天地人)의 조화에서 찾는다 할지라도 마찬가지일 것이다.

진화생물학적인 관점에서 볼 때 현생 인류의 기원은 수십억 년, 짧게 잡아도 수만 년이나 지속된 유전자에서 찾을 수 있다. 유전자의 보전은 최초의 유기물의 생성에서부터 단세포, 다세포, 유인원을 거쳐 적자생존과 자연선택의 원리를 따라 석기 시대의 자연 재해나 맹수들의 공격도 물리치면서 지금까지 유지해왔던 것이다.

지금 '나'의 몸과 마음을 구성하고 있는 유전자들의 경우도 상고 시대를 거쳐 고조선 시대 흉족들의 학살이나 삼국 시대 혹은 발해, 고려 시대의 거란이나 칭기스 칸의 날 선 검이나 창들도, 그리고 저 끔찍했던 호란들과 왜란들 속에서도 꿋꿋하게 견뎌왔을 것이다. '나'의 생명은 징용과 징병과 위안부와 한국 전쟁의 간악과 잔혹도 용맹스럽고 위대하게 건너왔을 것이다.

지금 현재 우리들의 몸과 마음을 구성하고 있는 유전자들의 자기 유지와 보전이 리처드 도킨스가 말하듯이 이기적 성향에 의한 것이든 그렇지 않든 간에 수십억 년이라는 장구한 기간, 상상조차 하기 힘든 그 오랜 시간 동안, 그들이 겪어야 했던 지난한 고투의 결과라는 것만으로도 우리는 우리의 생명을 결코 경시할 수 없는 일이다.

생명의 기원을 어느 경우로 본다 할지라도 인간 생명과 삶은 경이와 향유, 수긍과 경탄의 노래가 되어야 마땅할 것이다.

로렐라이 언덕의 미녀

파도 속에서 세이렌의 노래를 부르는 미녀

꼬리지느러미가 둘로 갈라진 인어미녀

그리스 신화원전에서는 머리는 여자고 몸통은 새인 키메라(chimera) 미녀

학의 다리로 걸어 다니는 미녀

DNA를 분석하면 익룡의 이빨과 부리도 숨어있는 미녀

밈(meme)의 하늘을 날아다니는 미녀
스타벅스 로고 속에서 웃고 있는 미녀
커피키스로 유혹하는 미녀
— 김백겸, 「스타벅스 로고(logo)」 전문(『시인수첩』 2017년 가을호)

아름다운 설화와 전설, 신화들은 사라진 것이 아니다. 그들은 여전히 우리의 몸과 마음속에 살아 있다. 생물학적으로는 DNA의 수직적 보전과 문화학적으로는 MEME의 수평적 확장을 통해 우리에게 유전되어 살아 있다.

광대무한한 창공을 날며 자유를 만끽하던 익룡의 이빨과 부리는 단순히 상상만으로 우리에게 남아 있는 것이 아니다. 로렐라이 언덕의 미녀와 키메라가 익룡의 순결한 이빨과 부리를 지니고 있다는 것은 진화생물학적인 관점에서는 유전된 명백한 사실이다. 시인의 아름답고 설레는 시에서처럼 바로 그 미녀가 세이렌의 노래를 부르며 커피키스로 지금도 여전히 우리를 경이롭고 황홀하게 유혹하고 있지 않은가.

이럴 때에 우리는 노동과 노고와 수고로움에서 잠시 떠나도 좋을 것이다. 어쩌면 그것들은 인간의 본질이 아니다. 나의 생명은 일상의 피로와 안간힘과 관계의 알력 등에서 벗어나 커피키스로 유혹하는 미녀의 손짓을 즐길 권리가 있다.

익룡의 알인 듯, 다음의 시에서 안차애 시인이 노래하는 '알'은 데굴데굴 구르며 유쾌한 생명을 향유하고 있다.

닭이 먼저인지 알이 먼저인지 다투는 것만큼 의미 없는 싸움은 없다지만 나는 혁거세나 수로왕의 탄생, 저 난생의 설화를 가지고 싶다 마리아가 낳아주지 않아도 되는 알, 프로이드식 거세의 협박이 무섭지 않은 알, 아빠가 좋아 엄마가 좋아 꼬리에 꼬리를 무는

가족 서사를 꿀꺽 삼키지 않아도 되는 알

들판이나 지푸라기 위를 굴러다녀도 되는 알, 비린내 나는 자궁의 추억이 없는 알, 삼각 사각 관계의 입맞춤이 필요 없는 알, 뻐꾸기 알처럼 남의 둥지로 데굴데굴 굴러가도 되는 알, 얼굴이 없어서 어디라도 스위트 홈을 꾸미는 알, 졸업 앞으로 나란히 취업 앞으로 가 따위 명령어가 필요 없는 알, 막판에 몰려 알까기로 휙 날아가 구석에 처박혀도 국물이 새지 않는 알

슬금슬금 몇 개를 주워내도 금방 비슷한 하양이나 검정으로 다시 채워지는 알, 발버둥 칠 팔다리가 없어서 관절염도 앓지 않는 알, 아무런 기호(嗜好)의 감정을 가지지 않아서 모든 감정의 기호(記號)가 되는 알, 떠나고 난 뒤에 빈집의 고요로 승부가 드러나는 알, 지붕 위로 굴러가 허공의 경계를 찢는 알

닭이 먼저인지 알이 먼저인지 알고 싶지는 않지만 어떤 알도 뾰족한 입술을 가지지는 않아서 당신을 지우고 싶을 때 반투명 막을 뒤집어쓰고 난생의 첫 번째 순서를 기다리고 있는 알

— 안차애, 「난생(卵生)의 계보학」 전문(『시와 경계』 2017년 여름호)

성모 마리아와 프로이트를 묶어서 생각해보면 우리는 태어나면서부터 무의식적 원죄 의식을 지니게 된다. 죄를 지은 적도 없는 것 같은데, 유년기의 난감한 가족 서사에 이르러 태생(胎生)을 돌아보면 난데없는 '나'의 상실감이 몰려오기도 하며, 우리의 존재 근거이자 이유이기도 한 소중한 사랑을 알 때쯤 해서는 그 사랑을 차단시키는 학업과 취업 같은 광포한 명령들이 도처에서 기승을 부리며 우리의 생명을 갉아먹기도 한다.

그러니까 우리는 우리의 생명을 해치는 일 따위들에게 무작정 휘둘려

서는 안 된다. 설사 막판에 몰려 바둑판 알까기의 알이 된다 할지라도, 휙 날아가 구석에 처박힌다 할지라도, 국물조차 새지 않는 알처럼 맹랑하고 단단할 자격이 우리에게는 충분히 있다.

시인은 떠날 때가 가까이 온다 해서 발버둥 치지도 말기를, 상한 기호(嗜好)도 모든 감정의 넉넉하고 품격 있는 기호(記號)가 되기를 유쾌한 상상을 통해 염원하고 있다. 마지막 날에 지붕 위로 굴러가 허공의 경계를 찢는 알이 될 수 있다면, 그래서 이편과 저편, 유와 무, 의미와 무의미의 경계를 무화시킬 수만 있다면 이만큼 신나고 즐거운 삶은 어디에서도 찾을 수 없을 것이다. '뾰족한 입술이 없어서 반투명막을 뒤집어쓰고 난생(卵生)의 첫 번째 순서를 기다리고 있는 알'이란 또 얼마나 아름다운 생명의 모습인가.

그러나 마냥 '알'로만은 있을 수 없는 일이다. 오해와 불협화음이 난무하는 세상이지만, 우리는 마침내 잘 번식하고 잘 적응하는 종(種)으로서 세상과 담대하게 맞서야 한다. 이령의 시는 슬픔이 행복으로 변형될 수 있는 방식을 현상을 직시하여 과잉 없이 제시해준다.

고비를 건너며 생각했죠.

난
잘 번식하는 종(種)

이 시간, 이 방향엔
평균적일 경우 착하다는 엄마,
왜 하필 소소초죠?
젊다는 건 이미 봄이니까! 뿌리를 내리렴!
어떤 방식으로도

너희는 작고 작아
엄마가 파리하게 웁니다

난
매우 적합한 종(種)

축축한 엄마와 갈라진 언니는
한 번의 우연으로 모래톱을 쌓나요?
이곳에선 오해가 행복의 근원입니다

예측불능은 아름다운 거잖아!
만삭의 언니가 뾰족합니다

난
잘 적응할 종(種)

무엇을 위한 출발점인가
방을 춥게 하려면 벽난로를 두시죠
차라리 크라이머스와 오스카 클라인을 심지 그래?
언니의 엄마, 나의 엄마
제 피로 목을 축이며 연명하는 낙타여!
다르다는 건 틀린 것과 달라!
이곳에선 불협화음이 지천입니다

사막의 결이 자주 바뀌는 동안에도 언니는 돌아오지 않고
가시와 뿌리와 별과 사랑과 침묵과 빛과 다시 어둠
고비를 넘나며 생각했죠!
넓이와 깊이는 비례하지 않아

모래집의 다른 이름, 가족

결국 우린
필연적으로 자주자주 뭉치고 흩어지는 종(種)

* 낙타가시나무풀−소소초(蘇蘇草)라 불리는 낙타가 먹는 풀
— 이령, 「낙타가시나무풀」 전문(『시산맥』 2017년 가을호)

가족이란 내 생명의 출발점이며 터전이다. 가족이 없이 나의 생명이란 있을 수 없다. 그럼에도 불구하고 가족만큼 나의 생명을 아프게 하는 경우도 드문 것 같다. 나의 발원지이며 현재의 근원인 가족이 끊임없이 나를 상심시킨다. 그러나 그 이유는 단연코 '사랑' 때문이다. 너와 나의 생명을 너무도 사랑하여 오해와 불협화음이 생기는 것임에 틀림이 없다. "너희는 작고 작아/엄마가 파리하게" 우는 이유도, 평균적이거나 엄마의 입장에서는 불편할 수밖에 없는 '예측불능'을 이해해달라고 언니가 떼를 쓰는 이유도 모두 사랑과 믿음 때문일 것이다.

가족관계뿐만 아니라 인간의 삶 자체가 '가시에 찔려 제가 흘린 자신의 피로 목을 축여야만 하는 여정'일지도 모른다. 그럼에도 불구하고, 삶에 고비가 찾아오고 오해로 인해 서로 헤어지기도 하며, 마음끼리 불협화음이 발생하여 모래처럼 흩어지는데도 불구하고, 이 시의 주체는 자신을 잘 번식하고 잘 적응해내는 종(種)이라고 선언하고 있다. 이 선언은, 생명과 삶에 대한 이토록 강인한 수긍의 선언은, 우리에게 사막처럼 허허로운 몸과 마음을 소소초의 뿌리처럼 안착시키는 힘으로 다가온다.

시에서는 "돌아오지 않"는 사람이 언니라고 불렸으나 어쩌면 이 언니는 시의 주체 자신일지도 모른다. 동서고금의 모든 엄마들은 모든 자식들로 인해 제 피로 목을 축이며 연명하는 낙타가 아닌가. 만삭의 언니처럼 모든 자식들도 곧 엄마가 될 것이다. 엄마가 되어 제 피로 목을 축여야만 할 것이다. 이러한 고통의 슬픔은 생명에 대한 지고한 사랑의 과정

이겠지만 그 결과는 반드시 행복으로 귀결될 것이다. 이 시의 의미를 크게 넓혀서 생각해보면 하나의 가족을 넘어 인간에 대한 사랑, 인류의 생명에 대한 사랑으로 자연스럽게 확장된다.

그러므로 아무리 험난한 고비가 닥친다 할지라도, 아무리 아픈 슬픔의 가시가 찔러온다 할지라도, 주눅이 들어서는 안 되는 일이다. 오히려 당당한 새처럼, 세상에서 가장 아름다운 노래에 당도할 꿈도 가져야 할 것이다.

울려 퍼질 것이다. 저 공중이 찢어진다
하더라도 내 소리는
날개 젓고 저어 휘저어 세상에서 가장 아름다운 노래에 당도할 것이다.
가시 숲속에 모여 윙윙거리는 찔레꽃잎 음표들 내 계음들. 그런데

내 소리가 아직
내 부리 벗어나지 못하였음인가. 저 새가 이 새 업어주지 않는 것이다.
하지만 그 목청 비틀어서라도
새벽이 나 들쳐 업고 내 노래까지 날게 할 것이다. 부르다 음표가 바닥날지라도
나는 부를 것이다.
내 소리가 무관심한 새벽의 목청을 비틀어 새벽종이 우는 그날,

온갖 슬픔이여, 나를 찔러오라.
그대의 지독한 가시로 나를 찔러오라.
그대가 나를 찔러주면
나는 꽃으로 피어날 것이다.
그대가 나를 더 지독하게 찔러주면

나는
가시를 아주 상냥하게 맞이한 꽃으로
그대 한가운데 피어날 것이다.

때문에,

저 새가 이 새 업어주지 않는 것인가.

아니다. 아니다. 아니다.

냉혹하게 찔러오는 슬픔으로부터 날개 치며 떠올라 저 공중 젓고 휘젓는 한 곡의 소리 그
놀랍고 아름다운 노래가 되고도 남을 것이다.

내 계음은, 가시 숲으로부터 솟아올라 울려 퍼져나가는 찔레꽃잎 음표들이다.

번져가라, 나는 내가 가진 소리 전부를 튼다.

—송과니, 「찔레꽃과 나와 새」 전문 (『시인광장』 2017년 7월호)

다시, 서두의 언설로 되돌아가서 생각해보면, 인간의 생명을 위협하거나 그것을 볼모로 특정한 야욕을 채우거나 더 나아가 그 생명을 앗아가거나 할 권리는 누구에게도 없다. 유전자의 의지이든 창조주의 섭리이든 간에 우리의 생명은 최초이면서 최후의 목적이 되어야 한다. 사적(私的)인 한풀이의 대상이 되어서도 안 되며, 방기되어 수몰(水沒)되거나, 전쟁터의 전리품이 되어서는 안 된다. 아바타의 농단 같은 것으로, 우리의 생명이 멸시당하거나 모멸감 속에 빠지는 일이 일어나서는 결코 안 되는 일이다.

그럼에도 불구하고 인간 이하의 것들로 인해서 우리는 간혹 극악한 슬픔들을 겪는 일이 있다. 그것들로 인해서 슬픔과 아픔들의 지독한 가시가 우리의 가슴을 찔러올 때가 있다. 그러나 우리는 뒷걸음질 치면서 물러나거나 마음을 옹송그릴 생각은 없다. 우리는 가시덤불 속에서도 꽃을 피우는 찔레꽃, '인정머리 없고 무심한 새벽의 목을 비틀며 가시에 찔리면서도 하늘로 솟구쳐 날아오르는 새의 노래'가 될 준비가 되어 있다.

우리는 우리의 생명을 경탄하면서, '내 소리가 내 부리를 벗어나는 날' "저 새가 이 새를 업어 주"듯이 우리는 서로를 보듬고 위로해주면서, 마침내 슬픔들에게 호령할 것이다.

'오라, 슬픔들이여, 소리가 새의 부리를 벗어나 공중을 찢고 마침내 세상에서 가장 아름다운 노래에 당도하듯이, 나는 슬픔의 더 지독한 가시로 찔릴지라도 기어이 꽃으로 피어날 것이다, 들으라, 내 소리 전부를 틀겠노라.'

유업의 단절 그리고 제자리

— 김석환의 「갈대의 유업」, 차주일의 「제자리」,
박수빈의 「도마뱀」에 나타난 활로(活路)

나는 요즈음 나나 우리나, 사회나 역사나, 물질이나 문명을 넘어 내가 진보한다고 믿어왔던 인간의 감성이나 이성조차 끊임없이 반복적이라는 생각에 사로잡혀 있다. 개인적인 생활뿐만 아니라 사회적 나아가 국가적으로도, 국제적으로도 치유 불가능한 유전병처럼 우리의 삶의 행태가 반복적, 환원적으로 유전되고 있다는 생각에 몹시 답답해하고 있다. 이 자리, 이 위치, 이 상황의 지속은 어떤 의미를 지니고 있는 것인가. 사적이든 공적이든 역사란 본래 그런 것이며 다른 길은 없는 것인가. 이런 생각들 속에서 세 편의 시들을 읽어보았다.

먼저 김석환 시인은 치유 불가능한 유전병을 지닌 천민의 후예들이 있다고 말한다.

> 노래를 하거나 춤을 추는 게
> 누대로 물려온 가업이거나
> 치유 불가능한 유전병이다
> 주인이 버리고 떠난 천수답이나
> 나룻배 버려진 강가 나루터 구석에

촘촘히 모여 사는 갈대 일가
물거울에 제 그림자 거꾸로 잠근 채
구름 뒤로 숨은 보름달
얼굴을 보여 줄 때까지
사라진 별자리 발길을 기다리며
노래하다 지치면 잠시 눈을 붙이고
다시 깨어나 춤을 추다 보면
그늘에 잠든 맹꽁이도 깨어나
장단을 맞추며 풍악을 울리고
마을 개도 덩달아 짖으며
고요를 흔들어 깨운다
흔들리다 지쳐 허리가 꺾이고
머리가 희어지고 목이 부러질 때까지
오지 않을 이를 기다리는 게
벗을 수 없는 굴레라서
뼈만 남을 때까지 뼈가 썩어서
무덤을 이룰 때까지
뿌리 아래 밑 빠진 항아리
끝내 채울 수 없는 허기를
숨겨두고 얼굴도 이름도 모를
누구를 기다리며 종족을 늘리어 가며
갈 데도 모르고 제 자리에서
주검의 탑을 쌓는 천민의 후예들

— 김석환, 「갈대의 유업」 전문(『문학청춘』 2017년 여름호)

아무도 돌보지 않는 갈대 일가가 있다. 그들이 하는 일은 유업으로 물려받은 노래와 춤. 이들은 구름 뒤의 보름달이 얼굴을 보여줄 때까지, 사라진 별자리의 발길이 다시 나타날 때까지 노래하고 춤을 춘다. 그들을 따라 맹꽁이나 개들이 덩달아 깨어나 고요를 흔든다. 갈대 일가는 허리가 꺾이고 머리가 희어지고 목이 부러질 때까지, 뼈만 남고 그 뼈가 썩어서 무덤을 이룰 때까지 종족을 늘리어가며 주검의 탑을 쌓는다.

이것은 아름다운 누대의 가업인가. 그런데 이 갈대 일가는 누군가를 기다리고 있다. 얼굴도 이름도 모르는, 오지 않을 이를 기다리고 있다. 이 시가 단순히 달빛에 흔들리는 갈대숲의 모습에서 시적 주체가 느낀 개인적 감회나 심정적 소회를 노래한 것이라면, 인간적 삶의 애잔함이나 안쓰러움을 충분히 아름답게 상기시켜주기에 부족함이 없다. "오지 않을 이"를 기다리는 시적 주체의 심경에 다가서면 인간 삶의 근원까지 읽을 수도 있을 것이다.

그러나 갈대 일가의 생존의 의미를 생각해보면 정반대로 읽힐 수도 있다. 유전병으로 얻는 삶의 행태로서의 노래와 춤이 무슨 의미인가. 그토록 지난한 굴레 속에서 오지도 않을 이를 기다리며 '제자리'를 지키고 있는 갈대의 존재 의미는 무엇인가. 같은 유업을 남겨줄 종족이나 늘리면서 주검의 탑이나 쌓고 있는 갈대 일가는 표현 그대로 '지금'에만 만족하는 천민의 후예가 아닌가. 어디론가 떠날 수도 없고, 다른 일을 할 수도 없으니 그들이나 그들의 후예들 역시 다른 미래는 없는 것이 아닌가.

끊임없는 반복의 계보, 끊어낼 수 없는 항구적이고 환원적인 역사다. 오지 않을 이를 기다리는 것 자체가 갈대의 존재 의미로 보인다. 그렇다면 갈대 일가는 자신들의 유업을, 굴레를, 그런 끊임없는 반복의 역사를 그저 숙명적으로만 받아들이고 있는가. 그들은 자신의 모습을 왜 되돌아보지 않는가. 그 자체가 그들의 '제자리'인가.

반면에 차주일 시인은 제자리에 대하여 다음과 같이 표출한다.

> 돌의 요철을 본떠 깎아 만든 좌대는
> 서성거릴 수 없어 좌불안석이다.

흔들리는 수면에 자리 잡는
돌을 보면 제자리란 말이 궁금해진다.
물살에 몸을 맡겨 돌아선 돌이
제 뒷모습을 듣느라 숨죽이는 것 보면
돌은 자신을 궁금해 하는 생물이다.
제자리는 되돌아보는 틈을 둔다는 말이었구나.
돌이 물의 발음을 들으면 밤이었으며
바람의 발음을 들으면 낮이었구나.
반쯤은 물에, 반쯤은 흙에 거처를 둔
돌이 서성거리자 저녁이 제자리를 잡는다.
하루라는 풍경에서 제자리를 빌릴 수 있는 종족은
뒷모습을 탁발하는 관습을 갖고 있다.
길 앞에서 첫걸음을 신고 되돌아본다.
돌을 닮는 종족은
자신을 들을 수 있는 침묵에 서게 된다.

— 차주일, 「제자리」 전문(『POSITION』 2017년 봄호)

시인은 좌대에 놓인 수석(水石)을 보며 사유에 잠긴다. 돌은 제자리를 잡은 것인가. 돌의 제자리는 어디인가. 시적 주체는 제자리라는 것이 '물살에 몸을 맡겨 돌아선 돌이 제 뒷모습을 듣는 것'이라고 진단한다. 되돌아보는 틈을 둔다는 것, 서성거린다는 것, 흔들린다는 것, 뒷모습을 탁발한다는 것, 그러면서 자신을 들을 수 있는 침묵에 든다는 것이 제자리라는 것이다.

시적 주체는 길 앞에서 첫걸음부터 되돌아보기를 시도한다. 그러므로 제자리잡기는 현재의 나의 자세를 객관적인 시각에서 반성하고 성찰하고 정리해본다는 의미일 것이다. 시선이 흔들리거나 서성거림 없이 앞으로만 향해 있다면 제자리잡기는 요원한 일이며 제자리가 아닌 곳에서의 삶이란 바른 말로 하자면 무의미 그 자체라고 할 수 있다. 이는 헛사는 일이 아닌가. 이런 의미에서라면 시인의 경계(敬啓)가 곧 나의 경계로 다가와 독자로 하여금 깊은 공감을 갖게 하기에 이만한 시를 찾기는 어려울 것이다.

그런데 뒷모습을 본다는 것, 되돌아본다는 것을 단순히 현재의 위치에서만 보는 것이 아니라 과거의 자리까지 가서 되돌아보기를 시도한다면 사태는 그렇게 만만치가 않을 것 같다. 사실 돌이켜보면 제자리라는 것이 그 자리가 그 자리 같기 때문이다. 무엇이 달라졌는가. 사적인 영역에서 되돌아보기는 현재 있는 자리의 지속이나 수정 혹은 변경이나 이전을 요청할 수 있다. 그런데 한 걸음 더 나아가 공적인 영역, 역사의 영역까지 짚어본다면 제자리 잡기는 참으로 어려운 난제가 아닐 수 없다. 이 상황을 어떻게 극복할 수 있을까.

이에 반하여 박수빈 시인은 현재의 자리에서 어떤 상황을 끊어내고 싶어 한다.

> 스마트폰을 끊,으,며, 철수와 영희들을 끊,으,며, 만약이라는 약을 끊,으,며, 중독성 이별을 끊,으,며, 지는 목련 꽃 그늘을 끊,으,며, 칙칙한 칡넝쿨을 끊,으,며, 좌파 우파 군이 양,파를 끊,으,며, 한밤중에 벌떡 일어나 달려갈 것 같은 바다로 가는 기차를 끊,으,며, 세상의 평행선들을 끊,으,며, 물거품 같은 나를 끊,으,며, 입술이 바짝 마르는 집착을 끊,으,며, 독화살 박힌 혀를 끊,으,며,
>
> 그림자는 두께가 없어
> 우리의 대화는 허물을 벗을까
>
> 시간의 무늬들이 안,절,부,절,
> 물고기처럼 지느러미를 파닥인다

닿을 수 없는 거리
여진의 통증들

— 박수빈, 「도마뱀」 전문(『시인광장』 2017년 4월호)

박수빈 시인은 단절을 시도하고 있다. 뭔가 잘못된 것이다. 이 시의 시적 주체의 위치나 자리로 보자면 '제자리'를 잡지 못한 것이다. 시의 정황으로 보면 시적 주체가 말하는 단절 의지의 초점은 '대화'에 있는 것 같다. 그는 스마트폰을 끊고 입술의 집착을 끊으며 독화살 박힌 혀를 끊고 그래서 '대화'가 도마뱀처럼 허물을 벗기를 바라고 있다. 대화가 허물을 벗고 다시 새롭게 태어나기를 바라고 있으나, 평행선처럼 달리고만 있는 대화로 인해 닿을 수 없는 거리의 통증을 느끼고 있는 것이다. 대화뿐만 아니라 타자와의 '거리'를 발생시킨 어떤 매개체를 끊어내고 싶어 하는 독자에게는 이보다 더 큰 공감은 없을 것이다.

그런데 닿을 수 없는 거리이니, 도마뱀이 꼬리를 자르고 달아나듯이 우리도 이 정도의 꼬리를 자르고 달아나는 것으로 만족할 수 있을까. 대화란 너와 나뿐만 아니라 나와 나, 우리와 우리, 현재와 과거, 과거와 미래를 연결 시켜주면서 그들의 의미를 생성해내고 존립의 근거를 마련해주며 그 모든 것의 근원을 밝혀주는 것이라고 할 수 있다. 다시 말하자면 대화(언어)가 단절되거나 통로가 막힌 상태에서 접점도 없이 평행선만 달린다면 우리들의 존재 자체가 불가능할 수도 있다.

우리는 대화로 숨을 쉰다고 해도 과장되지 않은 말일 것이다. 그런데 이 시의 시적 주체는 대화의 단절뿐만 아니라 세상의 단절까지도 넌지시 넘보고 있는 듯하다. 철수와 영희, 좌파와 우파, 세상의 평행선까지 그리고 '물거품 같은 나'까지 끊으려 하고 있으니 말이다.

시적 주체는 이러한 단절을 통해 무엇을 의도하고 있는 것일까. 산문의 형식으로 씌어진 1연이 "끊,으,며,"로 연쇄되어 있으면서도 문장이 '끝나지 않는' 것처럼, 그렇게 끊으면서도 우리의 삶, 우리의 역사는 지속되는 것이라는 말을 하려는 것인가. '끊다'를 강조하는 것인가 아니면 '지속'을 강조하고 있는 것인가.

탈주, 너무나 인간적인

— 김명은의 「터널」, 김혜선의 「베이컨 식 5월」, 백인덕의 「낮술, 푸에르토리코에서 쓰는 비가(悲歌)」, 홍일표의 「달의 풍속」이 드러낸 참혹한 혹은 아름다운 탈주

우리는 늘 탈주를 꿈꾼다. 나로부터의 탈주는 물론 너로부터, 가족으로부터, 한 사회로부터, 한 국가로부터, 나아가 '지금, 여기'라는 모든 현실로부터의 탈주를 꿈꾼다. 무엇을 위한 탈주인가. 어디를 향하는 탈주인가. 무엇이 우리를 탈주의 욕망으로 몰아붙이는가.

캄캄한 터널 속에 갇혀 있는 듯이 밖이 보이지 않을 때가 있다. 아니, 많다. 그럴 때마다 밖을 보기 위해 내 안의 불을 꺼보기도 하지만 그렇게 되면 밖은 물론 내 안까지 어두워져 도무지 종잡을 수 없게 될 수도 있다. 안이 밖인 듯싶고 밖이 안인 것도 같다. 얽히고설킨 나와 나, 나와 너, 너와 너, 그리고 우리와 우리가 칡넝쿨처럼 서로를 옭아매고 서로의 발목을 잡고 서로의 들숨과 날숨을 동시에 호흡한다. 이때 우리는 이 모든 순간을 벗어나고 싶어 한다. 탈주를 꿈꾸는 것이다.

아무리 둘러보아도 명백(明白)이나 명료(明瞭)는 없다. 음지는 언제까지 음지이며 선(善)은 어느 때에만 선인가. 어제의 '나'가 오늘의 '나'가 아닌데 세상의 이치나 진리나 섭리 같은 것들을, 창공(蒼空) 같은 것들을 내일의 '나'가 어찌 읽을 수 있겠는가. 이때에는 타인에 의해 규정되는 나의

정체성은 하찮은 것이 되고, 나는 내가 믿고 있었던 나의 정체성마저 흔들고 싶어진다. 그렇다면 나는 무엇을 방향타 삼아 삶을 통과해야 하는가. 어차피 산맥의 터널을 통과해도 또 반복되는 캄캄한 터널 안일 것을.

그런데 그때 불현듯, 종잡지 못하고 있는 나를 생각하는 내가 '나'는 누구인가를 의심하게 될 때가 있다. 한 사람 안에서 한 사람이 빠져나가고 한 사람이 들어오는 것이다.

한 사람 빠져나가면 한 사람이 들어온다

밖이 보이지 않는다면 내 안의 불을 끄자
호흡과 호흡 사이로 끼어드는 칡넝쿨의 호흡
들숨과 날숨이 동시에 빗겨간다 모든 순간을 벗어나 봐

음지를 좋아하고 천사 같다 라는 말과
치마 입는 걸 싫어하는 나는
여자로서의 구실 따윈 버린 지 오래

창공과 무한천공을 읽을 수 있다면
코웃음 칠 콧구멍 두 개
너와 나는 관통하지 않아도 산맥을 통과한다

가을에서 여름으로 여름에서 두 개의 나무로 연속적으로
어딜 보고 있는지 음각으로 새긴 눈빛이 깊다

사라지기 직전의
사라지지만 아주 사라지지는 않으려는 듯
휘고 천천히 멀어지는
점점 더 작아지는 빛이 번져 아른거리는

한 사람을 빠져나오면 한 사람에게 갇힌다
— 김명은, 「터널」 전문(『시와표현』 2017년 11월호)

한 사람이 빠져나간 내 안의 자리에 새로이 들어온 사람은 역주(逆走)를 시작한다. 음각으로 새긴 깊은 눈빛으로 가을에서 여름으로 여름에서 또 그 이전 여름으로 또또 더 먼 여름으로의 되돌아보기를 한다. 그러면 사라지지만 아주 사라지지는 않으려는 듯 휘고 천천히 멀어지면서 번져 아른거리는 '빛'을 보게 된다. 저것이 무슨 빛인가. 터널의 입구에서부터, 어쩌면 태어나면서부터 나의 뒤에 붙어 줄곧 뒤따라오고 있었던 빛. 아직은 정체를 알 수 없는 저 빛.

그러나 그 빛마저 또 갇히고야 말 것인가.

한 사람을 빠져나오면 한 사람에게 또 갇히고야 마는가.

나로부터의 탈주는 마침내 불가능한 일인가.

밖으로 눈을 돌려도 마찬가지라는 듯 터널 밖에는 비까지 오고 있다. 인공의 빛이라도 찾아보려고 빛고을을 향한다. 산자락에서는 산고양이를 피해 청설모가 사투를 벌이고 들판에서는 맹목적인 개구리 울음이 사투를 벌이고 광주천(光州川)에서는 살과 뼈와 흙과 바람이 사투를 벌여 섞인 비린내가 흐른다. 천변 가정집 창밖으로 삐어져 나오는 나태에 대한 탄식과 고함과 가출(家出)의 협박과 이 모든 것을 돌파하고픈 소망들. 육체와 정신과 혈육과 생존과 윤리들로 겹겹이 둘러쳐진 울타리로부터의 탈주의 동경들.

금남로를 따라서는 동물적 본능의 노예근성이 천박한 권력에의 의지를 펼치고 있다. 나와 너의 머리가 잘리고 개들이 피 냄새를 핥고 있다. 권력은, 정치는, 이념과 편집증적 확신은 우리를 찌르고 가르고 조롱한다. 반복되는 흑역사와 백색테러는 우리의 피로 벽을 장식하고 사욕적이고 자기만족적인 농단은 우리를 허탈과 허무와 분노로 몰아간다. 하나의 검은 악이 다른 검은 악들을 불러 우리의 아름다운 탈주에 족쇄를 채운다. 그들의 웃음은 우리의 비애. 필연으로 가장한 예측불가의 명령들이 정신과 육체에 쏟아져 내리고 우리는 드러난 갈비뼈로나 출구를 꿈꾼다. 비는 내리고, 바닥에 깔린 그림자만 쳐다보고 있는 우리의 빛.

정육점 앞에서 개가 코를 땅에 박고 피냄새를 찾는다
정육점 안에는 머리 잘린 소가 걸려 있다
워낭소리가 문틈으로 빠져나간다
네 개의 다리가 정육점 안을 차고 누르고 밀어낸다
개가 코를 바짝 대고 안을 들여다본다
검은 장갑을 낀 남자가 검은 우산을 들고
혓바닥을 빨며 기억을 지워간다
검은 정장을 입고 검은 이빨을 드러내 웃고 있다
남자는 우산으로 소를 찌르고 가른다 그림처럼
튄 피가 벽에서 흘러내린다
초상화 걸린 미술관 벽이 웃는다
피를 피하려 남자는 검은 우산을 편다
남자가 웃을 때마다 소들이 쓰러진다
숨소리도 비명도 남기지 않는 전문가가 된다
포크를 나이프를 바다를 썰어먹는다
소 의자에 앉아 남자는 거대한 노출증을 드러낸다
썩은 오줌 냄새가 산탄총 탄환처럼 흩어진다
예측불가의 명령들이 태어나고 죽음을 소비한다
비는 내리고 소는 갈비뼈를 드러내 밖을 본다
죽은 소가 잠든 시계를 깨운다
개는 침을 흘린다 비를 피하면 피가 따라온다
광주에는 비가 너무 많이 내린다

— 김혜선, 「베이컨 식 5월」 전문(『열린시학』 2018년 봄호)

산탄총 탄환처럼, 인식의 겨를도 없이 육박해오는 현실적 감각들(sensations). 잔혹하고 거대한 노출증처럼 추스를 겨를도 없이 해체되는 우리의 주체들. 개들은 끊임없이 침을 흘리고, 비를 피하자 하면 검붉은 피가 우리를 따라온다. 벗어날 수가 없다.

역시 밖에서도 탈주는 불가능한가.

아니, 밖에서는 안에서보다 더 어려운가.

다시 한번 말하건대, 우리는 끊임없이 '지금, 여기'로부터의 탈주를 꿈꾼다. 그러나 '지금, 여기'의 사정이 늘 지옥이고 피곤한 노동이거나 피곤한 우울의 연속이며 나와 너, 우리를 묶어 그럴 바엔 차라리 전복(顚覆)을 이루자던 혁명조차 뒤이어 이어질 새로운 혁명의 단초가 될 뿐임을 생각하면 우리의 탈주는 영원히 불가한 일인 듯도 싶다.

나와 너와 마을을 떠나 푸에르토리코에나 가볼까. 카리브 해변이 보이는 이층 창가에 앉아, 차고 헐거운 맥주나 마실까, 뜨겁고 간단하게 럼이나 마실까, 럼에 맥주를 섞을까, 맥주에 럼을 섞을까. 낮술을 마시며 쓴 담배를 피워 물고 랭보를 따라 지옥을 안다고나 말할까. 견자(voyant)가 되어 아무도 읽지 않을 영원한 신의 목소리를 쓸까. 이미 심장은 썩어버렸는데, 아무도 읽지 않겠지만, 성스럽고 깨끗한 노래를 쓸 수 있을까.

목젖에 치밀어 오른 럼 때문에 눈물이 살짝 나기도 하는 틈을 타 여름에서 겨울로 되돌아 가본다. 화장과 가장을 하지 않고는 견딜 수 없었던 영혼의 한 철이 생각난다. 파베세는 노동을 축제로 생각하는 이들과 삶에서 희망을 길어낸 사람들을 예찬했다지. 그런 이들을 보았다는 것이 사실일까. 그럴 수 있을까. 그렇다면 그는 왜 좌절하고 절망했을까. 왜 탈주하지 못했을까.

럼이 맥주에 섞이는 속도로 기억의 회로들이 끊어지고 이어지고 휘어진다. 맥주에 럼을 붓듯, 럼에 맥주를 붓듯, 나는 산본 중심상가에서 사랑에 빠져든다.(내가 지금 무슨 말을 하고 있는가.) 예세닌은 이사도라와 결혼했던가. 옷자락의 피가 자신을 증거할 거라던 그의 증거의 대상은 서정이었을까, 혁명이었을까. 그의 탈주는 이념으로부터였을까, 아름다움의 감수성으로부터였을까. 산본에서 사랑을 하고(내가 지금 무슨 말을 하고 있는가.) 산탄총알보다 빠른 택시를 타고 안산의 안개 속에 휩싸인다.

푸에르토리코에서 낮술을 마시고
헌 빨래가 걸려 있는
해변이 보이는 이층 창가에 앉아
쓴 담배를 피워 물고
난, 혼자 중얼거리네.
"나는 지옥을 안다. 내가 거기 있으므로"
참, 이건 랭보의 말이었던가?
맥주에 섞어 마신 럼이 목젖에 치밀어 오른다.
그는 썩어가는 무릎을 송곳으로 찌르며
아무도 읽지 않을 시를 썼다.
난, 랭보의 이름을 되뇌이며
이미 썩어버린 심장을 카리브 해풍(海風)에 말리며
가장 쓴 담배를 피우는 사이, 혼자 중얼거린다.
약간의 비음(鼻音)을 섞어
"두터운 화장을 한 지친 영혼",
축제가 끝난 골목마다 사내 몇이 버려져 있고
깡마른 고양이들이 사내의 목덜미를 핥는 사이,
참, 이건 파베세의 이미지였던가?
낮술의 해안을 지나 헌 빨래가 가리키는 숲으로,
그러니까 럼이 맥주에 섞이는 속도로 휘어진다.
기억의 회로들을 마구 연결하고, 끊고, 용접하고, 휘어버리고,

서늘한 영혼의 밑바닥에 내던진다.
그러면 나는 럼에 맥주를 붓듯, 맥주에 럼을 붓듯
산본 중심상가에서 사랑에 빠지고
“이 옷자락의 피는 나를 증거하리라”
다시, 제 머리통만 한 쓴 담배를 물고 안산의 거리를 헤매리라.
참, 이건 예세닌의 투정이었던가?
안산의 거리는 저녁이 아름다워, 아름다운 저녁의 안개는
재빠르고, 시인이 되지 못한 택시기사는 제 목숨을
총알 같은 속도에 건다.
푸에르토리코에서 낮술을 마시고, 그 어떤 새도
직선으로 추락하지 않는 산본에서 사랑을 하고,
쓴 담배 한 개비 물고 안산의 안개 속에 휩싸인다.
안개는 순간 살 틈을 헤집고, 몸 안의 피를
서쪽 하늘에 뿜어버린다.
그러면, 내 체액엔 푸른 멍처럼 떠도는 낮술만 남아,
맥주처럼 차고 헐겁게,
럼처럼 뜨겁고 간단하게,
사랑할 수 있다는 것일까,
살아 갈 수 있다는 것일까?

— 백인덕, 「낮술, 푸에르토리코에서 쓰는 비가(悲歌)」 전문
(『시인광장』 2018년 2월호)

랭보의 지옥도 파베세의 두터운 화장도 예세닌의 옷자락의 피들도 모두 탈주를 꿈꾸는 자들의 ‘터널’이었으리라, ‘베이컨 식 5월’이었으리라. 그런데 안산의 안개가 내 살을 헤집고 몸 안의 피를 서쪽 하늘에 뿜어버린다. 내 체액엔 낮술만 남는다. 맥주처럼 차고 헐겁게, 럼처럼 뜨겁고 간단하게,

사랑할 수 있다는 것일까,

살아갈 수 있다는 것일까,

그게 '빚'이라는 것일까.

한때 내 탈주의 근원이요 과정이자 방향이기도 했던 오래전 죽은 애인이 나를 계곡의 평평한 바위로 데려간다. 애인은 내 발을 만지며 말없이 간절한 물의 마음을 보여준다. 푸른 비늘을 반짝이며 흘러가는 삼나무 이파리 같은 물결들이 터널을 빠져나오면 또다시 시작되는 새로운 터널에 대한 '내 안'의 악몽을 위무한다. 머리 잘린 소처럼 외부로부터 이리저리 유린당했던 '내 밖'의 절망이 서늘한 영혼의 밑바닥으로 가라앉는다. 낮술에서 깨어나 정신이 명징해진다.

애인이 준 동백나무 열매를 주머니에 넣는다. 무엇을 낳으라는 듯 배가 불룩해진다. 애인의 눈가에 흐르는 실개천이 서럽도록 아름답다. 나에게 무엇을 바라는 간절한 응시인가.

돌 위에 앉아 발끝에서 타고 오르는 물의 노래를 듣는다. 애인과 함께 꿈꾸었던 지난날들이 파노라마처럼 스쳐 지나간다. 함께 들었던 선암사의 적막한 목탁 소리가 지나가고, 함께 발을 담갔던 투명한 계곡물이 지나가고, 함께 보았던 서로의 뜨거운 마음들이 지나간다. 함께 그리워했던 나라, 그러나 갈 수 없는 나라로 인해 몸과 마음이 죽어 있었을 때 나를 일으켜 세우던 싱싱한 생물의 음악들이 지나간다.

오래전 죽은 애인이 내 발을 만진다

무슨 말을 하는데 소리가 들리지 않는다

물의 마음만 간절하여 다 보인다 물에서 삼나무 냄새가 난다 삼나무 이파리 같은 물결들이 푸른 비늘을 반짝이며 흘러간다

애인이 동백나무 열매를 따서 준다 주머니가 불룩해진 나는 갑자기 임산부 같다 선암사 목탁 소리에 깨어난 애인의 눈가에 실개천이 흐르는 걸 본 사람은 없다

계곡의 평평한 돌 위에 앉아
발끝에서 타고 오르는 물의 노래를 듣는다
죽은 불을 깨워 나를 일으켜 세우던
싱싱한 생물의 음악들

배가 불러온다
간지럼을 태우던 애인이 가만히 있으라고 한다
시린 발이 웃는다

다시 한 줌의 젖은 모래알을 건네며 만져보라고 한다 가만히 비벼보니 살과 살이, 뼈와 뼈가 아득하게 만나고 헤어지는 것이 보인다 캄캄해졌다가 맑아지는 피의 표정을 살피던 몸이 범람하여 어느새 만월이다

동백나무 열매가 몸속에서 붉게 익어간다

—홍일표, 「달의 풍속」 전문(『문학선』 2017년 겨울호)

눈가를 적시던 애인이 넌지시 내 발에 간지럼을 태운다. 내 몸과 마음은 물속 모래알처럼 차분히 가라앉아 미소가 번진다. 애인이 건네준 한 줌의 모래를 비벼본다. 육체와 마음으로 만나다 헤어졌던 모든 살과 뼈들이 만져진다. 물질과 정신, 사실과 이념으로 만나다 헤어졌던 모든 살과 뼈들이 만져진다. 모래알처럼, 너와 내가 몸과 마음을 섞어도 하나가 될 수는 없는 일, '지금, 여기'의 세계와 탈주의 세계가 하나가 될 수는 없는 일. 모래알처럼, 사랑하는 사람처럼, 아득하게 만나고 헤어질 수밖에

는 없는 일.

사랑할 수 있다는 것은 살아갈 수 있다는 것, 살아갈 수 있다는 것이 사랑할 수 있다는 것이라는 듯, 피의 표정이 캄캄해졌다가 맑아지고 있다. 실개천을 받아들이던 몸이 범람하여 어느새 만월이다.

'빛' 같다.

동백나무 열매가 몸속에서 붉게 익어가고 있다. '빛' 같다.

생명의 윤리 : '기계적'에서 '인간적'으로

— 오민석의 「쌍계사 벚꽃길의 연어떼」, 금은돌의 「a가 사과를 던지면」과
김유선의 「우리의 안녕」이 제기하는 윤리학

무릇 생명이 있는 모든 것들은 새끼를 낳기 위해 수많은 죄를 지어야 한다. 동물들은 먹고 마셔야 하며 그러기 위해서는 무엇인가에 상처를 내거나 아니면 그 무엇인가를 죽여야만 한다. 식물들도 역시 먹고 마시기 위해 그들만의 죄를 지어야 할 것이다. 무생물도 무생물 나름대로의 죄를 지으면서 새끼를 낳을 것이다. 바위가 돌멩이가 되고 돌멩이가 모래가 되고 모래가 흙이 되고 그 흙이 사람이 되는 것을 '낳는다'라고 인간의 의식으로 규정한다면 그들도 우리가 아직은 모르는 그들만의 죄가 있어야 할 것이다.(그들도 우리와 비슷한 죄의식의 영(靈)이 있을 것 같다. 어렴풋하긴 하지만 우리도 그들 속으로 살짝 들어가 그들의 정령(精靈)이라는 것을 보기도 하지 않는가.) 그렇다면 세상 만물은 필연적으로 죄를 짓고 나서야 비로소 제 새끼를 가질 수 있는 셈이다. 종교 설화인 아담과 이브도 죄를 짓고 나서야 새끼를 낳을 수 있지 않았던가. 그러니까 "죄의 새끼들이 죄의 새끼들을 낳는다"고 표현한다면 그것은 맞는 말이다. 그런데 그렇게 생명을 유지하고 또 그 생명을 보전하기 위해서 짓는 죄가 과연 죄라고 할 수 있을까.

"먹고 먹어 오직 생명을 유지하는 것만이 목적인 것들은 죄가 없다"는 말도 당연하게 들린다. 먹기 위해서는 죄를 지을 수밖에 없으나 그것이 오직 생명을 유지하기 위해서라면 그것은 죄가 될 수 없다. 그것은 이미 '생명' 안에 프로그램처럼 내장된 생명의 의무인 것 같다. 그러니까 "배도 고프지 않은데 총질하는 것들이" 있다면 그것이 죄악이다. 저만 더 잘살겠다고 배도 고프지 않은데 총질을 해대며 다른 타자들 위에 군림하겠다는 패악이 문제다. 나에게 직접적으로 해대는 총질도 문제지만, 내 주변의 타인들을 뜬금없이 관통해나가는 무수한 총알들 때문에, 그 죄들 때문에 우리의 생명이 고난을 겪는다. 그 죄들 때문에 우리의 생명은 자주 아프다.

죄의 새끼들이 죄의 새끼들을 낳는다
오로라를 스쳐 간 연어 떼가
온 하늘을 붉은 밀키웨이로 만들고
어느새 사라졌다

나는 내가 진 죄를 생각하느라 바빠,
오늘은 만나지 않았으면 좋겠어

먹고 먹어 오직 생명을 유지하는 것만이
목적인 것들은 죄가 없다
배도 고프지 않은데 총질하는 것들이 문제다
내게서 빠져나간 무수한 총알들 때문에
나는 아픈 거다
두 달 전에 자식을 앞서 보내고
건강을 위해 오메가 쓰리를 찾는
노인과 나는 타협해야 한다
는, 인생이 나는 싫은 거다

정사를 끝낸 연어 떼가 강물에 즐비하구나
자신도 모르는 욕망을 다 털어낸 저 붉은 죽음을
아무도 뭐라 하지 못하듯이
나는 나의 죄를 직면할 자신이 없다
다 쏟아낸 저것들은 얼마나 황홀할까
얼마나 위대한가 제대로 쏟지도 못하면서
죄의 시궁창에 있는 것들이 딱한 거야
그래도 생각해보면 꽃들은 그분이 주신 선물이지
쌍계사 벚꽃 십리 길을 머리 텅텅 비운 채
낄낄거리며 걷는 것을 누가 뭐라 하겠어
다 쏟아내고 싶어

벚꽃 십리에 내장을 다 털어낸 후
다시 만날까, 우리

— 오민석, 「쌍계사 벚꽃길의 연어떼」 전문
(『현대시』 2018년 4~5월호)

“두 달 전에 자식을 앞서 보내고 건강을 위해 오메가 쓰리를 찾는 노인과 나는 타협해야 한다”면 그것은 아픈 일일까. 그러나 그것이 생명의 원리이다. 싫어도 어쩔 수 없는 일이다. 아직 ‘인간화’되지는 않았지만, 기계적인 것 같지만, 생명 윤리의 관점에서 보자면 그것은 생명의 의무요 어쩌면 미덕이다. 그런데 산 사람은 살아야 한다며 오메가 쓰리나 찾는 노인과 나의 인생이 싫어질 때가 있다. 투박하지만 장엄한 자연의 생명 윤리와 세밀하지만 비소(卑小)한 인간의 생명 윤리가 비교될 때 특히 그렇다. 욕망을 다 털어낸 연어 떼의 저 붉은 죽음을 보라. 저 죽음은 생명에 반하는 죽음이나, 죽임이나 죽음을 위한 죽음이 아니다. 새로운 생명을 다시 시작하기 위한 장엄한 죽음이다.

연어 떼가 다 쏟아낸 원초적 본능으로서의 욕망 발산의 현장은 얼마나 처연하면서도 얼마나 아름다운가. 거기에 비하면 우리의 욕망은 너무 초라하고 타락한 것이 아닌가. 새로운 생명의 시작을 위한 것이 아니라, 그것도 욕망이랍시고 타자에게 무수히 총질을 해대면서도 자의식은 있어서 "죄의 시궁창" 속에만 처박혀 있는 것은 아닌가. "내가 진 죄를 생각하느라 바쁘고 그 죄를 직면할 자신"도 없어서 죄의 시궁창 속에만 처박혀 동맥경화의 증세를 보이고만 있는 것은 아닌가. 우리는 그 속에서 우리의 생명을 소모하고만 있는 것은 아닌가. 그러니 죄의 시궁창에서 빠져나와 "쌍계사 벚꽃 십리 길을 머리 텅텅 비운 채 낄낄거리며" 걸어가는 사람의 모습은 허허롭기도 하고 욕망을 다 쏟아낸 연어 떼처럼 아름답기도 하다. 그렇게 하늘까지 닿을 벚꽃길을 따라, 그리도 고운 꽃 빛깔들을 보면서 걷다 보면 우리는 잠시라도 우리의 생명에게 안도와 휴식을 줄 수 있으리라.

죄의식의 근원을 생각해보면, 생명을 죽음으로 몰아가느냐 그렇지 않으냐, 생명을 아프게 하느냐 그렇지 않으냐에 따라 죄의 유무가 결정되는 듯하다. 생명이 있는 것들은 모두 원초적 본능으로서의 자기방어 기제를 지니고 있다. 어떤 생명에 위협이 닥쳐오면 그 생명체는 막고 피하고 움츠리다가 그래도 안 되면 목숨을 걸고 자신을 위협하는 대상과 사투를 벌인다. 태아는 물론 식물들조차 그런 반응을 보인다는 것은 이미 잘 알려진 사실이다. 그러니까 '나'를 아프게 하는 것, 생명이 있는 모든 '나'들을 아프게 하여 '생명'을 일그러뜨리려 하는 그 모든 것들이 죄악인 것이다. 그 죄들로 인해 너와 나의 가슴팍이 파였던 적이 얼마나 많았던가.

우리는 죄 속에서 우리의 생명을 유지하고 보전하느라 타인을 아프게도 하고 스스로 아파하느라 여념이 없다. 더욱이 죄의 새끼들이 죄의 새끼들을 낳듯이, 때로는 지은 죄와 그 죄의 용서 사이에서 벌어지는 사과

(謝過)가 소용돌이를 일으켜 또 다른 죄를 낳기도 한다. '사과의 새끼들이 낳은 사과의 새끼들' 속에서 우리의 가슴이 파이기도 하는 것이다. 나에게 지은 죄 때문에 네가 나에게 사과 한 알 휘익 던지듯 던진, 사과 같지 않은 사과 때문에 내 가슴팍을 내가 치게도 되고 그 진의(眞意)가 의심스러워 이러지도 못하고 저러지도 못하게 되는 경우가 있는 것이다. 그럴 때의 사과는 또 다른 죄와 그에 따르는 벌을 낳는다. 사과가 오히려 돌이 되어 나의 심장으로 날아드는 것이다. 그 돌은 타인에게는 어떤 이유에서는 백합이 되기도 하겠지만 급기야는 석유가 되고 또 다른 타인의 가슴에서 불길로 솟구치기도 한다. 어찌해야 하나, 그 사과를 깎아 먹어야 하나, 다시 돌려주어야 하나. 우리는 끊임없이 이 갈등 속에서 살아가야만 한다. 상징으로서의 큰 인간 A는 생명이 던져놓은 상징으로서의 큰 윤리나 큰 도덕의 강물 속으로 성큼성큼 들어가거나, 상징으로서의 큰 죄악에서 낄낄거리며 빠져나올 수도 있겠지만, 우리처럼 작은 인간 a, b, c, d, f들은 백합의 향기에 취하거나 불길에 휩싸일 수밖에는 없다.

이것은 돌이 된다

작은 인간 b의 가슴이 파인다 돌에 맞은 b는 애초에 사과일 리 없지 사과일 리 없지 가슴팍을 치며 c를 본다 사과는 사과로 출발하지조차 못했다 사과조차 사과로부터 출발하지 못한 사과는 c의 가슴에 백합을 피우기도 하고 d의 가슴에 석유를 뿌리기도 하고 f의 가슴에 불을 지르기도 한다

너는 사과를 만질 수 없다
나는 사과를 깎으려는 손가락을 접시 위에 올리지 못한다

주워 담아지지 않아 주워 담을 것이 없는

돌이기도 백합이기도 석유이기도 불이기도

한

사과는 돌을 먹는다
사과는 백합을 먹는다
사과는 석유를 마신다
사과는 불을 마신다

팽창하는 사과 폭발하는 사과
사과답지 않은 사과

사과과사사과과사사과과사사과과사사과과사사과
사과과사사과과사사과과사사과과사사과과사사과

원하는 사과가 되지 못해서

나는 죄지은 사과과사 / 너는 즐거운 사과과사
b의 사과과사 d의 사과과사 c의 사과과사 f의 사과과사

벌 많은

a의 지구

— 금은돌, 「a가 사과를 던지면」 전문(『시인광장』 2018년 6월호)

그러니까 때로는 우리처럼 뼈와 살을 지니고 죄의 시궁창 속에서 삶을 견디며 살아가야 하는 작은 인간들의 사과는 팽창하지 않을 수 없다. a의 사과가 f의 불을 마시고 f의 불이 (h)의 돌을 먹고 (h)의 돌이 (k)의 사과가 되리니, 그렇게 사과는 우주처럼 팽창할 수밖에 없다. 혹은 팽창하다가

또 우주처럼 폭발하여 원하는 사과는 되지 못하고 도리어 '사과과사'라는 해괴한 죄목으로 변질될 수도 있을 것이다. 죄를 짓고 사과하고, 사과는 되지 못하여 다시 죄가 되니, 사과받은 자가 다시 죄를 짓게 되고 죄 지었던 자는 죄를 모르고, 백합이 돌이 되고 돌이 불이 되고 불이 석유가 되고 석유는 사과가 되고 사과는 또 돌이 되고 돌은 사람이 되리니, "송수신 이탈 지역을 넘어 손발톱 다 닳을 때까지" 죄가 많기도 많은, 그래서 그만큼의 벌도 많기도 많은 a의 지구인 셈이다.

사실 이 많은 죄와 벌들은 생명이 다치지 않으려는 몸부림이다. 아프지 않으려고, 아프지 않아서 마침내 생명을 살리려고 갖은 고초를 겪고 있는 것이다. 생각해보면 얼마나 안쓰럽고 또 얼마나 애잔한 일인가. 작은 인간들을 하나하나의 소우주라고 생각한다면, 어쩔 수 없는 행위이기는 하지만 또 얼마나 위대한 일이기도 한 것이겠는가. 그러니까 우리에게는 프로그램화된 기계적 생명 윤리뿐만 아니라 인간화된 생명 윤리가 필요할 듯싶다. 단순히 생명을 유지하는 것만이 죄가 아닌 것이 아니라, 단순히 생명만 유지하려고만 한다면 죄가 된다는 윤리를 가져야 할 것 같다. 그러니까 생명을 살리려는 행위에 참여하지 않는다면 그것이 죄악이라는 의식을 가져야 할 것 같다.

사람살이라는 것이 풀잎 같아서 이 바람에 휘둘리기도 하고 저 바람에 휘둘리기도 한다는 것을, 그렇게 매번 흔들리면서 죄도 짓고 벌도 받을 수밖에 없다는 것을 서로가 인정해줄 수는 없을까. 끝날 것 같지도 않은 어두운 골목길을 함께 걷고 있는 것이라는 마음을 서로 나눌 수는 없을까.

> 꽃잎들 자세히 보면 사람 혈관 같네
> 그 길이 합치면 하늘까지 닿겠네

그래서 꽃빛깔 그리 고왔구나
착한 지아비와 지어미처럼 수고 많았다고 서로를 토닥이네

돌아보면 그 여정 풀잎이네
제 몸의 몇 배를 돌아서 늙은 손으로 다시 보듬는 봄뜰
상처도 꽃순으로 아물었네, 설령 열매 없어도 아직 뿌리가 숨을 쉬지
잔뿌리 숨어 있는 가슴을 쓸어내리는 밤이면 아침이 아득했어
그 수맥 파기, 씨앗부터일까 그 이전일까
어두운 골목길 끝날 거 같지 않았어, 송수신 이탈 지역까지
손발톱 다 닳을 즈음 당신 앞에 반짝이던 잎맥이여

아으 동동, 봄비가 동맥경화의 혈관을 토닥이듯
힘겹게 걸어온 우리의 안녕이 서로의 안녕을 쓰다듬는
짧은 봄이라네

— 김유선, 「우리의 안녕」 전문(『시인광장』 2018년 4월호)

그러므로 우리의 윤리는 착한 지아비와 지어미처럼 수고 많았다고 서로 토닥여주기, 돌아보고 또 앞서 보아도 우리가 가는 길들에는 모두 풀물이 들어 있어서 시퍼렇게 멍들 수밖에 없는 마음이지만 그 마음으로라도 다른 멍든 마음들을 감싸주기, 총질을 해대면서 또 되돌아오기도 하는 그 총알을 맞으면서 제 몸의 몇 배를 돌고 돌아 다시 보듬어보는 봄뜰처럼 얼어붙었던 풀잎에게 따듯한 손길을 건네주기, 사과 같지 않은 사과로 상처 난 마음에 꽃순을 피워주기, 설령 그 모든 노력들이 다시 총알이 되고 사과과사가 된다 할지라도 사람의 뿌리를 버리지 않기, 그 뿌리가 숨을 쉬고 있다는 것만으로도 가슴을 쓸어내리기, 그 뿌리의 숭고한 수맥 파기는 씨앗보다 그 이전 그 이전보다 더 이전이라고 장담해두기, 그 뿌리가 그리도 고운 꽃 빛깔을 위해 송수신 이탈 지역까지 손발톱 다

닮도록 장엄하게 걸어가고 있는 중이라고 서로 위로해주기, 또 설령 그 뿌리가 열매를 맺지 못한다 할지라도 서로의 안녕을 기원해주기, 바로 옆에 있는 내 주변의 안녕부터 살펴보기.

생명 : 슬픔으로부터 사랑에게

— 정숙자의 「죽은 생선의 눈」, 김명철의 「끈 2」, 정한아의 「먼지(ft. 병조림인간)」, 박형준의 「달나라의 돌」에 나타난 슬픔과 사랑의 연원

죽고 싶어서 죽는 생명체는 없는 것 같다. 생명 유지가 불가능해서, 정신적 혹은 물질적 혹은 육체적으로 삶을 견뎌내기 어려워서 자발적으로 생명을 포기하는 일이 있다 할지라도 그것은 죽음 자체에 대한 희원이나 염원 때문이 아니다.(프로이트가 인간의 원초적인 두 가지 본능으로 에로스와 타나토스를 들고 있으나 기실 타나토스 자체의 실재를 인정하기에는 실체적 증거를 찾기가 매우 애매하다. 에로스의 약화 혹은 부재를 타나토스라고 지칭할 수는 있을 것이다.) 생명체에는 그 스스로도 제어하지 못하는 자기 생명 훼손에 대한 무조건적 방어기제를 지니고 있다. 자발적이든 비자발적이든 죽음 직전에 놓여 있는 상황에서라 할지라도 생명체는 자신에게 닥쳐오는 불시의 생명 위협에 대하여 즉각적이고 무의지적인 저항반사 행동을 하지 않을 수 없는 존재다. 사실 깊이 들여다보면 자발적인 생명 포기 행위라 할지라도 그것은 타 생명을 보호하기 위한 경우일 때가 대부분이다. 생명은 왜 이렇게 생명 자신을 보존하려고 하는 것인가.

'생명'이란 어디에서 어떻게 오는 것일까. 20세기에 들어서면서부터 신

화적 창조론을 한쪽으로 몰아놓은 과학의 발달에 힘입어 생명의 기원에 대한 연구와 실험이 본격적으로 진행되어오고 있다. 그 연구 결과를 크게 나누어보면 외계유입설과 내계자연발생설이 있다고 한다. 외계유입설은 매년 우주에서 지구로 날아드는 1만 4천 톤의 우주먼지(우리나라의 남극기지에도 이 우주먼지를 채취하기 위해 인력이 파견되어 있다고 한다.)에 유기물질이 포함되어 있어 그것이 생명의 기원이 되었다는 학설이며, 내계자연발생설은 원시지구의 환경에서 무기물질이 유기물질로 변환되었다는 학설인데 코아세르베이트 실험을 통해 이미 오래전에 증명된 학설이기도 하다. 어느 경우이든 '생명'의 탄생이란 "저 머나먼 경계 밖에서" 이루어진 일인 것 같다.

죽고 싶다. 죽어야겠다. (차라리)

그런 마음. 꺼내면 안 돼. 왜냐고?

저 머나먼
경계 밖에서
그랬잖아

살고 싶다. 살아야겠다. (진정으로)

그런 바람 포개다가 여기 왔잖아
엄마—wormhole을 통해 왔잖아
갖고 싶었던 그 삶
지금이잖아. 여기가 거기잖아

죽어본 적 없으면서 겁 없이 '죽음 희망' 그런 거
품지 말자꾸나. 우리! 경험으로 죽는 건 괜찮지만

경험일 수 없는 죽음 속에서
오늘 이 순간 아주 잊은 채

다시 태어나고 싶을 거잖아? 이게 몇 번째 생일까 생각해봤니? 만약 말이야. 그 비밀이 열린다면, 우린 또 얼마나 큰 후회와 자책/가책에 시달릴까 헤아려봤니?

접시에 누운 생선이 나를 바라보면서…

종을 초월한 자의 언어로 그런 말을 하더군
그로부터 난 생선의 눈을 먹지 않게 되었지
— 정숙자, 「죽은 생선의 눈」(『시인광장』 2018년 11월호)

'인간'이란 종(種)만을 생각해보면 생명의 기원이 내계 무기물질에서 출발한 것이든, 외계 유기물질에서 출발한 것이든(이 유기물질도 우주에서 이루어진 무기물질에 의한 자연발생일 가능성이 높겠지만) 참으로 안쓰럽다는 생각을 하게 된다. 우리는 정말 '엄마―wormhole'을 통과해오기 전에 "살고 싶다. 살아야겠다. (진정으로)"라는 의지가 있었을까. 만약 우리가 지금과 같은 유기물이 되기 이전에 무기물이었다면 그 무기물이 그런 염원을 지닐 수 있었을까.

최근에 밝혀진 바에 따르면 어떤 박테리아는 섭씨 122도 바다 밑 열수구나 지하 2.8킬로미터에서 우라늄을 먹으며 천 년을 산다고 한다. 도대체 '생명'이란 무엇일까. 생명이란 무엇이기에 무기물질이 유기물질이 되려는 것이고 유기물질이 인간으로까지 되려는 것일까.(되려는 것일까? 아니면 인간은 시간과 공간의 특정한 환경하에 그냥 단순히 발생한 물질적 우연일까?) 왜 죽으면 "다시 태어나고 싶"은 것일까. 왜 "이게 몇 번째 생일까 생각해"봐야 하는 것일까. 우리의 생명 의지는 어떻게 생겨난 것일까. 삶과 죽음의 비밀, 그 비밀이 열린다면, 설혹 말로만의 '죽고 싶다'라 할지라도 그 '죽음'에 우린 또 큰 자책과 가책에 시달리게 될까.

'나'는 완전태로서의 물질 단자와 완전태로서의 정신/영혼 단자가 결합된 신(神)에 의한 완벽한 집합체인가.(cf. 라이프니츠의 단자론[單子論; monadologia]) 그렇다면 지금의 '나'는 불완전한 채 온전하다는 말인가. 완전태로서의 '나'라고 하면 '완전'이란 의미 속에 이미 '불완전'을 내포하고 있지 않는가. 바꾸어 말해서 증오 없는 사랑이나 불행 없는 행복이나 고통 없는 쾌락이나 악(惡)이 없는 선(善)들은, 순수한 사랑이나 순수한 행복이나 순수한 쾌락이나 순수한 선들은 본래적 의미에서부터 이미 불완전하고 불가능한 것이 아닌가. 그래서 우리에게 슬픔도 그렇게 오는 것인가. 슬픔이 없는 삶은 완전한 것이 못 되어서 필연적이며 불가항력적으로 와야만 하는 것인가.

밑도 끝도 없이 가슴이 아플 때가 있어 중력의 힘으로 끈이 툭, 끊어지듯이 말이야 고양이가 어린 쥐를 잡아서 먹지는 않고 이리 굴리고 저리 굴리고 장난만 칠 때가 있잖아 이게 뭔가요 코만 밖으로 내놓을 수 있는 늪인가요 차라리 밑이 없으면 좋겠어요 죽을 때까지 가슴에 멍이 드는 거지, 뭐랄까, 죽음이라고 하기엔 너무 병 같고 아니라고 하기엔 너무 병이 아닌 것 같고 그렇다고 무게 때문도 아닌 것 같아 먼지도 무중력에서는 가라앉을 수 없어 늘 상하좌우 모두 끊어져 있잖아 아이의 가슴에 귀를 대고 심장 소리를 들어봐 자꾸 떠나려 하잖아 어떤 박테리아는 섭씨 122도 바다 밑 열수구나 지하 2.8km에서 천 년을 산대 우라늄을 먹고 산다지만 그것도 살긴 사는 거야 살아있다고는 하지만 왜 사는지는 몰라요 관심 없어요 끝이 있고 없고도 상관없어요 어쩌면 가슴은 슬픔으로 만들어졌을 거야 죽어서도 아플 거야 무엇이 우리를 이리 굴리고 저리 굴리고 하는지가 중요한 게 아니야 아플 만큼 아프고 나면 아프지 않

다는 말도 거짓말이야 그러니까, 몸만 아프지 마

— 김명철, 「끈 2」(『시에』 2019년 봄호)

우리는 어느 날 갑자기 산다는 것이 슬퍼질 때가 있다. 살아가는 방식이나 그 방식의 결과에 만족스럽지 못해서가 아니라, 에로스의 부재로 인한 타나토스의 작동 때문도 아니라, 정신적 · 육체적 · 물질적인 불행의 연속 때문만도 아니라, 삶 자체의 원인이나 이유가 오리무중일 때 특히 그런 것 같다. "살아 있다고는 하지만 왜 사는지는 모를 때" 삶의 행태를 구성하고 있는 인자(因子)들이 뒤죽박죽으로 엉켜들 때 그런 것 같다. 슬픔은 그러니까 예정(豫定)되어 있는 것 같다. 삶이 뒤죽박죽이 아닐 때가 어디에 있겠는가. 그런데 그 예정은 어디에서 오는 것일까.

인체의 구성 원소들이 곧 지구의 구성 원소이고 지구의 구성 원소가 우주의 구성 원소라는 이론을 들은 적이 있다. 정말 그럴까. 그렇게 모두 한통속이라서 우리는 "종을 초월한 자의 언어"를 들을 수 있는 것일까. 그래서 접시에 누운 생선이, 그 생선의 눈알이 하는 말을 우리가 알아들을 수 있는 것인가. 반대로 우주의 구성 원소가 지구의 구성 원소이고 지구의 구성 원소가 인체의 구성 원소이며 인체의 구성 원소가 모든 사물의 구성 원소라서, 가령 인간이 무너져서 만들어진 먼지도, 사물이 무너져서 생겨난 먼지도 우리와 같은 원소로 되어 있어서, 그래서 그들도 우리와 같은 슬픔을 느낄 수도 있는 것인가.

나아가 종이나 유리나 흙 같은 것들이, 그런 무기물들이 재나 먼지가 되어 재는 재대로 있다가 먼지는 먼지대로 있다가, 코아세르베이트 같은 환경조건을 만나게 되면 언젠가 생명으로 태어날 수 있는 것인가. 생선의 눈알과 돌과 우라늄과 종이와 유리와 흙 같은 것들이 먼지가 되어, 더 이상 쪼개질 수 없는 원소/원자들이 되어, 오랜 세월이 지난 후 그것들이 완벽한 집합체인 생명으로 태어날 수 있는 것인가. '나'도 그 모든 것들이 뭉쳐지고 합쳐져서 만들어진 결과물인가.

출처를 알 수 없는 것
출입구를 닫아두어도 주기적으로 생겨나는 것
날아다니고 몰려다니고 눈과 코와 입과 귀로 빨려드는 것
당신과 내가 바깥에서 묻혀오는 것
당신과 내가 안에서 묻혀가는 것
성분을 알 수 없는 것
쓸고 닦고 빨아도 끝없이 떨어지는 것
천천히 날아다니고 잡히지 않는 것
가벼운 것들은 어째서 뭉쳐 다니나
보이지 않지만 안 보이지도 않는데
이게 뭔지 도대체 뭔지

생각하면 끝없이 생각이 나
떨어지지 않는 것 멀어지지 않는 것
눈과 코와 입과 귀를 막고
있다가는 큰일나는 것
당신과 내가 떨어뜨린 그 모든 것을
다 뭉쳐놓아도 당신과 내가 될 수 없는 것
없애려 하면 할수록 잘 보이는 것
사물이라 하기엔 너무 작은 사물
이 죽음의 가루
재는 재로
먼지는 먼지로

라고 생각해도 잊을 수 없는 먼지의 전생
내 친구 병조림인간이라면

어차피 우리와 같은 원소로 되어 있다 했겠지
우리가 먼지의 윤회다 했겠지
우린 모두 45억 살이다 했겠지
굉장하군! 어쩌면 하느님도
산소와 질소와 수소와 탄소로 되어 있겠지
그가 뻥 터져 죽을 때 우주가 태어났겠지
우리가 죽어 터지면 먼지가 태어나듯이

그리고 아주 오랫동안 기다려야 하는 것이다
— 정한아, 「먼지(ft. 병조림인간)」(『시와사람』 2018년 겨울호)

내가 떨어뜨린 나의 머리카락과 살비듬과 내가 버린 나의 손톱과 발톱과 눈곱과 땀과 눈물과 피를 뭉쳐놓는다 할지라도, 그것들이 오랜 시간이 지난 후 먼지가 되고 원자가 되어 모두 뭉쳐진다 할지라도, '나'는 되지 못할 것이다. 그러나 그것들도 언젠가는, "아주 오랫동안" 기다리면, 그 무엇으로 다시 태어날 것만 같다. 먼지가 되었다 해서 아주 끝난 것이 아닌 것만 같다. 다시 무엇인가로 태어나기 위해 때와 장소를 기다리고 있는 것만 같다. 지금도 그들은 "날아다니고 몰려다니고 눈과 코와 입과 귀로 빨려"들어 "생각하면 끝없이 생각이 나"게 하고 있지 않은가. 먼지도 우리처럼 산소와 질소와 수소와 탄소로 되어 있지 않은가. 만약 그렇다면 그들은 왜 자꾸 생명으로 태어나려는 것일까.

내가 아버지의 아버지의 아버지들의, 어머니의 어머니의 어머니들의 일제강점기를 거슬러 삼국 시대를 거슬러 청동기와 구석기 시대를 거슬러 빙하기와 고생대를 지나 45억 년 전의 원시지구에 이를 수 있다면, 더 거슬러 올라 우주 탄생에까지 이를 수 있다면, "어쩌면 산소와 질소와 수소와 탄소로 되어 있"는 하느님을 만날 수 있을까. 빅뱅이 있기 전, 한 점의 단순 실체를 만날 수 있을까. 그것이 "먼지의 전생"일까. 먼지의 전생을 더듬어 올라가면서 한 점의 단순 실체를 생각해보면 '나'의 생각이 '너'의 생각이고 '너'의 생각이 지구별의 생각이며 지구별의 생각이 우주의 생각인 것만 같다. 인간은 물론 종(種)을 초월하고, 내계(內界)와 외계(外界)를 망라하며, 사물까지도 포함된 '최초의 먼지'에 이르게 될 것만 같다.

'최초의 먼지'와 매년 지구로 날아드는 우주먼지라는 것을 전제한다면, 아라비아 같은 데에는 달나라의 돌도 있고 별나라의 돌도 있고 혜성의 꼬리에 붙어 있던 돌도 있을 것만 같다. 아라비아뿐이겠는가. 한반도에도 남미에도 북극이나 태평양에도 달나라와 별나라의 돌들이 분명 있을 것만 같다. 어디 이런 가시적인 장소에만 그런 돌들이 있겠는가. 내 마음속에도 너의 마음속에도 그것들은 있을 것이다. 우리는 모두 한 점에서 시작되었으니 그럴 것만 같다.

아라비아에 달나라의 돌이 있다
그 돌 속에 하얀 점이 있어
달이 커지면 점이 커지고
달이 줄어들면 점이 줄어든다*

사물에게도 잠자는 말이 있다
하얀 점이 커지고 작아지고 한다
그 말을 건드리는 마술이 어디에
분명히 있을 텐데
사물마다 숨어 있는 달을
꺼낼 수 있을 텐데

당신과 늪가에 있는 샘을 보러 간 날
샘물 속에서 울려나오는 깊은 울림에

나뭇가지에 매달린 눈(雪)이
어느새 꽃이 되어 떨어져
샘의 물방울에 썩어간다
그때 내게 사랑이 왔다

마음속에 있는 샘의 돌
그 돌 속 하얀 점이
커졌다 작아졌다 하는 동안
나는 늪가에서 초승달이 되었다가 보름달이 되었다가
그믐달로 바뀌어간다

* 플리니우스의 말이라고 함. 헨리 데이비드 소로, 조애리 역, 『달빛 속을 걷다』(민음사, 2018) 참조.

— 박형준, 「달나라의 돌」(『모:든시』 2019년 봄호)

물질 단자(單子)와 영혼 단자(單子)가 결합된 최초의 완전체, 최초의 먼지를 생각해보면, 아라비아에 있는 달나라의 돌 속 하얀 점이 달이 커지고 작아짐에 따라서 똑같이 커지고 작아지고 할 것만 같다. 하얀 점이 커지고 작아짐에 따라 달도 거기에 맞추어 커지고 작아지고 할 것만 같다. 하나의 마음과 하나의 몸에서 나왔으니 당연히 그럴 것만 같다.

"사물에게도 잠자는 말이 있다"는 말이 단순한 상상만의 일로 여겨지질 않는다. 최초의 먼지를 생각해보면 그것은 '사실(事實)' 같다. 또한 사물에게도 잠자는 말이 있어 그 말을 건드릴 수 있다는 것은 사물의 깊은 울림에 대한 응답일진대 그 말도 사실일 수 있을 것 같다. 그런데 그 잠자는 말을 건드릴 수 있는 경우는 특별한 상황에서일 것이다. 우리가, 모든 사물이, 한 점에서 시작되었다고 생각할 수는 있지만 정신적인 면에서는 물론이고 물리적인 형상 면에서도 우리들 각자가 모두 다르고 사물도 또한 모두 다르듯이, 어떤 사물의 잠자는 말과 서로 교감하고 그 말에 응답할 수 있는 경우, "사물마다 숨어있는 달을 꺼낼 수" 있는 경우는, '나'만의 '너' 혹은 '너'만의 '나'처럼, 아주 특별하게 한정되어 있을 것이다. 그것을 '사랑'이라고 할 수 있지 않을까.

당신의 마음속 돌의 하얀 점이 커지고 작아짐에 따라 나도 달처럼 커졌다 작아졌다 한다면, 그것을 사랑이 왔다는 징후로 받아들일 수 있을까. 사랑은 그렇게 오고, 또 사랑은 그렇게 와야 제대로 된 사랑일 수 있을 것 같다. 그러니 '샘물 속에서 울려나오는 깊은 울림에 나뭇가지에 매달린 눈이 어느새 꽃이 되어 떨어져 샘의 물방울에 썩어가는' 이 눈부시게 아름다운 풍경도 마술처럼 있을 수 있는 일임에 틀림없다.

샘물의 울림에 응답한 눈(雪)이 꽃이 되어 떨어져 샘물과 하나가 되는 일, 그것이 진정한 사랑의 모습일 것이다. 당신의 울림에 응답한 나에게 당연히 사랑은 오고, 당신 마음속 돌의 하얀 점이 커졌다 작아졌다 하는 동안 "나는 늪가에서 초승달이 되었다가 보름달이 되었다가/그믐달로 바뀌어 간다"는 사랑의 고백, 샘물에 떨어진 꽃이 썩어서 샘물과 하나가 되어가는 것처럼, 보름달에서 끝나는 것이 아니라 마침내 어두워져 그믐달로 사라진다는 것, 이보다 더 자연스럽고 온전한 사랑은 없을 것이다. 이보다 더 아름다우면서도 슬픈 사랑은 없을 것이다.

우리는 왜 이런 사랑에 가슴을 졸이는가. 왜 이런 사랑에 절절 매는가. 이것이 우리의 꿈인가. 이것이 모든 생명의 꿈인가. 이것이 모든 사물의 에로스적 영원한 꿈인가. 이것이 모든 존재의 이유인가.

시인들이 전하는 사물들의 소리들

— 전비담, 「언제 어디면 어때」, 이영춘, 「쇼펜하우어의 입을 빌리다」, 반연희, 「달의 뒷면」, 박형권, 「나무 아래 잠들다」

이 글은 앞 글(「생명 : 슬픔으로부터 사랑에게」)에서 몇 편의 시를 읽으며 감지한 생명의 연원과 그 의미에 관한 글의 연장선에 있다. 앞의 글의 일부를 발췌해보면 이런 것이었다.

'생명'이란 어디에서 어떻게 오는 것일까. 그 연구 결과를 나누어보면 크게 외계유입설과 내계자연발생설이 있다. 외계유입설은 매년 우주에서 지구로 날아드는 1만 4천 톤의 우주먼지(우리나라의 남극기지에도 이 우주먼지를 체취하기 위해 인력이 파견되어 있다)에 유기물질이 포함되어 있어 그것이 생명의 기원이 되었다는 학설이며, 내계자연발생설은 원시지구의 환경에서 무기물질이 유기물질로 변환되었다는 학설인데 코아세르베이트 같은 실험을 통해 이미 오래전에 증명된 학설이기도 하다.

도대체 '생명'이란 무엇일까. 생명이란 무엇이기에 무기물질이 유기물질이 되려는 것이고 유기물질이 인간으로까지 되려는 것일까.(되려는 것일까? 아니면 인간은 시간과 공간의 특정한 환경하에서 그냥 단순히 발생한 물질적 우연일까)

'나'는 완전태로서의 물질 단자와 완전태로서의 정신/영혼 단자가 결합된 신(神)에 의한 완벽한 집합체인가.(cf. 라이프니츠의 단자론[單子論; monadologia]) 그렇다면 지금의 '나'는 불완전한 채 온전하다는 말인가. 완전태로서의 '나'라고 하면 '완전'이란 의미 속에 이미 '불완전'을 내포하고 있지 않는가.

인체의 구성 원소들이 곧 지구의 구성 원소이고 지구의 구성 원소가 우주의 구성 원소라는 이론이 있다. 유기물이나 무기물들이 재나 먼지가 되어 재는 재대로 있다가 먼지는 먼지대로 있다가, 그것들이 분자에서 원자로, 원자에서 전자나 양자나 중성자로, 또 그것들이 초끈이나 쿼크 같은 것으로, 더 나아가 그것들이 암흑물질 같은 우주물질이 되어 떠돌다가 코아세르베이트 같은 환경조건을 만나게 되면, 완전태로서의 정신/영혼 단자와 결합되어 언젠가 생명으로 태어날 수 있는 것인가. '나'도 그 모든 것들이 뭉쳐지고 합쳐져서 만들어진 결과물인가. 그 결과물의 의미나 가치나 목적은 무엇인가.

생명체가 주검으로서의 사물이 되었다가 먼 훗날 다시 생명의 모습으로 오는 것이 사물의 꿈이겠는가. 그렇다면 죽음은 새로운 탄생을 예약하는 예비동작일 수도 있겠다. 그런데 그 사물의 꿈을 우리는 어떻게 알아낼 수 있는가. 사물의 의지(意志)라고 할 수 있는 사물의 소리를 어떻게 알아들을 수 있는 것인가.

주검이라는 사물이 흙이나 먼지가 되고 더더욱 더 쪼개지고 쪼개져 분자나 원자 같은 것으로 있다가 적절한 환경을 만나거나 우주물질도 된다면 그것은 물고기로도 태어나고 사람으로도 태어나고 나무로도 태어나고 할 것만 같다. 그렇다면 그 전 단계나 그 전전 단계로서의 흙이나 먼지나 또는 바람이나 구름이나 햇빛 같은 것들을 통해 시인들이 거기에서 사람도 보고 물고기도 보고 물고기의 지느러미도 보고 하는 것들을 마냥 상상이라는 울타리에 가둬놓을 수는 없겠다. 실체가 없는 것들 속에 이미 실체의 흔적이 있으며 실체 속에서 실체가 없는 것들의 그림을 그리는 것이 시인들이다. 그래서 시인들은 사물을 보고 들으며 그 결과와 의미를 우리들에게 전달해주고는 한다.(나는 시인들의 이런 눈과 귀가 태생적이라고는 생각하지 않는다. 그들의 눈과 귀도 사물들에게 닫혀 있지 않기 위해 끊임없이 주의를 기울일 것이다.)

죽음은 생명에서 무생물이라는 사물로 변이되는 사건이다. 죽음은 생명과 무생물 사이를 흐르고 있는 거대한 강물을 건너가는 충격적인 사건이며 탄생은 그 반대의 경로를 따르는 획기적인 사건이다. 죽음은 생물적 유대 관계에서 무생물적 비의(秘義) 관계로 이탈하는 사건이며 탄생은 또한 그 반대의 경로를 따르는 사건이다. 탄생은 무기체가 영혼과 결합되는 과정이며 죽음은 유기체가 영혼과 결별하는 과정이다.

우리는 죽은 자들을 그리워한다. 그들이 살아 있는 동안 우리와 함께 나누었던 인간적인 유대를 우리는 쉽게 잊지 못한다. 우리는 몸을 잃은 그들의 영혼을 위로하고 추모하기 위해 제사라는 행사를 거행하기도 한다. 제삿날 식탁에 차려진 음식과 주검은 인정적(人情的) 관점에서만 서로 다른 존재일 뿐 과학적 지식으로는 사실 구성인자가 다른 무생물로서의 사물일 뿐이다.

추모를 받는 주검과 추모를 위해 식탁에 놓인 음식은 오래고 오랜 시간이 흐르면 본래의 성격, 인간과 물고기로서의 성격을 잃고 서로 섞이기도 할 것이다. 서로 몸을 바꿀 수도 있을 것이다. 제사의식에 참여하고 있는 사물들의 모습에서 그 소리(사물의 의지)를 듣고 우리들에게 그 의미를 전해주고자 하는 전비담 시인의 시를 읽어보자.

문이 드나들 때마다
사라진 물고기의
지느러미 묻어나왔다

그때 우리는
통유리 벽 너머 석재식탁에
활짝 피어난 묘지였으므로

날마다 경첩을 노려보았다

숟갈 꽂은 밥그릇 국그릇을 앞에 두고
너희는 왜 식탁에 있니

유리문 너머 푸른 숲 저 어디
언제 물고기로 피어나
아가미 곧추세워 바스락거리겠니

아무도 묻지 않았는데 주먹을 집어 들고
봄여름가을 그리고 저 너머
나목에 던졌다

주먹이 바스러지고
뜨거운 국이 쏟아지는 사이
경첩에 녹이 났다

식탁 위의 무덤이 다시
희망 찬 헤엄을 시작하고 있었다

— 전비담, 「언제 어디면 어때」(『시인광장』 2019년 4월호)

죽은 자들의 몸은 사물이 되어 끊임없이 무너지고 바스러지고 풍화(風化)되어 먼지가 되고 마침내는 비가시적인 어떤 물질로도 변이될 것이다. 그러니까 이 시에서 "문이 드나들 때마다 물고기의 지느러미가 묻어나"온다는 진술은 상상을 넘어 보이지 않는 사실일 수 있다. 어디 지느러미만 묻어나오겠는가. 묘지에 묻혀 있는 주검에서 분리된 어떤 물질들이 식탁 주변을 떠돌다가 역시 묻어나오기도 할 것이다.

이 시에서 '우리'는 우리일 수도 있고 물고기일 수도 있을 것이다. 그런데 그 '우리'는 날마다 경첩을 노려보고 있다. 언제 물고기로 피어날 것이냐고 아무도 묻지 않았지만(우리는 물질 단자와 영혼 단자가 왜 결합되는지, 누가 결합시키는지는 알지 못하지만) '우리'는 시간의 저 너머로, 경첩에 녹이 슬어 문이 사라질 때까지 주먹을 집어 들고 던진다. 그러면 언제 어디서든 식탁 위의 무덤에서 '우리'는 물고기로(혹은 다른 것으로도) 다시 태어나 "희망 찬 헤엄을" 칠 수도 있을 것이다.

시인은 이렇게 사물의 모습에서 비가청적(非可聽的)인 소리(의미)를 듣고 우리에게 전달해주는 사람이기도 하다. 그는 비감각적인 세계까지도 감각할 수 있는 능력을 지니고 있으며 사물의 소리도 알아들을 수 있는 사람이다.

「언제 어디면 어때」에 등장하는 형상들은 시인이 사물의 모습을 보고 그것을 소리로 옮겨 적은 것이다. 다시 말하자면 시인이 사물의 모습을 보고 우리의 언어로 번역해낸 것이다. 이 시에 등장하는 사물들은 새로운 탄생, 새로운 생명을 꿈꾸고 있는 것 같다. 그것도 "희망 찬" 생명을 고대하고 있는 것 같다. 이게 사물들의 꿈일까.

어떤 철학자는 사물의 목소리를 듣지 못하면 더 이상 시인이 아니라고 했다. 시인들은 영혼의 소리를 듣는 자들이다.(완전태로서의 정신/영혼 단자가 존재하는지, 존재한다면 어떤 형식으로 어떻게 동식물에게까지 나아가 사물들에게까지 깃드는 것인지 과학적 혹은 철학적으로도—아리스토텔레스 이래 많은 철학자들이 영혼불멸의 사상을 주장하고 있지만—증명할 수는 없는 노릇이지만, 우리는 많은 문학작품들 속에서뿐만 아니라 일상 속에서도 이 영혼의 존재를 실감하고 있다.) 시인들은 산 자들의 영혼은 물론 죽은 자들의 영혼이나 사물에 깃들어 있는 영혼의 소리까지도 듣는 존재들이다.

그렇다면 시인들은 언제 어디서나 이 사물의 소리를 들을 수 있는 것일까. 시인들의 귀만 열려 있다면 그런 것 같기도 하다. 그들은 전철에서도 듣고 시장바닥에서도 듣고 막노동을 할 때에도 듣고 산에서도 바다에서도 그리고 강가에서도 듣는 것 같다, 귀만 열고 있다면.

이영춘 시인은 「쇼펜하우어의 입을 빌리다」에서 강가의 물소리나 바람소리뿐만이 아니라 물결무늬의 소리나 물알갱이들의 심호흡 소리는 물론 물방아개비가 풀잎에 앉아 바람의 날개에 음표를 찍는 소리와 더 나아가 우주의 종소리까지도 듣는다. 그가 우리에게 들려주는 아름다운 사물의 소리들을 들어보자.

> 사물의 목소리를 듣지 못하면 그는 더 이상 시인이 아니다.
> —쇼펜하우어

강가에 앉아 물소리 듣는다
물결들이 속살거리는 소리, 셀로판지처럼 물결무늬 반짝이는 소리,
모래톱을 밟고 올라오는 물 알갱이들의 심호흡 토하는 소리, 심호흡에 맞춰 은빛 페달을 밟고 강둑을 달려가는 이이들의 웃음소리, 햇살을 차고 올라오는 물고기 떼의 은빛 아가미 팔딱거리는 소

리, 소리의 입술들, 입술의 소리들이 노란 수채화로 뜬다

강가에 앉아 바람 소리 듣는다
나뭇잎들의 숨 쉬는 소리, 숨소리 뒤에 숨어 포르릉 포르릉 새들이 옮겨 앉는 소리,
날벌레 하나 물고 내 발밑을 빠르게 건너가는 개미날갯짓소리, 집 잃은 나뭇잎 하나 원 그리며 하늘을 긋는 소리, 물방아개비 풀잎에 앉아 바람의 날개에 음표 찍는 소리, 한 옥타브 올라가는 물방울들의 소리, 아, 소리, 소리들의 합창에 내 귀가 열리는 우주의 종소리

강가에 앉아 내가 내 소리 듣는다
땅에 발붙인 한낱 미물로 세상을 건너온 내 발자국에 대하여, 발자국에 고인 상처에 대하여, 남에게 뱉은 아픔에 대하여, 밥과 밥그릇에 대하여, 자식에 대하여, 학문에 대하여, 서산 노을을 긋고 가는 기러기에 대하여, 내 심장에 정박한 슬픔에 대하여, 누군가 누워 있는 무덤에 대하여. 누군가 앉았다 간 빈 의자에 대하여, 가을을 싣고 오는 바람에 대하여, 바람처럼 건너갈 죽음에 대하여 생각한다 돌아갈 곳 없는 돌아갈 집을 생각한다

— 이영춘, 「쇼펜하우어의 입을 빌리다」
(『시인광장』 2019년 5월호)

이 시인이 듣는 사물의 소리는 사물의 소리 자체뿐만이 아니라, 현재의 '나'의 소리를 넘어 '나'의 과거와 미래의 소리까지에도 닿아 있다. 이 소리는 '나'가 '나'에 심취하여 자의적으로 해석해낸 소리들이 아니다. 시인은 '내가 내 소리 듣는다'고 말한다. 사물의 소리를 듣던 시인이 이제는 '자신을 사물화'하여 '나'의 소리를 듣고 있다. 이 소리는 사물의 소리를 매개로 한 '나'만의 소리가 아니라 사물의 소리에 '나'의 소리가 화답한 연후에 들려온 '나'의 소리이다. 그러므로 '발자국에 고인 상처가 남에게 뱉

은 아픔이나 심장에 정박한 슬픔이나 바람처럼 건너갈 죽음' 같은 것들은 '나'가 '나'의 내면에서 억지로 끌어올린 정념이 아니다. 이 소리들은 강가에 앉아 시인이 들은 사물들의 소리와 '나'의 소리가 손뼉처럼 마주쳐져야만 나올 수 있는 소리다.

「쇼펜하우어의 입을 빌리다」를 통해 전해 들은 사물들의 소리에는 거짓이 없는 것 같다. '우주의 종소리'로 종합된 사물들의 소리에는 거짓이 없을 뿐만 아니라 시간과 공간에 자신을 온전히 내주고 있는 것 같다. 밥이나 자식이나 학문이나 슬픔 같은 것들에도 관심이 없는 것 같다. 무덤이나 죽음에 무게 중심이 실리는 듯싶다가도 시적 주체 스스로를 "땅에 발붙인 한낱 미물로 세상을 건너온" 존재로 인식하고 있는 자가 "돌아갈 곳 없는 돌아갈 집"이라고 언급하는 것으로 보면, 쓸쓸함이 조금 묻어 있기는 하지만, 죽음이라는 것에도 크게 개의치 않는 것 같다. 이 또한 사물들에게서 전해 들은, 사물과 '나'의 심정이 마주쳐서 나오는 소리일 것이다. 여기에서는 그렇다면 사물의 꿈이란 것이 '존재한다는 것' 그 자체일까.

시인은 굳이 사물에 자신의 감정을 이입하여 사물과 동일화하지 않아도 사물의 소리를 들을 수 있으며, 사물들은 시인들의 목소리를 빌려 자신의 상황이나 의미나 가치를 피력한다. 시에서의 화자들이 내는 목소리는 사실 사물들만의 목소리는 아니다. 다시 말해서 아무리 시인이라도 사물의 소리만을 오차 없이 정확하게 번역할 수는 없다.

우리글을 외국어로 또는 외국어를 우리글로 번역하는 것처럼 원어와 번역어 사이에는 간극이 있을 수밖에 없다. 하물며 '의미'가 아니라 '소리'로 들려오는 사물들의 목소리를 정확하게 인간의 언어로 번역하거나 해석하는 것은 불가능한 일일 것이다. 그래서 시인들은 과도한 직역과 과도한 의역 사이에서 사물의 소리를 우리에게 들려줄 수밖에는 없다. 이 과정에서 시인의 정념이 게재되는 것은 어쩔 수 없는 일이다. 그러니까 시인들이 들려주는 사물의 소리는 사물만의 올곧은 소리가 아니라 사물의 소리와 시인의 소리가 결합된 것이 될 수밖에 없다.

반연희 시인은 「달의 뒷면」에서 사물들의 소리를 객관적으로 들어보려고 무진 애를 쓴다. 그는 사물들이 내는 소리를 인간화하지 않으려고 인물이나 인물의 목소리를 배제하려는 시도를 한다.

거울을 깨뜨리자 교실의 의자들이 웃기 시작했다
의자에 묶여 있던 구름들이 흘러 다녔다
귀는 닫히지 않아 다른 것이 닫혔다
해바라기가 쥐고 있던 꽃병을 놓쳤다
입술들이 속삭였다 너 때문이야
깨진 꽃병이 조각난 숨을 내쉬었다
창을 넘어온 바람이 모두를 할퀴고 지나갔다
창은 끊임없이 말했다 바람 때문이야
혀들의 모서리가 날카로워졌다
모든 게 나 때문이야
누구도 그렇게 말하지 않았다
창밖의 굵은 나무그림자들이 영역을 넓혀갔다
창을 두드리는 그림자 때문이야
지붕에서 떨어지는 빗방울 때문이야 모두
눈을 감아도 풀숲의 도깨비바늘처럼
나도 모르게 꽂혀 있는 눈들 때문이야
볕이 들지 않았던 교실의 목이 긴 풀들은
오래도록 해가 지기만을 기다렸다

— 반연희, 「달의 뒷면」(『시인광장』 2019년 5월호)

우리는 이 시의 제목이기도 한 '달의 뒷면'을 볼 수 없다. 그러나 앞면은 뒷면을 전제로 하지 않을 수 없다는 언어의 논리적 측면에서라도 달의 뒷면은 분명히 있다. 일반의 눈으로는 볼 수 없는 달의 뒷면이지만 시인의 눈과 귀로는 그것을 보고 그것의 소리를 듣기도 한다.(초반부에 언급했듯이 우주물질이란 것을 생각해보면 우리의 태생지가 달의 뒷면일지도 모르니까.) 이 시의 시적 주체는 '달의 뒷면'처럼 들을 수 없는 사물의 소리에 귀를 열고 그들의 소리를 번역하기 시작한다.

교실에 있는 거울이 깨지고 꽃병이 깨지고 바람이 할퀴고 지나가는데, 이 모든 사태들에 대하여 사물들은 책임을 회피하기에 급급하다. (사물의) 입술들이 속삭이기 시작한다. '바람 때문이야, 그림자 때문이야, 빗방울 때문이야, 눈들 때문이야'로 모두들 '나 때문이야'를 모면하려 한다.(물론 여기서의 '나'는 사람이 아니라 개개의 사물들이다.) 시인의 사물들의 소리에 대한 번역은 "오래도록 해가 지기만을 기다"리는 풀들의 내면을 읽어내기까지 한다.

내용만을 놓고 본다면 이 시는 사람살이의 세태를 풍자한 것이다. 잘못에 대하여 아무도 책임을 지지 않으려는 사회의 모습을 신랄하게 비판한 셈이다. 그 책임 전가의 와중에 볕이 들지 않아 목이 길어진 사람들은 햇볕 대신 차라리 어둠을 선택하게 된다는 경고도 보내고 있다.

여기에서 무엇이 먼저냐 하는 문제가 대두될 수 있지만, 거울(시적 대상/감각)이 먼저 있고 나서 그것이 깨져야 그 깨지는 소리를 시인이 들을 수 있다는 주장과, 반대로 시인(시적 주체/의식)이 먼저 있어야 거울의 깨지는 소리를 들을 수 있다는 주장은 여기서는 둘 다 증명 가능하지도 않고 유효하지도 않다. 사물/소리가 먼저 있고 나서 시인/귀가 따라온다면 거울의 온전한 소리를 놓칠 가능성이 있고, 후자가 먼저 있고 나서 전자가 뒤따라온다면 사물의 소리가 크게 왜곡되거나 주관적 편견에 휘둘릴 수 있기 때문이다. 그러니까 시인이 사물의 소리를 제대로 들을 수 있으려면 감각과 의식의 동시적 발현이 있어야 한다.

「달의 뒷면」은 감각과 의식의 관점에서 보면 의식이 앞서 있다고 볼 수 있다. 그러나 시인이 사물들의 소리가 아니라 사람들의 소리로 같은 내용을 그대로 옮겨 적었다면 이 시는 매우 거칠어졌거나 어쩌면 시 자체가 깨져버렸을지도 모른다. 또한 시인의 의식이 사물의 소리보다 앞서 있다고는 했으나, 시인의 귀가 먼저 열려 있음으로 해서 사물의 소리를 듣고 잠재되어 있던 시인의 의식이 표출되었다고도 볼 수 있을 것이다.

「달의 뒷면」에서는 사물의 소리가 사람의 현실 상황과 매우 유기적으로 결합되어 있는 양상을 보였다. 그들의 소리는 사람살이의 모습과 매우 유사했다. 그렇다면 사물의 꿈은 그들이 '인간의 삶으로 편입되는 것'인가.

김춘수가 그의 시론에서 주관적 판단을 중지하고 시적 대상들을 역사성과 사회성을 배제하여 객관적으로 래디컬하게 묘사(radical image)한 시에 대하여 '사물시(physical poetry)', 더 나아가 '무의미시'라는 명칭을 붙여 순수시 작법을 시도했지만 사실 그것은 여의치 않은 작업이었다. 시인이 시적 대상을 묘사함에 있어서 인간의 언어 자체가 불완전할 뿐만 아니라, 시인의 시어 선택에 있어서도 시인의 '의도'에 따라 선별적 언어 기호를 선택해야만 한다는 절대적 제약을 극복할 수 없기 때문이다. 그러니까 사실 시적 대상의 완전한 객관적 형상화는 존재 자체의 순수본질을 드러내는 것이라는 의미에서는 불가능하다고 볼 수 있다.

다시 한번 부연해보자. 우리는 사물의 소리를 듣는 시인의 귀가 사실은 사물을 시인의 내면으로 끌고 들어와, 사물을 시적 주체와 동일시하여, 시인이 그들을 자신의 주관적 감정의 단순한 매개체나 도구로 유용하거나 설명의 지렛대로 활용하는 정도라고 오해할 수 있다. 이런 태도는 가령, 만약 어떤 돌이 있는데, 듣는 이의 마음 상태에 따라, 그 돌은 평화의 도구도 될 수 있고 전쟁의 도구도 될 수 있다는 것을 의미한다. 그러나 이렇게 듣는 소리는 '시인의 귀로' 듣는 소리가 아니라 '일반의 마음으로' 듣는 소리가 된다.

감정의 소용돌이 속으로 돌의 소리를 끌고 들어와 그 소리를 돌 본연의 소리라고 강요하며 적어놓은 시를 우리는 제대로 된 시로 인정하지 않는다. 그것은 사물 본래의 소리가 아니라, 시인에 의하여 시인의 의도대로 강요받고 왜곡되어 나오게 된 사물의 소리가 될 것이다. 독자들은 그렇게 억지스러운 사물의 소리는 금방 알아챈다.

사물의 소리를 듣고 그것을 우리에게 전달해주는 진정한 시는 사물과 시적 주체가 대등한 관계에서 대화를 나눈 결과물이다. 박형권 시인이 나무 아래에 잠들어 있는 돌에게서 들은 이야기를 들어보자.

그 놈의 화상이 저녁나절에
넘치는 돈과 넘치는 첩과 넘치는 권력을 버리고
대한민국 동구 밖 대표수종인 느티나무 아래에서 팔 괴고 잠들었는데
돌이 되고 말았는데
지나가던 과부가 와 무릎을 베고 잠들고
과부의 너덜거리는 발에 길고양이 머리를 누이고
길고양이 꼬랑지에
노랑나비 날아와 꿈을 꾸는데
무슨 꿈을 꾸는지
가끔씩 파닥파닥 날개를 젓고
해는 수평선에 걸려
느티나무 그림자가 길게 늘어져 모두를 덮어주는데

그 그늘보시는 아주 늘어지고 늘어지고
또 돌이 되는데

석양은 저토록 붉은 것이구나
나는 모르노라
잠시 나무 아래 잠들었을 뿐이다
1겁이 멀다 싶으면 눈 붙였다 가라
해는 꼴까닥!
온 세상을 덮어주는 돌, 나무아래 잠들다
—박형권, 「나무 아래 잠들다」(『시인광장』 2019년 7월호)

이 시는 돌의 소리(감각)와 이를 듣는 귀(의식)가 서로 대등한 관계를 형성하고 있다. 어느 한쪽이 성급하게 앞서 나가지도 않고 어느 한쪽이 다른 한쪽을 강요하지도 않는다. 앞서거니 뒤서거니 하지도 않는다. 소리와 귀가 동시에 작동하는 모습이다.

이 시의 시간적 배경은 저녁나절부터 일몰까지이나 내용으로 볼 때 시간적인 경과를 따져본다면 하루이틀의 일이 아니라 수십 수백 년의 일로도 견줄 수 있을 것이다. 시인은 돌에게서 돌을 둘러싸고 벌어진 일들에 대하여 전해 듣기 위해 아주 오랜 시간을 함께 보냈을 것이다. 이 시는 돌을 중심으로 행해진 일들과 그에 대한 돌의 소리와 시인의 평가로 이루어져 있다.

시인은 이 돌이 어느 화상이 돈과 사랑과 권력을 버리고 느티나무 아래에서 잠들어 있는 것으로 판단한다. 돌의 크기와 자태를 보고 그렇게 판단했을 것이다. 또한 그 자태를 보고 시인은 과부가 거기에 와서 잠들고 길고양이도 잠들고 노랑나비도 잠들었을 것으로 짐작한다. 모두가 이 돌로 인해 평화로이 잠들고 꿈도 꾸고 있는 풍경이다. 이러한 '짐작'도 사실은 돌에게서 시인이 저와 같은 사정을 전해 들은 것으로 보아야 한다.

시인은 돌이 시인에게 건넨 직접적인 전언도 우리에게 들려준다. 석양이 저토록 붉은 것이라는 말과 잠시 나무 아래 잠들었을 뿐이라는 것과 1겁(가로 · 세로 · 높이가 각각 8킬로미터의 큰 바위를 1백 년마다 한 번씩 비단 옷자락으로 닦아서 그 바위가 다 닳아 없어져도 끝나지 않는 시간이라고 한다.)이 멀다 싶으면 눈 붙였다 가라는 것 등이다. 그리고 시인의 이 돌에 대한 평은 이렇다. "온 세상을 덮어주는 돌, 나무 아래 잠들다."

「나무 아래 잠들다」에서는 무생물과 생물, 무기물과 유기물. 즉 석양과 돌과 사람과 나무와 동물들, 다시 말해서 삼라만상을 대표하는 대상들이 모두 등장하고 있다. 이 풍경은 참으로 아름답기도 하고 평화롭기도 할 뿐더러, '꼬랑지'와 '꼴까닥!'이라는 소리를 들어보면, 즐겁기까지 하다.

1겁의 시간이 흐르는 동안 어느 화상이 태어나 돌이 되고 또 그 돌이 과부를 낳고 그 과부는 고양이를 낳고 고양이는 나비를 낳고 나비는 또 돌이 되고 돌은 느티나무가 되고 느티나무는 석양도 낳고 석양은 또 어느 화상도 낳고 그렇게 모두 서로를 덮어주는 돌이 되고……. 그렇다면 사물의 꿈은 공존일까. 아름답고 평화롭고 즐겁고 행복한 공존, 그것이 사물의 꿈일까.

사물들의 더 많은 소리를 들어보아야 할 것 같다.

제3장

분석적 감상

시와 그림이 그리는 이상향의 세계

— 백석 시와 이중섭 그림의 구성적 유사성과 민족의식

1. 서론

백석과 이중섭은 일제 식민지라는 혹독한 시련기에 민족의식을 드러내며 각각 시와 그림의 분야에서 괄목할 만한 성과를 거둔 예술가들이다. 이들의 예술세계에 대한 언급에서 민족성이 배제된다면 중대한 착오가 발생하는 일이 될 것이다. 두 예술가가 추구했던 민족적 성향의 작품들에서 공통된 작품 의식을 발견하는 것은 흥미로운 일이다.

『백석평전』의 저자이기도 한 화가 김영진은 『이중섭을 훔치다』에서 이중섭의 그림이 백석의 시에 의해 지대한 영향을 받은 것이라고 주장한다. 그는 이중섭이 그린 엽서 그림이나 〈도원〉 등의 작품이 백석 시에서 착안되었다고 언급한다. 그는 이러한 주장의 근거로 일차적으로는 두 예술가가 오산학교 선후배였음을 지적하고 다음으로는 작품에 나타난 소재적 차원의 유사성을 들어 설명한다.[1] 백석과 이중섭은 아이와 음식물

---

1 김영진은 이중섭의 〈도원〉이 백석 시 「여우난곬족」 「촌에서 온 아이」 「동뇨부」에

과 동물들을 그들 작품의 주요 소재로 활용했다. 백석의 시들에는 유년 시절에 대한 회상이나 유년의 시각을 보여주는 시적 자아들이 다수 포함되어 있으며 음식물이나 동물들은 그의 중요한 소재들이다. 이중섭의 그림에서도 누락될 수 없는 소재들이 아이들과 소, 게, 닭, 말, 물고기, 복숭아 등이니 이들은 모두 백석의 시에도 자주 출현하는 대상들이다.

이 글의 목적은 백석의 시와 이중섭 그림에 나타난 유사성을 전기적 사실이나 소재적 차원에서 파악하는 정도를 넘어 작품 자체에 대한 분석과 해명을 바탕으로 두 사람이 추구했던 예술적 의의와 가치를 재발견하는 것이다. 이들의 작품에서는 서사적 상상력과 원형적(圓形的) 이미지를 통한 구성적 유사성이 발견되며 민족 공동체 의식의 표출이라는 공통된 작품 의식이 내포되어 있다. 이 글은 백석과 이중섭 작품의 구조적 유사성을 파악하고 이 유사성을 바탕으로 그들이 표출한 민족 공동체 의식의 의의를 해명할 것이다. 나아가 이 글은 그들이 추구했던 전 인류적 차원의 인간의 보편적 이상과 인간 삶의 이상적 세계를 그들의 작품을 통해 규명하고자 한다.

의해 영향을 받아 완성된 작품으로 보고 있다.(김영진, 『이중섭을 훔치다』, 미다스북스, 2011, 183~193쪽) 또한 그는 이중섭의 1940년 '자유미협' 공모전 출품작품인 〈서 있는 소〉가 1936년 발표된 백석의 「절간의 소 이야기」에 영향을 받은 것이라고 설명한다.(김영진, 『백석평전』, 미다스북스, 2011, 315~316쪽)

2. 백석 시와 이중섭 그림의 구성적 유사성

1) 서사적(敍事的) 상상력

(1) 백석 시의 서사적 상상력

백석 시의 주요 모티프는 구체적이고 체험적인 삶의 모습이다. 그의 고향인 정주에서의 유년기를 회상하는 시들이나 국내를 떠돌며 썼던 남행시초, 서행시초, 함주시초 등은 물론 만주 체류 때 쓰인 시들도 구체적인 삶의 모습을 형상화하고 있다. 원경이나 근경의 풍경을 객관적인 진술 기법으로 드러낸다 할지라도, 또한 비록 '사람'이 등장하지 않는 풍경 자체를 이미지화한 시라 할지라도, 그 내면에는 사람들의 '삶'이 내재되어 있다. 백석 시의 주요 특성 중 하나를 '서사성'이나 '서술성'으로 설정하는 것이 타당성을 얻는 하나의 이유는 그 때문일 것이다.[2] 그런데 그의 서사성이 있는 시들 중에서 특별히 주목되는 시들이 있다. 그것은 시에서의 '서사'가 구체적으로 드러나는 것이 아니라 다만 암시에 그치고 있는 경우이다. 이 암시는 시인의 상상력과 독자의 상상력을 자극하는 두 가지 경우로 나뉜다. 백석 시의 대표작 중의 하나인 「여승(女僧)」은 두 경우 모두에 해당되는 시이다. 이 시에서 시인은 "파리한 여인"이 여승이

---

2 오세영은 일반적으로 언급되는 백석 시의 '서사성' 혹은 '서사구조'를, 백석의 시가 일인칭 시점이며 단일한 사건을 상황적으로 제시하고 있다는 특성을 들어, '서술'이란 용어로 대체할 것을 제안한다. 그는 백석 시의 '서사구조'의 특징을 '전형적인 서정시의 규범으로부터 벗어나 부분적이나마 서사 문학적 성격과 극 문학적 성격을 도입한 것'이라고 설명한다.(오세영, 『한국현대시인연구』, 도서출판 월인, 2003, 389~402쪽 참조) 이 글에서는 일반적으로 쓰이는 용어인 '서사성'을 쓰기로 한다.

되는 과정을 그리고 있으나 "지아비는 돌아오지 않고/어린 딸은 도라지 꽃이 좋아 돌무덤으로 갔다"라고 진술하여, 지아비가 돌아오지 않는 이유에 대해서는 독자의 상상에 맡기고 있는 반면, 시 전체의 내용은 시인 자신의 체험을 상상적으로 전개하고 있어 이는 시인의 상상이라고 볼 수 있다.

「절망(絕望)」은 시 내용의 서사에 대하여 독자의 상상력을 자극하는 경우이다.

> 북관(北關)에 계집은 튼튼하다
> 북관(北關)에 계집은 아름답다
> 아름답고 튼튼한 계집은 있어서
> 흰 저고리에 붉은 길동을 달어
> 검정치마에 받쳐입은 것은
> 나의 꼭하나 즐거운 꿈이였드니
> 어늬 아츰 계집은
> 머리에 무거운 동이를 이고
> 손에 어린것의 손을 끌고
> 가펴러운 언덕길을
> 숨이 차서 올라갔다
> 나는 한종일 서러웠다.
>
> ―「절망」 전문[3)]

「절망」은 꿈과 현실이 교차되어 형상화된 시이다. 시적 자아는 전반부

3　고형진 편, 『정본 백석 시집』, 문학동네, 2007, 99쪽.(이하 인용되는 백석 시는 전쟁 후에 쓰인 「동식당」을 제외하고는 모두 이 시집이 원전이며 이후에는 작품 제목 옆에 쪽수만 표기함.)

에서 붉은 길동을 달고 흰 저고리에 검정 치마를 받쳐 입은 튼튼하고 아름다운 북관 여인의 모습을 상상한다. 그러나 그의 이러한 상상은 현실과는 상반된다. 북관 여인의 흰 저고리는 머리에 인 무거운 동이로 대체되어 있으며 붉은 길동의 자리에는 손에 이끌려가는 어린 아이의 모습이 잡혀있다. 튼튼한 몸은 가파른 언덕길을 오르며 숨이 차다. 그런데 시인은 아름다운 모습으로만 생각했던 북관의 여인이 왜 이런 상황에 처하게 되었는지에 대해서는 언급하지 않는다. 독자의 상상에 맡기고 있는 것이다.

백석이 이 시를 『삼천리 문학』에 발표한 것은 1938년 4월, 중일전쟁이 한창일 때였다. 일제 식민이었던 우리 민족의 수난이 최고조에 이르렀을 때인 것이다. 시인은 북관의 여인이 왜 고난스런 생활을 하게 되었는지 스스로 충분히 짐작할 수 있었을 것이다. 그러나 그는 이 여인의 서사에 대하여 아무런 언급을 하지 않는다. 다만 하루 종일 '절망적'으로 서러워만 할 뿐이다.

백석 시에서 암시적으로만 노출되는 서사에는 민족적 고난의 생활상이 내재한다. 백석이 다른 시에서 "캥캥 여우가" 울고 있는 밤, "토방에 승냥이 같은 강아지가" 있는 집에서 "자정도 훨씬 지났는데/닭을 잡고 메밀국수를" 누르는 풍경(「야반(夜半)」, 93쪽)을 묘사한 것도 예사롭게 읽히지 않는다. "여우가 주둥이를 향하고 우는 집에서는 다음날 으레히 흉사가 있다는"(「오금덩이라는 곳」, 58쪽) 것을 알고 있었던 시인이다. 자정이 훨씬 넘은 시간에 귀한 음식을 마련한다는 것은 망국 식민지의 백성들이 감당해야 할, 혹은 '징병'이나 '징용'일지도 모르는, '흉사'에 대한 위로의 행위로 보인다. 그렇다면 북관 여인의 사정을 가늠해볼 수 있다. 시대상황에 의해, 그녀의 젊은 남편이나 혹은 가족 모두에게 닥친 어떤 불행의 흔적이 예감되는 것이다.

(2) 이중섭 그림의 서사적 상상력

대향(大鄕)[4] 이중섭의 그림에는 백석의 시와는 달리 구체적인 삶의 모습이 담기지는 않는다. 그러나 그 자신의 삶은 핍진한 것이었다. 그는 부유한 집안에서 출생했으나 성장과정은 순탄하지 않았다. 화구(畵具)를 마련하지 못해 담뱃갑의 은박지에 철필로 그림을 그리기도 했다. 결혼 후 낳은 첫 아이는 태어나자마자 디프테리아로 사망했고 아내와는 단지 몇 년 정도 함께 살았을 뿐이다. 그가 40세에 영양실조와 간장염으로 사망할 때에는 무연고자로서 아무도 지켜보는 이가 없었다.[5] 그의 절박한 삶과 불행은 민족의 식민지 시기와 결부된다.

이중섭의 그림에도 감추어진 서사가 내재한다. 그의 그림의 상당 부분에서 '가족'과 '놀이하는 아이들'의 모습이 이상적으로 표출되어 있으나 여기에는 현실적 어려움을 극복하려는 그의 열망이 숨어 있다. 백석은 길을 떠나 국외와 국내의 여러 곳을 유랑하며 서민들의 애환과 민족적 정서를 형상화하고 거기에서 소망스러운 삶의 모습을 꿈꾸었지만, 이중섭은 핍진한 현실을 감내하면서 이상적인 모습만을 화폭에 담는다. 그렇다면 그의 그림 속에도 이미 구체적인 삶의 서사가 내재되어 있다고 볼 수 있다. 이중섭의 그림 〈길 떠나는 가족〉을 보자.

구름이 붉게 물든 것으로 보아 동틀 무렵일 것이다. 길을 떠난다는 것

---

4 대향(大鄕)이라는 이중섭의 호는 오산학교 설립자였던 '이승훈이 지향한 대이상향(大理想鄕)'에서 차용된 것이라는 견해가 있다.(김영진, 앞의 책, 126쪽)

5 이중섭의 생애와 관련된 내용에 대해서는 전인권의 『아름다운 사람 이중섭』(문학과지성사, 2003, 64~83쪽과 226~250쪽)과 최석태의 『이중섭 평전』(돌베개, 2002)의 '이중섭 연보'와 김영진의 앞의 책 『이중섭을 훔치다』의 '연보' 등을 참고했다. 한편 고은은 『이중섭 평전』(향연, 2004)으로, 엄광용은 『이중섭, 고독한 예술혼』(도서출판 산하, 2006)으로 이중섭의 생애를 드라마틱하게 재구성하기도 하였다.

〈길 떠나는 가족〉, 종이에 유채, 29.5×64.5cm

은 '놀이'가 아니라 '이주'를 의미한다. 이 가족의 앞에는 불확실한 미래가 놓여 있는 것이다. 그럼에도 불구하고 이 가족의 모습은 희망에 들떠 있는 듯 보인다. 아버지의 몸은 앞쪽으로 쏠려 있고 소의 오른쪽 앞다리는 곧 앞으로 내디딜 태세이다. 아버지가 치켜든 손은 펼쳐져 있고 홍조를 띤 그의 얼굴은 하늘을 우러르고 있다. 행복한 감사의 표정이다. 어머니는 두 아이의 사이에서 역시 편안하게 앉아 있다. 소꼬리를 잡고 흥겨워하는 아이는 물론이고 비둘기를 날려 보내고 있는 달구지 뒤편의 아이도 마냥 평화로워 보인다. 이중섭이 그린 '소'의 이미지들 중에서 길 떠나는 가족을 태운 이 그림의 소가 가장 순하고 평안한 모습이다. 소의 등에는 화환까지 올려져 있다.

이 가족이 향해 가는 곳은 그들이 꿈꾸어왔던 이상적인 세계일 것이다. 그런데 이들의 살림은 가난하게 보인다. 달구지에는 세간이 없다. 적어도 허름한 장롱이나 옷가지를 넣은 꾸러미 정도는 있어야 할 것이나, 밥솥조차 없다. 소에는 뼈가 드러나 있다. 이는 이들의 현실적인 삶의 모습이 그림에 투영되었기 때문일 것이다. 현실의 간난(艱難)과 수고로움과 서글픔을 떠나 평화와 안락한 세계를 향하여 길을 떠나고 있다는 서사가 암시되어 있다고 볼 수 있다.

2) 원형적(圓形的) 이미지

(1) 백석 시의 원형적 이미지

원형(圓形, Circle) 상징은 완결성은 물론 평화와 조화를 의미한다. 이는 비단 문학적 상징에만 해당되는 것이 아니라 모든 예술 양식에 적용되는 상징이라 할 수 있다. 둥근 달이나 우물이나 동굴 또는 자궁은 모성이며 모태를 의미한다. 이 형태는 소우주는 물론 대우주를 상징하는 이상적인 이미지이다.[6] 백석의 시에서 이 원형적 이미지를 찾는 것은 어렵지 않다.

백석은 원형 이미지를 통하여 조화롭고 평등하며 화기애애한 세계를 형상화한다. 이 원형은 외부적으로는 타자에 대한 울타리이기도 하며 내부적으로는 보호막이기도 하다. 이 안에서는 공동체 의식이 작동하며 '너'와 '나'를 넘어 '우리'가 되게 한다. 백석은 「모닥불」에서 조화로운 삶과 민족 현실의 파탄이라는 양면을 원형 상징을 통해 표출하고 있다.

> 새끼오리도 헌신짝도 소똥도 갓신창도 개니빠디도 너울쪽도 짚검불도 가락닢도
> 머리카락도 헝겊조각도 막대꼬치도 기왓장도 닭의 짗도 개터럭도 타는 모닥불
>
> 재당도 초시도 문장늙은이도 더부살이 아이도 새사위도 갓사둔도 나그네도 주인도

---

6 아지자 · 올리비에리 · 스크트릭, 『문학의 상징 주제 사전』(원제 *Dictionaire des symboles et des thémes littéraires*), 장영수 역, 청하, 1989, 96~100쪽.

할아버지도 손자도 붓장사도 땜쟁이도 큰 개도 강아지도 모두 모닥불을 쪼인다

모닥불은 어려서 우리 할아버지가 어미 아비 없는 서러운 아이로 불상하니도
몽둥발이가 된 슬픈 력사가 있다

—「모닥불」 전문, 37쪽

이 시의 진술은 사물에서 동물로 동물에서 사람으로 이르는 행로를 따른다. 나아가 '나의 심리'를 기준으로 해서 본다면 멀리 떨어져 있는 존재로부터 가까운 존재로의 이행을 보인다. 내 몸의 머리카락이나 내가 사는 집의 기왓장은 새끼오리나 소똥보다는 심리적으로 가까이 있는 사물들이지만, 생명체인 닭이나 개와 같은 동물 신체의 일부보다는 멀리 떨어져 있다. 이러한 선형적 진술은 2연에서, 향촌의 최고 어른이지만 심리적으로는 먼 재당보다는 '나'에게 조금 더 가까운 "새사위와 갓사둔"으로 이어지며 결국 나와 아주 가까운 존재들로서 직계인 "할아버지와 손자"에 이르게 된다.

원형은 '끈이나 선'의 한쪽 끝과 맞은편 끝의 연결로 이루어진다. 「모닥불」의 진술은 선형적으로 되어 있으나 선의 형성(形成)만으로 끝나지 않는다. 2연의 중반 이후에 등장하는 붓장수와 땜장이 그리고 강아지가 지닌 사물과 사람과 동물의 속성이 한 끝을 이루어, 앞에서 언급되었던 새끼오리나 헌신짝 등의 또 다른 한 끝과 연결됨으로써, 마침내 원형의 이미지를 형성하는 것이다. 둥근 형상의 모닥불을 중심으로 사물과 동물과 사람이 원형을 만들어 모닥불을 쬐고 있으니 이 시의 전체적인 이미지는 이중(二重)의 원형인 셈이다. 물론 "몽둥발이"가 된 슬픈 역사의 모닥불은 나라를 잃은 민족의 안타까움에 대한 진술일 것이다.

(2) 이중섭 그림의 원형적 이미지

이중섭 그림에 대한 논의에서도 원형적(圓形的) 특성이 제거된다면 백석 시에서 민족성을 제거하는 것만큼이나 중대한 오류를 범하게 되는 일일 것이다. 특히 가족이나 아이들이 소재가 된 경우에는 거의 예외 없이 원형의 이미지가 등장한다. 앞에서 보았던 〈길 떠나는 가족〉에서도 사실 이 원형의 이미지가 드러나고 있다. 아버지는 '끈'으로 소와 연결되어 있으며 소의 꼬리는 아이와, 아이는 어머니의 팔과, 어머니의 왼손은 비둘기를 날리고 있는 또 다른 아이와 연결되고 있다. 끊임이 없다. 아이가 날리는 비둘기의 머리가 아버지 쪽을 향해 있는 것으로 보아 결국 이 새는 아버지가 치켜든 아버지의 손으로 날아갈 것만 같다. 원형이 완성되는 것이다. 〈물고기와 노는 세 어린이〉를 보면 이에 대한 이해가 선명해진다.

이 그림 속의 물고기는 백석의 시에 등장하는 대구나(「통영(統營)」, 「흰 바람벽이 있어」) 명태(「멧새 소리」)일 것만 같다. 백석이 시에서 나조반 위에 오른 가자미와 서로 정답게 이야기를 나누듯이("흰밥과 가재미와 나는/우리들은 그 무슨 이야기라도 다 할 것 같다/우리들은 서로 미덥고 정답고 그리고 서로 좋구나" 「선우사(膳友辭)」, 83쪽) 이중섭도 생선을 단순히 먹거리로서만 생각하지 않고 그것들과의 친밀한 유대감을 나타내는 그림을 그렸다.

이 그림에서 오른쪽 아이의 왼발은 왼쪽 아래에 위치한 물고기의 꼬리 지느러미에 닿아 있다. 이 물고기의 배 위에 올라타고 있는 아이의 오른팔은 위쪽 아이의 두 팔에 안긴 물고기의 꼬리에 닿아 있다. 그런데 이 물고기를 안은 아이의 왼쪽 다리가 오른쪽 물고기에 닿아 있으니 끊임없는 원형의 구도가 완성된 셈이다. 이 물고기들은 왼쪽의 아이가 갖고 있는 낚싯대로 보아 낚시에 낚인 물고기들일 것이나 물고기들의 표정에는

〈물고기와 노는 세 어린이〉, 종이에 연필과 유채, 25×37cm

고통이나 불행의 표정이 보이지 않는다. 제목에서처럼 그들은 아이들과 즐겁게 놀고 있는 듯하다. 눈을 감고 물고기들과 밀착되어 있는 아이들의 표정에서는 물고기와 하나가 되고자 하는 바람마저 보인다. 이중섭이 서귀포 생활을 할 때 그의 연명(延命)의 수단이었던 '게' 또한 사물과 사람과의 유대감을 표출하는 그의 소중한 소재였다. 〈물고기와 게와 노는 네 어린이〉에서도 이들 모두는 '먹고 먹히는' 관계가 아니라 한 덩어리가 되어 서로에게 행복과 평화를 주는 존재들로 형상화된다. 이들 사이에서 위계적이거나 위화적인 관계는 없다. 이중섭이 그의 그림의 주요 구도인 원형의 형태를 통해 소재들 간의 유대를 부각시킨 것은 그가 동경하고 있었던 평화롭고 조화로운 공동체적 이상세계에 대한 표출이었다.

3. 백석 시와 이중섭 그림의 공동체 의식

1) 근원지로서의 가족 모티프

(1) 백석 시의 가족 모티프

식민지의 유랑자로서 국내와 국외를 떠돌아다녔던 백석이 그의 시에서 가족에 대한 그리움을 표출한 것은 자연스런 일일 것이다. 일차적으로 가족은 '함께 사는' 사람들이다. 함께 자고 함께 먹고 함께 노는 사람들이다. 서로 멀리 떨어져 있는 가족은 온전하지 못하다. 백석은 「수라(修羅)」에서 서로 만나지 못하는 거미가족에 대하여 슬픔을 표출하고 있다.("엄마와 누나나 형이 가까이 이것의 걱정을 하며 있다가 쉬이 만나기나 했으면 좋으련만 하고 슬퍼한다" –「수라(修羅)」 부분, 54쪽) 백석에게도 가족은 서로 걱정하며 함께 살아가는 존재들이다. 그러나 그의 가족에 대한 동경은 '보고 싶은' 정도의 단순한 그리움이 아니다. 그 그리움은 자신의 존재에 대한 근원으로서의 그리움이며 일가친척을 뛰어넘는 민족적 차원의 유대와 동류의식의 근원에 대한 그리움이다. 「고향(故鄕)」은 백석의 가족에 대한 확장된 의미를 보여준다.

> 나는 북관(北關)에 혼자 앓어 누워서
> 어늬 아침 의원(醫員)을 뵈이었다.
> 의원은 여래(如來) 같은 상을 하고 관공(關公)의 수염을 드리워서
> 먼 넷적 어늬 나라 신선 같은데
> 새끼손톱 길게 돋은 손을 내어
> 묵묵하니 한참 맥을 짚드니
> 문득 물어 고향(故鄕)이 어데냐 한다
> 평안도(平安道) 정주(定州)라는 곳이라 한즉

그러면 아무개씨(氏) 고향(故鄕)이란다.
그러면 아무개씨(氏) 아느냐 한즉
의원(議員)은 빙긋이 웃음을 띠고
막역지간(莫逆之間)이라며 수염을 쓴다.
나는 아버지로 섬기는 이라 한즉
의원(議員)은 또다시 넌즈시 웃고
말없이 팔을 잡아 맥을 보는데
손길이 따스하고 부드러워
고향(故鄕)도 아버지도 아버지의 친구도 다 있었다.

—「고향」 전문, 98쪽

「고향」은 백석 시의 큰 특성 중 하나인 서사성이 비교적 투명하게 드러나면서도 농후한 서정성을 보여주는 시이다. 이 시의 중심 내용은 북관 지역을 유랑하던 시적 자아가 앓아누워 있을 때 한 의원을 만났는데 그가 자신의 아버지와 막역지간의 친구여서 고향을 느낄 수 있었다는 이야기이다. 그러나 북관에서 혼자 앓아누워 있는 시적 자아가 의원으로부터 고향을 느낄 수 있었다는 진술에 주목할 필요가 있다. 시적 자아는 가족을 떠나 생활하고 있으며 아버지를 그리워하고 있다. 그는 따스하고 부드러운 의원의 손길에서 아버지는 물론 고향을 발견한다. 당시의 시대 상황이 식민지 현실인 점을 감안한다면, 시적 자아가 가족을 떠나게 된 배경은 타의에 의한 긍정적이지 못한 어떤 사정이었을 것이며 이는 민족적 상황으로 연계될 수 있다. 또한 시적 자아가 의원에게서 '아버지'를 보았던 것은 민족적 공동체에 대한 그의 바람이라고 볼 수 있다. 그는 가족에 대한 그리움을 통해 파괴된 공동체적 세계 속에서 혼자 멀리 떨어져 있는 자신의 현실을 확인하면서, 평화로운 공동체적 삶으로의 지향을 표출하고 있는 것이다. 가족은 물론 가족이라는 울타리를 넘어 친구와 친

〈가족과 비둘기〉, 종이에 유채, 29×40.3cm

구의 친구까지 아우르는, 그래서 온 민족으로 구성된 공동체적 삶에 대한 동경을 엿볼 수 있는 시이다.

(2) 이중섭 그림의 가족 모티프

이중섭의 경우에 '가족' 모티프는 백석의 경우에 비해 빈도수와 표현 정도에서 보다 극명하다. 이중섭은 시대 상황에 의해 극심한 상처를 입어야 했다. 직접적으로 그것은 그가 가족들과 함께 살아갈 수 없는 고통스런 현실을 야기했다. '가족'은 그의 존재적 혹은 예술적 근원지와 이상향 설정의 선결조건이었다. 가족들과 결합하고 싶은 그의 열망은 가족도(家族圖)를 통해 표출된다.

〈가족과 비둘기〉도 원형의 구도를 이루고 있다. 등장하는 모든 대상들은 어떤 식으로든 서로 '붙어'있다. 이 그림의 가족은 단순히 육체적 접촉을 넘어 정신적인 교감을 느끼게 한다. 서로 보듬고 안고 문지르는 자세들이다. 왼쪽의 아이는 앞에 있는 아이의 발바닥에 수건 같은 물건을 갖다 대고 있으며, 앞쪽에 있는 아이는 아버지의 발가락을 간질이고 있는 듯한 모습이다.

아버지가 날리는 비둘기를 두 손으로 받쳐 든 아내의 표정은 편안하기만 하다. 이중섭의 그림에 등장하는 아이들의 표정은 언제나 웃는 모습이다. 이 그림에서도 역시 아이들은 웃고 있다. 그러나 이 아이들의 웃음에는 애잔함이 깃들어 있다. 이 화가가 현실적으로 실현시키기에는 불가능한 가족의 모습인 것이다. 가족과 함께 하나가 되어 밀착된 생활을 하고 싶은 화가의 이루지 못할 열망에 대한 간절도(懇切度)의 표출이라고 해야 할 것이다.

〈구상네 가족〉에서는 화가 자신을 등장시키는 것으로 보아 이중섭도 백석과 마찬가지로 타인을 포함시키는 확장된 가족의 모습 속에서 이상적인 가족상(家族像)을 보았을 것이다. 이 가족 속에 타인이 모두 포함된다면 이 모습이 곧 바람직한 공동체의 형상이 될 것이다.

2) 발원지로서의 민족 모티프

(1) 백석 시의 민족 모티프

백석의 확장된 가족 지향 의식은 민족 지향 의식으로 이어진다. 그가 자신의 존재의 근원을 가족에서 찾았을 때 그것은 그 자신과 가족이라는 한정된 테두리를 넘어 타인까지 아우르는 연대 · 유대의식에 의거한 것이었다. 그의 '고향'은 민족적인 공동체를 상정한 것이기도 했다.

「목구(木具)」를 통해 자신과 가족의 연원(淵源)을 찾아 오대(五代)는 물론 먼먼 조상에까지 이르게 된("구신과 사람과 넋과 목숨과 있는 것과 없는 것과 한 줌 흙과 한 점 살과 먼 넷조상과 먼 홋자손의 거륵한 아득한 슬픔을 담는 것//내 손자의 손자와 나와 할아버지와 할아버지의 할아버지와 할아버지의 할아버지의 할아버지와…." –「목구(木具)」 부분, 131쪽)

백석은 「북방에서」에서는 우리 민족의 발원지를 노래하며 자탄(自歎)한다. 서사와 서정을 혼합하여 수천 년 역사의 행로를 진술하면서, 자신은 물론 웅장하고 아름다웠던 우리 민족의 연원(淵源)과 이제는 그렇지 못한 현실의 민족적 상황에 대하여 이 시인은 개탄하고 있다.

아득한 넷날에 나는 떠났다
부여(扶餘)를 숙신(肅愼)을 발해(勃海)를 여진(女眞)을 요(遼)를 금(金)을
흥안령(興安嶺)을 음산(陰山)을 아무우르를 숭가리를
범과 사슴과 너구리를 배반하고
송어와 메기와 개구리를 속이고 나는 떠났다

나는 그때
자작나무와 이깔나무의 슬퍼하든 것을 기억한다
갈대와 장풍의 붙드든 말도 잊지 않었다
…(중략)…
그리하여 따사한 햇귀에서 하이얀 옷을 입고 매끄러운 밥을 먹고 단샘을 마시고 낮잠을 잤다
…(중략)…

그 동안 돌비는 깨어지고 많은 은금보화는 땅에 묻히고 가마귀도 긴 족보를 이루었는데
이리하야 또 한 아득한 새 넷날이 비롯하는 때
이제는 참으로 이기지 못할 슬픔과 시름에 쫓겨
나는 나의 넷 한울로 땅으로 — 나의 태반(胎盤)으로 돌아왔으나

…(중략)… 나의 자랑은 나의 힘은 없다 바람과 물과 세월과 같이
지나가고 없다

—「북방에서」 부분, 137쪽

이 시에서 언급되고 있는 북방의 옛 나라들은 우리 민족의 발원지였다. 자신의 고향인 정주를 떠나 만주 지역에 체류하고 있었던 백석이 이 시를 1940년 7월 『문장』지에 발표하였으니 그 회한이 컸을 것으로 짐작된다. 식민지의 위기가 '나'의 위기와 겹쳐진 셈이다. 그러므로 이 시에서는 '나=민족'이라는 등가(等價)의 의미가 파악된다. 이것은 백석이 「북관」에서 북관 지역을 여행하며 여진의 살 냄새를 맡고, 처음으로 하나의 국가 공동체를 이루었던 신라 백성을 그리워하는 마음("나는 가느슥히 여진(女眞)의 살내음새를 맡는다//얼근한 비릿한 구릿한 이 맛 속에선/까마득히 신라(新羅)백성의 향수(鄕愁)도 맛본다" –「북관」 부분, 81쪽)과 상통한다. 이는 또한 북신에서 보았던 마을 사람들의 음식을 보며 우리 민족의 웅혼한 기상을 장대히 떨치던 고구려를 가슴 속으로 뜨겁게 생각하는("또 털도 안 뽑은 고기를 시꺼먼 맨모밀국수에 얹어서 한입에 꿀꺽 삼키는 사람들을 바라보며/나는 문득 가슴에 뜨끈한 것을 느끼며/소수림왕(小獸林王)을 생각한다 광개토대왕(廣開土大王)을 생각한다" –「북신」, 126쪽) 심경과 일치한다.

이 시에서 한 가지 더 주목하여야 할 것은 시적 자아가 '떠났다'고 하는, 그래서 이제는 만날 수 없다고 하는 대상들의 목록이다. 그는 나라와 사람들만 떠나온 것이 아니었다. 그는 "범과 사슴과 너구리를 배반하고/송어와 메기와 개구리를 속이고" 떠난다. 이는 백석이 나조반에 오른 가자미와 이야기를 나누었던 대목을 연상시킨다. 또한 이것은 이중섭의 그림에 등장하는 물고기나 게나 새와 소와 말 등이 사람들과 정겹게 합일

하는 장면을 떠올리게도 한다. 이 시의 시적 자아는 자신이 떠날 때 "자작나무와 이깔나무"가 슬퍼하던 것을 기억한다. "갈대와 장풍"이 붙드는 말도 잊지 않는다. 백석이 생각했던 조화로운 세계의 구성원에는 사람뿐만 아니라 사람과 관계된 유무형의 만물이 포함되는 것이다. 이에 대한 해명은 다음 절에서 보다 면밀히 논구될 것이다.

(2) 이중섭 그림의 민족 모티프

이중섭이 오산학교 재학 시절 '조선적인 것'으로 소를 상정하여 소에 대한 관찰에 많은 시간을 할애하였으며, 일본 유학 시절에도 '조선 소'를 고집하였고 귀국해서는 소와 지내는 시간이 많아 '미쳤다'거나 혹은 '소도둑'으로 오해까지 받았다는 일화들은 유명하다. 그는 민족적 기상이나 민족의 강인함은 물론 민족적 애환과 슬픔과 분노까지도 '조선 소'를 통해 표현하고자 하였다.

이중섭 그림에 등장하는 소는 복수(複數)이거나 다른 대상들과 함께 등장할 경우에는 온유하고 순박하며 소박한 모습을 띤다. 이럴 경우 소는 아이와 어른을 막론하고 사람들과 친구가 되거나 동료가 된다. 〈길 떠나는 가족〉에서도 달구지를 끄는 소의 표정은 온순하고 다감한 것이었다. 그러나 홀로 등장하는 소는 그렇지가 않다. 〈황소〉와 〈흰 소〉에 등장하는 소들은 무엇인가를 골똘히 혹은 맹렬히 바라보고 있다. 생활하는 소가 아니라 생각하는 소인 셈이다. 황혼의 배경을 바탕으로 왼쪽으로 조금 틀어진 황소의 표정에서는 벌린 입과 들추어진 코와 쏘아보는 눈 그리고 고개를 쳐들고 있는 자세에서 슬픔에 찬 분노의 감정이나 의지적인 의사 표출의 감정을 읽을 수 있다. 민족적 상황을 화가가 '조선 소'를 통해 상징적으로 표현한 것이다.

〈흰 소〉는 흔히 이중섭의 소 그림 중에서 가장 민족적인 색채를 띤다고

〈황소〉, 종이에 유채, 32.3×49.5cm

〈흰 소〉, 나무판에 유채, 30×41.7cm

평가된다. 우리 민족의 소 종류에 '흰' 소는 없다. 이 소 또한 백의민족을 상징하기 위한 이중섭의 상징적 표현일 것이다. 이 소는 강인한 모습이면서 왼쪽 뒷다리를 앞으로 내딛고 있어 몸의 균형을 잡고 있는 자세이다. 역시 왼쪽으로 고개가 돌려져 있으나 머리를 아래로 숙인 모습에서 신중한 표정을 읽을 수 있다. 마치 백석의 시에 등장하는 지혜롭고 현명하며 노숙한 '영험(靈驗)한 소'("병이 들면 풀밭으로 가서 풀을 뜯는 소는 인간(人間)보다 영(靈)해서 열 걸음 안에 제 병을 낫게 할 약(藥)이 있는 줄을 안다고//수양산(首陽山)의 어늬 오래된 절에서 칠십(七十)이 넘은 로장은 이런 이야기를 하며 치맛자락의 산(山)나물을 추었다" -「절간의 소 이야기」 전문, 57쪽)로 보인다. 지금은 비록 '병'이 들어 고통스런 시대를 겪고 있는 식민지 조선의 현실이나 오래지 않아 자연의 이치로 당연하고 엄연히 이 병이 치유될 것임에 대한 확신의 표정을 〈흰 소〉에서 읽을 수 있다.

4. 백석 시와 이중섭 그림이 추구한 이상향의 세계

1) 실제적 이상향의 세계

(1) 백석 시의 실제적 이상향

서사가 있는 원형의 이미지와 가족적 원천에 근원을 둔 백석 시의 민족적 삶의 형태가 궁극적으로 지향하는 곳은 확장된 공동체의 모습이다. 백석은 유년기를 아이의 시각에서 혹은 성인이 되어 회상하는 방식으로 형상화하면서 거기에서 토속적이며 향토적인 공동체의 이상향을 찾는다. "참으로 이기지 못할 슬픔과 시름에 쫓겨"(「북방에서」) 시작된 식민지의 참혹함이 깊어질수록 그는 유년의 기억을 되살려 평화로웠던 세계를 회상하면서 미래의 이상적인 세계를 추구한다.

근대화의 진행은 그에게 낯선 것이었고 '조선적'인 것이 아니었다. 그의 시에서 근대적 풍경은 차갑고 냉철할 뿐만 아니라 수용하기에는 껄끄러운 모습("녕감들은/말상을 하였다 범상을 하였다 쪽재피상을 하였다/개발코를 하였다 안장코를 하였다 질병코를 하였다/그 코에 모두 학실을 썼다/돌체돋보기다 대모체돋보기다 로이도돋보기다/녕감들은 유리창같은 눈을 번득거리며/…(중략)…/사나운 즘생같이들 사러졌다" –「석양」 부분, 97쪽)으로 그려진다. 백석이 꿈꾸고 있는 공동체적 이상향은 농경문화와 범인류적 유대를 토대로 한다. 「여우난곬족」이 과거의 이상적인 세계를 형상화한 것이라면, 「조당에서」는 시인이 추구하던 궁극적인 세계의 이해에 대한 단초를 제공한다.

> 명절날 나는 엄매 아배 따라 우리집 개는 나를 따라 진할머니 진할아버지가 있는 큰집으로 가면

…(중략)… 하로에 베 한 필을 짠다는 벌 하나 건너 집엔 복숭아 나무가 많은 신리(新里) 고무, …(중략)…

열여섯에 사십(四十)이 넘은 홀아비의 후처(後妻)가 된, …(중략)… 토산(土山) 고무, …(중략)… 해변에서 과부가 된 코끝이 빨간 언제나 흰 옷이 정하든, 말끝에 설게 눈물을 짤 때가 많은 큰골 고무, …(중략)…

저녁술을 놓은 아이들은 외양간섶 밭마당에 달린 배나무 동산에서 쥐잡이를 하고, 숨굴막질을 하고, 꼬리잡이를 하고 가마타고 시집가는 놀음 말 타고 장가가는 놀음을 하고, 이렇게 밤이 어둡도록 북적하니 논다.

밤이 깊어 가는 집안엔 엄매는 엄매들끼리 아르간에서들 웃고 이야기하고 아이들은 아이들끼리 웃간 한 방을 잡고 조아질하고 쌈방이 굴리고 바리깨돌림하고 호박떼기하고 제비손이구손이하고, …(중략)… 아츰 시누이 동세들이 육적하니 흥성거리는 부엌으론 샛문틈으로 장지문틈으로 무이징게 국을 끓이는 맛있는 내음새가 올라오도록 잔다.

—「여우난곬족」 부분, 23쪽

나는 지나 나라 사람들과 같이 목욕을 한다

…(중략)…

대대로 조상도 서로 모르고 말도 제가끔 틀리고 먹고 입는 것도 모도 다른데

…(중략)…

나는 시방 녯날 진이라는 나라나 위라는 나라에 와서

내가 좋아하는 사람들을 만나는 것만 같다

…(중략)…

나는 이렇게 한가하고 게으르고 그러면서 목숨이라든가 인생이라든가 하는 것을 정말 사랑할 줄 아는

그 오래고 깊은 마음들이 참으로 좋고 우러러진다(…)

—「조당에서」 부분, 156~157쪽

1935년 12월『조광』에 발표된「여우난곬족」은 지금까지 언급했던 백석 시의 특성을 모두 드러낸다. 시의 서두에서 '나'는 엄마와 아배를 따라가고 개는 '나'를 따라간다. 이 '나'가 가는 곳이 진할머니 진할아버지가 있는 큰집이니 한 가족이 이루는 원형적 이미지가 완성된 것이다. 여기에 '개'까지 동반되고 있으니 사물이나 동물과 이루는 유대감도 표출된 셈이다. "열여섯에 사십(四十)이 넘은 홀아비의 후처(後妻)가" 되었다는 토산고무의 이야기나 "해변에서 과부가" 되어 "말끝에 설게 눈물을 짤 때가 많은 큰골 고무"의 이야기에서는 암시적인 서사를 읽을 수 있다. 또한 이 모든 내용들이 가족이나 일가친척이 모이는 민족 명절의 모습이니 그의 시적 근원지나 발원지로서의 민족적 특성도 내포되어 있다.

이 시의 현실적인 상황은 가난한 모습이다. 비록 명절날이라 귀한 음식물들이 등장하고는 있으나, 현실적으로는 베를 짜야 하는 삶이거나 후처가 될 수밖에 없다거나 해변에서 과부가 되어야 하는 삶인 것이다. 그러나 정신적으로는 풍요로운 모습이다. 이는 '사람들'이 모여 '함께'하고 있기 때문이다. 어른들은 어른들끼리, 아이들은 아이들끼리 일하고 이야기하고 갖은 놀이를 하는 흥겨운 풍경이다. 아침 식사 때에는 이들 모두가 '둥글게' 둘러앉아 맛있는 음식을 먹게 될 것이다. 이는 백석이 염원(念願)하던 공동체 세계에 가까운 모습이다. 현실적으로는 다시 올 수 없는 세계이나 그래도 전혀 불가능한 세계는 아닌 것이다.

만주에 체류하며 1941년에 발표하였던 시에서 그는 이 이상 세계의 가능성을 보여주기도 한다. 귀찮은 측량이나 문서 따위는 버리고 조그만 밭을 얻어 가난하지만 충족한 삶("저 한쪽 마을에는 마돝에 닭 개 즘생도 들떠들고/또 아이 어른 행길에 뜨락에 사람도 웅성웅성 흥성거려/…(중략)…/까막까치나 두더쥐 돝벌기가 와서 먹으면 먹는대로 두어두고/도적이 조금 걷어가도 걷어가는대로 두어두고" –「귀농(歸農)」 부분, 145쪽)을 실행할 수 있다는 것이다. 그가 전쟁 후 북한에서 꿈꾸었던 세계도 함께 일하고 함께 먹으며 함께 쉴 수 있는 사회였던 것으로 보인다. 1956년에 쓴 시에서 그는 「여우난곬족」의 내용이 현실화된 듯한("아이들 명절날처럼 좋아한다./뜨락이 들썩 술레잡기, 숨바꼭질, 퇴 우에 재깔대는 소리, 깨득거리는 소리.//어른들 잔칫날처럼 흥성거린다./…(중략)…/밭 갈던 아바이, 감자 심던 어버이/최뚝에 송아지와 놀던 어린 것들/그리고 탁아소에서 돌아 온 갓난것들도/둘레둘레 둘러 놓인 공동 식탁 우에" –「동식당」 부분) 세계를 그리기도 한다. 그러나 이 세계는 백석의 착각이었다. 시간이 지날수록 북한의 집단농장의 실태는 열악해지기 시작한다. 결국 이 세계는, 근대화와 현대화가 진행된 시점에서는, 단지 환상이나 상상의 세계로 밖에는 인식될 수 없을 것이다. 그런데 백석이 바라던 이상향은 '민족'이라는 범주를 뛰어넘는 것 같다.

「조당에서」에서 화자는 다른 민족에 대한 애정을 표출한다. '지나 나라' 사람들과 "쪽 발가벗고" 목욕을 하면서 그들의 태도에 호의를 보인다. 「북방에서」를 보아도 우리 민족을 쫓겨나게 했던 민족은 '지나 나라'일 텐데 화자는 이들 나라의 후손들에게 따뜻한 인간애를 드러낸다. 그들이 "한가하고 게으르"다 하였으나 이는 악의에서 나온 진술은 아니다. 일본과 서구 열강들의 식민지에 대한 야욕이 극에 달해 있는 상황하에서라면 남의 것을 내 것으로 만들려는 탐욕이 팽배해 있었을 시대적 세태를 가늠할 수 있다. 그런데도 이들의 모습은 각박하지 않고 아귀차지 않다. 화자는 그 넉넉한 '마음'을 우러르고 있는 것이다. 그렇다면 백석이 추구하던 이상적 세계는 '민족'이라는 테두리를 벗어나 있다고 보아야 한다. 백석은 "목숨이라든가 인생이라든가 하는 것을 정말 사랑할 줄 아는" 마음을 지닌 사람들이라면 타민족이라 할지라도 한 형제가 될 수 있다고 진술한다. 이는 범인류적 차원의 큰 이상세계를 가정하게 한다. 백석이 오래 그리고 깊게 바라던 대이상향(大理想鄕)의 구성원이 될 수 있는 조건은 민족적 출신 성분을 뛰어넘어 사람의 '마음'이라고 볼 수 있다.

(2) 이중섭 그림의 실제적 이상향

이중섭이 꿈꾸었던 현실적인 이상세계도 백석과 마찬가지로 가족적인 공동체의 삶이다. 그에게는 개인적인 조건에 의해서는 물론이고 식민지적 현실이나 전쟁으로 인해 가족이 서로 헤어지고 민족이 갈라지는 상황이 납득되거나 용납될 수 없는 것이었다. 〈도원〉은 백석의 시 「여우난곬족」을 환기시킨다. 복숭아나무에 올라 만면에 웃음을 띠고 복숭아를 따거나 먹거나 복숭아와 함께 노는 아이들의 모습은 "복숭아나무가 많은 신리고무"를 연상하게 하며 "쥐잡이와 숨굴막질"하는 아이들의 모습과 일치한다. 〈과수원의 가족과 아이들〉은 이중섭이 바라던 사실적이면서도 이상적인 생활상을 드러내고 있다.

이 그림도 원형적으로 구성되어 있다. 그림의 전체적인 구도도 그렇지

〈과수원의 가족과 아이들〉, 20.3×32.8cm 종이에 잉크와 유채

만, 하의를 벗고 있는 여섯 명의 아이들과 상하의를 모두 입고 있는 어른들은 직접적으로든 간접적으로든 서로 끊어짐이 없이 연결되어 있다. 모두들 웃고 있는 얼굴들이며 흥겹고 정겹다. 과일의 모양이 〈도원〉에 나오는 복숭아의 형태와 유사한 것으로 보아 이곳도 복숭아 과수원일 것이다. 이중섭이 추구하던 이상세계로서의 유토피아, 즉 '무릉도원'인 셈이다. 이 그림은 한 가족으로 구성되어 있지도 않고 아이들만으로 이루어진 것도 아니다. 아이들의 숫자도 둘이나 셋이 아니라 무려 여섯 명이나 된다. 제목에서도 이 아이들이 모두 한 가족이 아니라는 것을 나타내고 있다. 어느 한 가족에 다른 가족의 아이들이 포함되어 있는 것이다. 다시 말하자면 공동생활이다.

앞에서 〈구상네 가족〉을 통해 잠시 언급하였지만, 이 그림 속 인물들의 모습은 확장된 가족의 형태이다. 과수원에 심어져 있는 나무가 한두 그루만 있는 것이 아닐 터이니 이 그림의 연장(延長)을 가정한다면 '과수원의 가족들과 아이들'일 것이다. 가족이 복수가 된다면 이는 곧 민족적 공동체를 의미할 것이요, 이 민족적 공동체가 역시 복수가 된다면 전 인류적 차원의 공동체가 되는 셈이다. 이것이 이중섭이 가족을 모태로 하여 숙원하던 현실 세계의 대이상향이라고 할 수 있다.

2) 환상적 이상향의 세계

(1) 백석 시의 환상적 이상향

지금까지 백석과 이중섭의 시와 그림에 나타난 특성들과 그 특성들이 지닌 속성에 대하여 살펴보았다. 그 결과로 그들이 염원하던 이상세계에 대한 실체가 파악되었다. 그러나 그들의 소망은 개인적이거나 민족적이거나 혹은 역사적인 조건들로 인해 사실적인 세계에서는 이루어질 수 없는 것이었다. 그들의 몇몇의 작품들에서 환상적인 세계가 펼쳐지는 것은 그들이 추구하는 세계에 대한 염원이 상상적으로 이루어진 것이다. 백석의 경우 이러한 세계에 등장하는 시적 대상들은 그가 보고 듣고 느낄 수 있는 모든 가시적 세계가 망라된다. 사물과 동물과 사람이 혼연히 '한 덩어리'가 되는 세계인 것이다. 이 세계는 극도로 풍요롭고 극도로 평화롭다.

달빛도 거지도 도적도 모다 즐겁다
풍구재도 얼럭소도 쇠드랑볕도 모다 즐겁다

도적괭이 새끼락이 나고
살진 쪽제비 트는 기지개 길고

홰냥닭은 알을 낳고 소리치고
강아지는 겨를 먹고 오줌 싸고

개들은 게모이고 쌈지거리하고
놓여난 도야지 둥구재벼오고

송아지 잘도 놀고
까치 보해 짖고

신영길 말이 울고 가고
장돌림 당나귀도 울고 가고

대들보 우에 베틀도 채일도 토리개도 모도들 편안하니
구석구석 후치도 보십도 소시랑도 모도들 편안하니

—「연자간」 전문, 72쪽

이 시에는 한 농가의 연자방앗간 모습이 속속들이 드러나 있다. 그런데 이 시의 시간적 배경은 밤과 낮이 서로 섞여 있어 어느 하나로 지적될 수 없다. "달빛도 거지도 도적도 모다" 즐거우니 이때의 시간적 배경은 밤이지만, 바로 다음 시행에 쇠스랑 모양의 창살로 들어오는 "쇠드랑볕"의 '햇살'도 등장하므로 이때에는 또 낮이라고 볼 수 있다. 실제적인 세계가 아닌 것이다. "도적괭이"나 "쪽제비"가 야행성 동물들인 데 반하여 "홰냥닭"이나 "송아지"나 "도야지" 등은 주행성 동물들이니 이들의 동시적인 등장 또한 시간을 가늠할 수 없게 한다. 계절적 배경도 그렇다. 햇살이 나오고 새신랑을 모시러 가는 "신영길"과 일하지 않고 있는 농구(農具)들의 모습을 보면 일견 '아주 이른 봄'일 듯도 하나 그 또한 확신할 수 없다. "쪽제비"가 살이 찌고 "홰냥닭"이 알도 잘 낳고 한다면 그들의 먹이가 풍부한 가을이라고도 볼 수 있기 때문이다. 계절마저 어느 하나로 지칭할 수 없을 만큼 융합된 세계인 것이다.

이 시에 등장하는 사물과 동물들은 자신의 자리에서 각자의 태도로 놀거나 먹거나 혹은 그대로 놓여 있다. 그런데 이들의 모습은 '뿔뿔이, 제각각'으로 보이지가 않는다. 그들의 형상이나 특성이나 행동들은 서로 다르고 이질적이라 해도, 첫 번째 연의 "모다 즐겁다"와 마지막 연의 "모도들 편안하니"라는 구절이 이들을 하나로 묶어주고 있기 때문이다. 시의 형태로 보아도 즐겁고 편안한 울타리가 이들을 이어주어 원형의 이미지를 형성하고 있다.

자칫 간과한다면 이 시에서 '사람'을 놓칠 수 있다. 그러나 거지와 도적은 물론 팔 안에 둥그렇게 안겨 잡혀오는 돼지나 신영길이나 장돌림이라는 시어들은 이미 '사람'을 상정할 수밖에 없다. 그렇다면 이 세계는 사물과 동물과 사람이 하나가 된 동일체의 세계, 완벽한 공동체의 세계인 셈이다. 이 세계가 곧 백석이 꿈꾸었던 상상 속의 대이상향이라고 볼 수 있다.

(2) 이중섭 그림의 환상적 이상향

이중섭이 염원하던 이상향의 세계 또한 실제적으로는 이루어질 수 없는 세계였다. 그가 전쟁을 피해 서귀포에 있을 무렵은 그의 삶에서 그나마 평안한 시간이었다. 그러나 그는 혼자였다. 가족은 일본에 있었으며 일가친척과도 멀리 떨어져 생활해야만 했다. 바닷가에서 게를 잡아, 한 칸짜리 방에서, '연명'하는 생활이어야 했다. 〈서귀포의 환상〉은 고투의 연속인 현실을 벗어나고자 했던 그의 열망을 표현한다.

이 그림은 〈과수원의 가족과 아이들〉에서 보여주었던 그의 현실적인 이상세계가 환상적으로 표출된 것이다. 이 그림에서 보이는 사실적 기풍의 필치는 이 그림의 이상성을 약화시키는 것이 아니라 오히려 화가의 열망을 강화시키고 있다. 이 그림은 화가의 몽환(夢幻) 자체가 아니다. 이 그림의 환상성에는 화가의 현실적인 꿈과 이상이 내포되어 있다. 이 환

〈서귀포의 환상〉, 나무판에 유채, 56×92cm, 1951년

상은 화가의 사실적인 삶에서 연원(淵源)된다.

과일을 운반하는 노동을 하는 이들이나 누워서 쉬는 사람이나 과일을 바구니에 담는 사람들의 표정과 태도는 '한가하고 게으르다.' 하늘을 날면서 과일 따는 일을 도와주고 있는 새들이나 운반되는 과일 위에 올라앉아있는 새에서 불편함이나 부자유를 읽을 수는 없다. 과일을 따고 있는 아이들이나 나무 위에 오르고 있는 아이도, 새를 타고 날고 있는 아이도 모두 평화롭다. 멀리 보이는 섬들은 평온히 이들을 지켜보고 있다. 나무도 나뭇잎도 땅과 하늘도 모두가 편안하다. "모다 즐겁"고 "모도들 편안"(「연자간」)한 것이다. 온 만물과 나아가 우주가 하나가 되어 있으니, 이 세계에서는 이 그림 속 대상들이 굳이 직접적으로든 혹은 간접적으로든 가시적인 형태로 연결될 필요는 없을 것이다. 이 세계가 곧 대향(大鄕) 이중섭이 꿈꾸었던 대이상향(大理想鄕)의 세계이다.

5. 결론

백석과 이중섭 작품의 유사성은 전기적인 사실과 소재적인 차원을 넘어, 작품 자체의 분석을 통해서 구조적으로 확인될 필요가 있었다.

백석의 시 「절망」과 이중섭의 그림 〈길 떠나는 가족〉에서 드러난 암시적인 서사성은 시대적 위기의식을 바탕으로 독자들의 상상력을 자극하는 것이었다. 이 작품들에는 민족적 수난과 결부된 서사성이 내포되어 있으며, 작품의 이면에는 현실적인 간난(艱難)을 벗어나고 싶은 갈망이 들어있었다.

백석 시 「모닥불」과 이중섭의 〈물고기와 노는 세 어린이〉에서는 구조적인 원형의 이미지가 파악되었다. 이 이미지는 사물과 동물과 사람이 하나가 되어 이상적인 세계를 형성하는 상징적 의미를 지녔다. 이 작품들에 대한 분석으로 두 예술가가 바라던 민족 공동체의 대체적인 윤곽이 드러났다. 백석의 「고향」과 이중섭의 〈가족과 비둘기〉에서 보이는 가족의 의미는 '우리' 속에 타인을 포함하는 것이며 나아가 '민족'의 의미로 확장되는 것이었다. 이 작품들에서도 원형적 구도가 드러났다. 가족 모티프는 두 예술가의 예술적 근원지였다.

백석의 「북방에서」와 이중섭의 〈황소〉와 〈흰 소〉는 우리 민족의 태동과 역사의 진행과 현재의 상황에 대한 안타까운 토로였다. '민족'은 두 사람의 공통된 예술적 발원지였다.

백석의 「여우난곬족」과 이중섭의 〈과수원의 가족과 아이들〉은 현실적인 이상세계에 긴밀히 밀착된 세계였다. 이 작품들이 시공간적으로 연장된다면 민족적 공동체뿐만 아니라 전 인류적 차원의 이상적인 공동체가 가정(假定)될 수 있다. 백석의 「연자간」과 이중섭의 〈서귀포의 환상〉은 사물과 동물과 사람이 혼연일체가 되는 환상적인 작품들이다. 이 세계에서는 모든 만물이 서로 하나가 되며 평화롭고 조화롭게 통합된다. 그들은 환상적으로 구성된 작품을 통해서 대이상향의 실체를 보여주었다.

침묵의 노래

— 만해의 「비밀(秘密)」이 내포하고 있는 '비밀'의 의미

종교적 편향성에서 벗어나 일상적 삶의 세계를 선적(禪的) 인식의 방식으로 새롭게 해석한 선취시(禪趣詩)[1]들은 한국 현대시를 풍요롭게 해주었을 뿐만 아니라 하나의 주축이 되었던 것이 사실이다. 일군(一群)이 불교를 탈근대의 한 대안으로 주목하고 있으며, 정신주의 시가 부각되고 있는 시점에서, 한용운의 시를 종교 논리가 아닌 문학의 논리로 읽어보는 것은 의미 있는 일일 것이다.

만해 한용운의 시에 대한 연구들 중에서 시인의 삶을 근거로 하여 불교 원리에 선제적 토대를 둔 해석들은 그의 시에 대한 의의에 심도를 주었다. 그러나 만해의 시를 명징하고 확정적으로 독해하기란 쉬운 일이 아

---

1 홍신선은 '선의 인식 방법이나 체계를 일정 수준에서 시작품으로 이동할 수 있는 시들'을 선취시, '선의 원리 자체나 종교적인 신비 체험인 큰 깨달음을 작품화한 것들'을 선시 혹은 선리시(禪理詩), 그리고 선취시 중에서도 '선적인 용어와 이미지를 많든 적든 명시적으로 드러낸 경우'를 선전시(禪典詩), '작품의 표층에 전혀 선적 이미지들을 드러내놓지 않은 경우'를 선해시(禪解詩)로 구분하고 있다.(홍신선, 『한국시와 불교적 상상력』, 역락, 2004, 14~15쪽)

니다. 불교적 상상력에 토대를 둔 연구들 중에서 일부가 그의 시를 종교 논리에 국한시켜 평가하는 경우가 있었으며, 시의 표면적 진술에만 집중함으로써 그 내용의 깊이를 간과한 경우도 있었던 것이 사실이다. 진술의 이면에 대한 정밀한 탐색을 실행한다 할지라도 단편적인 분석만으로는 그의 시의 의미나 의의를 오히려 협소하게 만드는 위험이 뒤따를 수도 있다. 이는 만해의 시가 일반적인 독해로는 탐지될 수 없는 비의적 난해성을 지니고 있기 때문일 것이다.

이 글의 목적은 「비밀(秘密)」의 분석을 통한 '만해 시의 비밀' 파헤치기이다. 「비밀」을 통해 만해는 '님' 혹은 '당신'과의 만남에 이르는 과정과 그 의의를 은밀하게 보여준다. 그 과정에 대한 추적은 만해의 시가 궁극적으로 추구하는 목표 지점과 시의 난해성의 비밀에 대한 겨냥이 될 것이다. 한편 이 글에서 「사랑의 존재(存在)」와 「수(繡)의 비밀(秘密)」 등에 대한 추가적인 이해는 「비밀」에 대한 '비밀'을 외부적 선입견 없이 시인의 순수한 목소리에 귀를 기울여 『님의 침묵(沈默)』 내에서 접근해보려는 의도이다.

『님의 침묵』에서 만해는 줄곧 이별한 '님' 혹은 '당신'과의 '만남'을 희구한다. 그의 '이별'이 놀랍고 뜻밖에 이루어진, "참어, 떨치고"(「님의 침묵」) 가버리는 '님'의 돌발적이고 일회적인 행동에서 비롯되는 것이라면, '만남'은 둘 사이의 물리적, 정신적 거리를 해소하는 비밀스러운 몇 단계의 과정을 거쳐 성취된다.

> 비밀(秘密)입니까, 비밀(秘密)이라니요, 나에게 무슨 비밀(秘密)이 있겠습니까.
> 나는 당신에게 대하여 비밀(秘密)을 지키랴고 하얐습니다마는, 비밀(秘密)은 야속히도 지켜지지 아니하얐습니다.
>
> 나의 비밀(秘密)은 눈물을 거쳐서 당신의 시각(視覺)으로 들어갔습

니다.

나의 비밀(秘密)은 한숨을 거쳐서 당신의 청각(聽覺)으로 들어갔습니다.

나의 비밀(秘密)은 떨리는 가슴을 거쳐서 당신의 촉각(觸角)으로 들어갔습니다.

그 밖의 비밀(秘密)은 한 쪼각 붉은 마음이 되야서 당신의 꿈으로 들어갔습니다.

그러고 마즈막 비밀(秘密)은 하나 있습니다. 그러나 그 비밀(秘密)은 소리 없는 메아리와 같아서 표현(表現)할 수가 없습니다.

—「비밀(秘密)」 전문, 69쪽[2]

'나'는 '당신'에게 자신의 비밀을 지키지 못하였다고 하소연한다. 그러나 '당신'에게 탄로난 비밀들은 비록 야속하다고는 표현하였으나 '나'로서는 어찌할 수 없는 감정들이다. 눈물과 한숨과 떨리는 가슴과 한 조각 붉은 마음들을 '당신'에게 드러내지 않으려고 노력한다 해도 이들은 '나'로서는 거역할 수 없는 감정의 본능적인 발로에서 기인하고 있기 때문이다. 이 감정들은 제어될 수 없다.

2연 후반부의 "그 밖의 비밀"과 "마즈막 비밀" 등의 진술로 보면 비밀은 하나가 아니라 다수인 것으로 보이며, 그 각각은 '나'와 '당신' 사이의 물리적 거리감에 대한 은유로 보인다. "눈물을 거쳐서 당신의 시각(視覺)으로 들어"가는 비밀이 무접촉의 과정이라면 "한숨을 거쳐서 당신의 청각(聽覺)으로 들어"가는 비밀은 "한숨의 미풍(微風)"(「님의 침묵(沈默)」)이나 "한숨의 봄바람"(「눈물」)과 같은 진술들처럼 '바람'을 매개로 하여 '나'와 '당신'이 간접적으로나마 접촉하는 과정이다. "떨리는 가슴을 거쳐서

2 최동호 편 『한용운 시전집』(서정시학, 2009)에서 인용하였으며, 이후에는 작품 제목 옆에 쪽수만 표기함.

당신의 촉각(觸覺)으로 들어"가는 비밀은 보다 직접적인 접촉에 해당한다. '촉각' 자체가 신체적인 접촉 없이는 발생할 수 없는 감각이다. 다른 시에서 만해는 '나'의 손길이 짧아서 "눈 앞에 보이는 당신의 가슴을 못 만"(「길이 막혀」)진다고 한탄하기도 하였다. 떨리는 가슴을 거친다는 의미는 '나'와 '당신'과의 직접적인 접촉을 의미한다고 볼 수 있다.

눈물과 한숨을 거치고 떨리는 가슴을 거쳐 '나'와 '당신' 사이의 물리적 거리가 사라진 상태가 외적인 만남이라면 2연 4행에서는 내면적인 만남의 과정을 보여준다.[3] 일편단심이나 적심편편(赤心片片)을 풀어 썼을 "한 쪼각 붉은 마음이 되야서 당신의 꿈으로 들어"가는 비밀은 '당신'의 내면세계로 들어가는 내적 만남이 된다. 이로써 '나'와 '당신'이 일심동체, 동화된 하나가 되는 것이다. 그런데 시인은 여기에서 그치지 않고 마지막 비밀이 있다고 언급한다. 다만 그것이 소리 없는 메아리와 같이 표현할 수가 없다는 것이다. 표현할 수 없는 비밀, 말이나 글로는 밝혀질 수 없는 비밀이란 무엇인가.[4]

> 사랑을 「사랑」이라고 하면, 발써 사랑은 아닙니다.
> 사랑을 이름지을 만한 말이나 글이 어데 있습니까.

---

3 송욱은 「비밀」을 선불교적 원리로 해석하여 눈물과 한숨을 비지(悲智)로, 떨리는 가슴을 의정(疑情)으로, 한 조각 붉은 마음을 깨달음으로 그리고 마지막 비밀을 지혜(智慧)로 풀이한다.(송욱, 『님의 침묵 전편해설』, 과학사, 1974, 140~142쪽) 이러한 설명은 일련의 과정을 거쳐 마지막 비밀의 의미에 도달하려는 이 글의 풀이 방식과 상통한다.

4 최동호는 2연 4행까지 화자의 모든 현상적인 움직임이 '당신'과 일체화된 것임을 나타낸 것이라고 설명하면서, 마지막 비밀은 "(나와 당신) 양자는 이미 표현할 수 없는 메아리와 같이 동화된 일체이기도 하며 또한 동화되었지만 서로 다른 객체이기도" 한 것임을 의미한다고 설명한다.(최동호, 『사랑과 혁명의 아우라』, 건국대학교 출판부, 2001, 104~108쪽)

미소(微笑)에 눌려서 괴로운 듯한 장밋(薔薇)빛 입설인들, 그것을 슬칠 수가 있습니까.

눈물의 뒤에 숨어서 슬픔의 흑암면(黑闇面)을 반사(反射)하는 가을 물결의 눈인들, 그것을 비칠 수가 있습니까.

그림자 없는 구름을 거쳐서, 존재(存在)? 존재(存在)입니다.

그 나라는 국경(國境)이 없습니다. 수명(壽命)은 시간(時間)이 아닙니다.

사랑의 존재(存在)는 님의 눈과 님의 마음도 알지 못합니다.

사랑의 비밀(秘密)은 다만 님의 수건(手巾)에 수(繡)놓는 바늘과, 님의 심으신 꽃나무와, 님의 잠과, 시인(詩人)의 상상(想像)과, 그들만이 압니다.

—「사랑의 존재(存在)」 전문, 70쪽

만해는「비밀(秘密)」 바로 다음 면에 수록된「사랑의 존재(存在)」를 통해서「비밀(秘密)」에서의 마지막 비밀에 대한 암시를 준다. 그것은 표현되지 않는 '사랑'으로 진술된다. 이름 지어진 사랑이 아니라 말이나 글로 지칭되지 않는 존재[5]로서의 사랑이 그의 마지막 비밀인 셈이다. 그러므로 그의 사랑은 말이나 글뿐만 아니라 "장밋빛 입설"로도, "슬픔을 흑암면(黑闇面)을 반사하는 가을 물결의 눈"으로도 담아낼 수가 없다. 그 '사랑'은 국경이라는 공간적 제약을 받지도 않으며 수명(壽命)이라는 시간적 장애도 초월하여 일체의 한계를 뛰어넘는 영원한 실체이다. 결국 시인은 이 사랑의 존재가 절대적이라서 님의 눈이나 님의 마음으로도 알지 못하는 대

5 김종인은 이 '존재'라는 용어를 형이상학적으로 이해하는 것은 만해의 사유 바탕인 불교의 무아(無我) 관념과 모순된다고 설명한다. 만해의 '사랑의 존재'는 이데아로서의 사랑이 아니라 행위로서의 사랑이라는 것이다.(김종인, 『날카로운 첫 키스의 추억』, 나남, 2005, 184~186쪽) 이 점에서는 이 글도 그의 견해와 같다.

상이라고 정의한다. 그렇다고 해서 마지막 비밀의 의미가 온전히 풀린 것은 아니다. 그 비밀이 사랑이라고는 하였으나, "사랑의 존재(存在)는 님의 눈과 님의 마음도 알지 못"하듯이, 사랑의 대상인 '나'의 님조차도 알지 못하는 그런 사랑이라면 마지막 비밀의 정체는 밝혀진 것이 아니다. 그런데 시인은 마지막 행에서 사랑의 비밀에 대한 단서를 제시한다. 수(繡)놓는 바늘이 그 비밀을 알고 있다는 것이다.

> 나는 당신의 옷을 다시 지어놓았습니다.
> 심의도 짓고 도포도 짓고, 자리옷도 지었습니다.
>
> 그 주머니는 나의 손때가 많이 묻었습니다.
> 짓다가 놓아두고 짓다가 놓아두고 한 까닭입니다.
> 다른 사람들은 나의 바느질 솜씨가 없는 줄로 알지마는, 그러한 비밀은 나밖에는 아는 사람이 없습니다.
> 나는 마음이 아프고 쓰린 때에 수를 놓으랴면, 나의 마음은 수놓는 금실을 따러서 바늘 구녕으로 들어가고, 주머니 속에 맑은 노래가 나와서, 나의 마음이 됩니다.
> 그러고 아즉 이 세상에는, 그 주머니에 널 만한 무슨 보물이 없습니다.
> 이 적은 주머니는 짓기 싫여서 짓지 못하는 것이 아니라, 짓고 싶어서 다 짓지 않는 것입니다.
>
> —「수(繡)의 비밀」 전문, 127쪽

이 시에서 '나'는 주머니를 다 짓지 않는 행위의 의미와 주머니에 수를 놓는 이유와 주머니에 넣을 만한 보물이 없음에 대하여 진술하고 있다. 이 세 가지 사안들은 서로 일련의 연쇄 관계를 형성한다. '나'가 짓는 주머니에는 손때가 많이 묻어 있다. '나'가 주머니 짓기를 끝까지 완성하지 않으면서 짓다가 중단하는 행위를 반복하고 있기 때문이다. 이는 주머니에 수놓는 행위를 계속하기 위한 것이다. '나'에게는 주머니에 수를 놓는 행위 자체가 주머니에 넣을 만한 보물보다 더 소중한 것으로 인식된다. '나'는 정작 주머니에 넣을 보물에는 관심이 없는 것이다.[6]

'나'에게 수를 놓는 행위의 의미가 밝혀진다면 「비밀(秘密)」에서의 마지막 비밀, '나'와 '당신'과의 정신적 만남의 최종 단계인 사랑의 비밀, 수의 비밀이 해명되는 셈이다. 여기에서 이 시의 첫 행인 "나는 당신의 옷을 다시 지어놓았"다는 진술 중에서 '다시'에 주목할 필요가 있다. '다시'가 같은 일의 반복을 의미하므로 '나'의 옷 짓는 행위는 이전에도 있었다는 것으로 이해된다. 이전에 '나'는 옷을 다 지어놓고 옷의 주인인 '당신'을 기다렸으나 그는 오지 않았다는 것이다.

2연 4행은 수의 비밀에 대한 직접적인 언급이다. 오지 않는 '당신'으로 해서 '나'의 마음은 쓰리고 아플 수밖에 없으며 이를 해결할 수 있는 방도는 옷 짓기를 의식적으로 완수하지 않는 것이다. 아니면 옷을 완성했다손 치더라도 옷에 대한 미완성의 빌미인 수놓기의 여지를 만들어놓자는 의도로도 볼 수 있다. 수놓기가 끝나지 않았으므로 '당신'은 아직 안 오는 것이며 올 수 없다는 것이다. 이제 '나'는 영원히 완성되지 '않을' 수놓기를, '당신'을 기다리며, 당신과의 만남을 염원하며 마음으로 수행한다. 이 행위 속에서 '나'의 마음은 "맑은 노래"로 가득 차게 되는 것이다. 언제 올지 모를, 아니면 영원히 오지 않을, 아니면 당장에라도 올 '당신'을 벅찬 심정으로 기다리는 떨리는 마음이 "맑은 노래"로 충일해지는 것이다. 이

---

6 송욱은 「수(繡)의 비밀(秘密)」을 전반적으로 '수행(修行)이 곧 무위(無爲)이며 무위가 곧 수행'이라는 관점에서 설명하면서, 주머니에 넣을 보물이 없다는 표현을 그 주머니가 곧 깨달음이기 때문이라고 풀이한다.(송욱, 앞의 책, 304~308쪽)

노래는 "제 곡조를 못 이기는 사랑의 노래"(「님의 침묵(沈黙)」)이며, "사랑의 신(神)을 울리는 노래"요, "님의 귀에 들어가서 천국(天國)의 음악(音樂)이 되"(「나의 노래」)는 노래이다.

정리하자면, 만해의 「비밀(秘密)」은 물리적 · 육체적 비밀의 단계를 거쳐 정신적 비밀에 이르게 되며, 이 정신적 비밀은 말이나 글로는 표현될 수 없는 '사랑'의 존재의 비밀이며, 그 비밀에 대해서는 수놓는 바늘이 알고 있는 바, 그것은 결국 수놓는 행위를 통해 얻게 되는 "맑은 노래"로의 귀결이다. 물론 이 노래는 신(神)일 수도, 진리일 수도, 아니면 사랑하는 사람일 수도 있는 '나'의 '당신'을 향한 "맑은 노래"일 것이다.

‘질마재 마을’ 사람들의 성(性) 의식

— 『질마재 신화』의 「신부」, 「알묏집 개피떡」, 「간통사건과 우물」을 중심으로

1. 서론

미당 서정주의 『질마재 신화(神話)』의 공간적 토대인 ‘질마재 마을’에는 신이한 이야기들이 많다. 표면적으로는 이 이야기들이 신화처럼 현실과 유리된 듯 보일 수 있다.[1] 신선이 되었다는 재곤이 이야기(「신선(神仙) 재곤(在坤)이」)가 그렇고 단청(丹靑)을 칠하다 떨어져 죽은 호랑이 이야기가 그렇다.(「내소사(來蘇寺) 대웅전(大雄殿) 단청(丹靑)」) 그러나 이 이야기들

---

1 김주연은 『질마재 신화』가 현실의 환상화라는 낭만주의 원리에 근접한 동화적 성격을 지닌다고 평가하여 이를 서정주가 지닌 비현실성으로 지적한다.(김주연, 「신비주의 속의 여인들…詩? 시－서정주의 후기시 세계」, 『작가세계』, 1994, 여름) 최윤정 또한 『질마재 신화』의 시적 자아가 신화체계를 수용함으로써 현실의 문제로부터 자유로울 수 있었다고 지적하고, 미당이 이 시집에서 ‘질마재’라는 현실적 공간에 신화의 세계를 재현함으로써 현실을 벗어난 초경험적 · 비현실적 사건들을 자연스럽게 전개했다고 평가한다.(최윤정, 「‘바람’의 모티프와 비극적 세계인식」, 김학동 외, 『서정주 연구』, 새문사, 2005)

의 내면을 들여다보면 지극히 사실적임을 알 수 있다.[2] 이 글은 이 이야기들의 표면적 서사에 치중하지 않을 것이며 이야기의 언술적 특성이나 이야기를 전달해준 작가에 대한 관심도 배제할 것이다. 이 글은 텍스트 자체에 주목하여 '질마재 마을'에서 발생하는 일들 중에서 남녀의 이야기, 그것도 남녀간의 '성(性)' 관계, 즉 그들의 성 관념과 성 생활 및 관능성이 부각된 이야기에 집중하고자 한다.

'사람들의 이야기'가 구성되기 위해서는 구체적인 시 · 공간으로서의 '마을'이 있어야 하며 '마을'은 남녀 간의 성적 관심, 남녀 간의 육체적 결합 없이는 그 태동이 불가능하다.『질마재 신화』에 남녀 간의 애정이나 '성'과 관련된 이야기들이 10여 편에 이른다. '마을'을 구성하는 전체 이야기 33편 중에서 10여 편[3]이라는 수치는 적은 비중은 아닐 것이다. 이 글은 '성'의 발현과 발현의 결과에 따른 '마을' 사람들의 생활 양상 및 대응 형태를 고찰하고 그들의 '성'에 대한 이해의 방식을 밝혀보고자 하는 데 의미를 두고 있다. 그 결과는 자연스럽게 인간 세상에 보편적으로 존재할 법한 '마을' 사람들의 성 인식에 대한 미당의 시각과 그것의 시화(詩化)

---

2 김우창은 미당의 시에서『질마재 신화』를 전후하여 비근한 것의 시화, 사는 대로의 삶의 시화인 범속주의가 두드러진다고 보고, 미당 시의 핵심에 있는 욕망의 미학이 전통적인 한(恨)의 미학의 변주이며 굽음의 이존책(以存策)은 절대 권력의 세계에서 눌린 자들이 살아남을 수 있기 위해 가져야 했던 현실주의라고 평가한다.(김우창,「미당 선생의 시」(해설),『떠돌이의 시』, 민음사, 1976) 유종호 또한『질마재 신화』를 기층민의 생활에 대한 공감적 탐구와 기술로 파악하고 가장 독자적이고 성공적인 민중문학의 하나로 판단한다.(유종호,「소리지향과 산문지향」, 김우창 외,『미당 연구』, 민음사, 1994)

3 「신부」,「해일」,「소자 이 생원네 마누라님의 오줌 기운」,「간통사건과 우물」,「분지러 버린 불칼」,「말피」,「알뫼집 개피떡」,「석녀 한물댁의 한숨」,「소 X 한 놈」,「김유신풍」 등.

방식을 살펴보는 과정이 될 것이다.

『질마재 신화』를 여는 첫 번째 이야기는 「신부(新婦)」이다. '신부'는 '신랑'과 함께 '마을'의 구성 단위인 하나의 가정을 형성하는 데 있어서 첫 번째 조건이다. 어떤 마을의 특정한 성격, 특히 '성'과 관련된 사안에 대하여 규명하려 할 때 '신부'에 대한 탐색은 좋은 준거가 될 수 있을 것이다. 이 글은 신부가 겪은 초야(初夜)의 사건에 대한 분석을 통해 '신부의 내면의 형상'을 구성해볼 것이며, 이를 통해 신랑의 성격과 태도가 밝혀질 것이다.

다른 사람들의 성적 행위에 대한 마을 사람들의 반응 또한 '마을'의 '성'에 대한 풍속을 살펴보는 데 긴요한 몫을 차지할 것이다. 「알묏집 개피떡」에서의 '알묏집'과 「간통사건(姦通事件)과 우물」에서의 간통사건 소문의 당사자인 "누구네 남정네와 누구네 마누라"의 행위와 그 사건에 대한 마을 사람들의 대응이 또한 이 글의 주요한 관심사이다. 이 관심의 결과는 「신부」에서 "첫날밤 모양 그대로" 40~50년간을 보내야 했던 '신부'의 삶의 시간적 공백기를 합당하게 메워줄 것이다.

2. 신부의 내 · 외적의 성향과 신랑의 태도

혼인은 일반적인 인간의 평생 삶에 절대적인 영향을 주는 대사(大事)이다. 혼인날에 '내' 삶은 종식되고 '우리'의 삶이 시작된다. 신부는 장수(長壽)와 길복(吉福)을 상징하는 동 · 식물들이 수놓아진 현란한 색채의 혼례복을 입게 되고, 길게 늘여진 댕기들, 화관과 족두리에 달린 장신구들로 그녀는 아름다울 것이다. 혼인날에 신부는 초록 저고리와 다홍치마를 입고 신랑의 구애를 받을 준비를 할 것이다. 「신부」를 이야기하기 전에, '신

부'가 혼인날 겪었을 일들을 구성해보는 것은 「신부」를 이해하는 효과적인 배경이 될 것이다.[4)]

'신부는 소녀 시절에 어떤 소년에 대하여 소박하고 순수한 성적 호기심을 지니게 된다. 소녀는 소년만 보면 수줍었으며 조심스럽고 단아한 모습을 그에게 보이고 싶었다. 물동이에 물을 길어 올 때 소년을 만난다면 물을 엎지르는 모습을 보이고 싶지 않았다. 만약 물동이의 물이 흘러 "눈썹을 적시고 있"었다면 소년을 "거들떠보지도 않고 그냥 지나"가지만, 물동이의 "물을 한 방울도 안 엎지르고 조심해 걸어"올 때면 소년에게 "눈을 보내 눈을 맞추고 빙그레 소리 없이 웃었"다.(「그 애가 물동이의 물을 한 방울도 안 엎지르고 걸어왔을 때」)

대례 날 아침 신랑과 신부는 대례청에서 혼인 예식을 마친다. 그들은 친구와 친인척들의 축하를 받은 후 첫날밤을 보내기 위해 안방에 마련된 신방에 든다. 신랑이 사모관대를 벗기 위하여 다른 방에 들른 사이에 신부는 족두리를 쓰고 초록 저고리와 다홍치마를 입은 채 조심스럽게 앉는다. 신랑이 신방으로 들어와 신부의 족두리를 내려준다. 신랑은 신부가 따라주는 두세 잔 술을 마신다. 신방엿보기 하는 사람들의 수군거리는 소리를 들으며 신랑은 신부의 버선을 벗기고 신부의 뒤쪽으로 돌아간다. 그는 신부의 화관과 쪽을 풀어 족두리 있는 곳에 둔다. 위쪽으로 단단히 당겨져 있던 귀밑머리가 풀린다. 신랑이 신부의 앞쪽으로 가까이 다가간다. 화촉불이 꺼지고, 밖은 고요해지고, 신랑의 왼손이 신부의 옷고름으로 간다.

4 신랑이 신부를 대하는 태도와 행위의 순서는 강재철의 『기러기아범의 두루마기』(단국대학교 출판부, 2004, 56~57쪽)와 박동철의 『청운마을 혼례문화의 지속과 변화에 관한 연구』(안동대학교 석사논문, 2006, 36~41쪽)를 참조했다.

「신부」는 이러한 일들이 벌어지고 난 후 곧바로 일어난 이야기이다.

> 신부(新婦)는 초록 저고리 다홍치마로 겨우 귀밑머리만 풀리운 채 신랑(新郎)하고 첫날밤을 아직 앉아 있었는데, 신랑(新郎)이 그만 오줌이 급해져서 냉큼 일어나 달려가는 바람에 옷자락이 문 돌쩌귀에 걸렸습니다. 그것을 신랑(新郎)은 생각이 또 급해서 제 신부(新婦)가 음탕해서 그 새를 못 참아서 뒤에서 손으로 잡아다리는 거라고, 그렇게만 알곤 뒤도 안 돌아보고 나가버렸습니다. 문 돌쩌귀에 걸린 옷자락이 찢어진 채로 오줌 누곤 못쓰겠다며 달아나 버렸습니다.
>
> 그러고 나서 사십년(四十年)인가 오십년(五十年)이 지나간 뒤에 뜻밖에 딴 볼일이 생겨 이 신부(新婦)네 집 옆을 지나가다가 그래도 잠시 궁금해서 신부(新婦) 방 문을 열고 들여다보니 신부(新婦)는 귀밑머리만 풀린 첫날밤 모양 그대로 초록 저고리 다홍치마로 아직도 고스란히 앉아 있었습니다. 안스러운 생각이 들어 그 어깨를 가서 어루만지니 그때서야 매운재가 되어 폭삭 내려앉아 버렸습니다. 초록 재와 다홍 재로 내려앉아 버렸습니다.
>
> ―「신부(新婦)」 전문, 342쪽[5]

「신부」는 두 부분으로 나누어져 있다. 혼인 첫날밤과 그 후 40~50년이 지난 후의 이야기이다. 전 · 후반부를 통튼다면, '신랑의 오해로 첫날밤도 치르지 못하고 소박맞은 신부가 앉은 채로 40~50년을 보낸다는 이야기'가 「신부」의 내용이 된다.

신랑으로부터 혼인 첫날밤에 "음탕해서" "못쓰겠다"는 오해를 받는 신부의 심리는 절망적이라고 할 수 있다. 신부가 바라던 모든 소망들이 이

---

5 『미당 시전집 1』(민음사, 2006)에서 인용하였으며, 이후에는 작품 제목 옆에 쪽수만 표기함.

순간에 사라진 것이다. 신랑과 함께 아이를 낳아 기를 수도, 부귀를 누릴 수도, 행복을 누릴 수도, 평생 해로할 수도 없다. 또 다른 신랑을 맞아 그녀가 바라던 소망을 성취하는 일은 지난하게 보인다. 그런데 이 불행한 극적 사건이 일어나는 과정에서 신부의 역할은 아무것도 없다. 신부는 앉아 있을 뿐이며 미동조차 없다. 귀밑머리가 풀어져 있었으나 이 또한 신랑에 의한 것이지 신부 스스로가 한 일이 아니다. 사태의 처음과 끝이 모두 신랑에 의거한다. 그렇다면 신부를 "매운재"가 되게 한 신랑은 어떤 사람인가.

"냉큼 일어나" "생각이 또 급해서" "뒤도 안 돌아보고" "옷자락이 찢어진 채로 …(중략)… 달아나 버렸습니다." 등의 진술은 격하고 단호한 신랑의 성격을 단적으로 드러낸다. 신부가 신방에 들어가는 동안 신랑은 사모관대를 벗기 위해 다른 방에 들르는 것이 일반적인 관행이다. 이 사이에 신랑은 으레 소변을 보게 된다. 신랑은 "제 신부(新婦)가 음탕해서 그 새를 못 참아서 뒤에서 손으로 잡아다리는 거라고" 오인했으나, 신랑이 미리 소변을 보았든 보지 않았든, 음탕해서 그새를 못 참았던 사람은 신부가 아닌 신랑이었던 셈이다. 방 안에서조차 '달려갈' 만큼, 신랑이 급했던 것이다.

그의 단호한 판단은 문돌쩌귀에 옷자락이 끼는 정도에서 끝나지 않고 그의 생각까지 충동적으로 만든다. 신부의 불행의 원인인 신랑의 오해가 이 때문에 발생하게 된 것이다. 문돌쩌귀에 옷자락이 걸린 것을 신부가 음탕해서 잡아당기는 것이라고 생각한 신랑은 즉석에서 신부를 음부(淫婦)로 간주하고 만다. 그의 사려 깊지 못한 감정적 생각은 신부에 대하여 "그렇게만 알"게 하고 "못쓰겠다"는 속단을 내리게 만든다. 일반적인 문돌쩌귀의 위치로 보아 그의 옷자락은 허리와 무릎 사이 정도에서 찢어졌을 것이다. 그런 채로 그는 달아나버린 것이다. 그런데도 신부는 신랑의 이러한 생각에 대하여 전혀 모르고 있었다. 신랑이 신부의 옷고름을 풀다 말고 밖으로 나가기 위해 일어서기 직전 그가 소변을 보겠다고 신부에게 말을 건넨 것 같지는 않다. 신랑이 "냉큼 일어"났다는 진술에서 그런 말을 할 만한 시간적 여유가 없었음을 알 수 있다. 신부는 영문도 모르고 앉은 채로 첫날밤을 지새우게 되었다. 옷고름이 풀리려는 순간에 신부의 삶이 파탄 났던 것이다.

신랑이 40~50년이 지나 신부네 방의 문을 열어보는 과정을 보면, 신랑의 신부에 대한 태도는 '외면'에서 '이해'로 변화되었으나 이 변화는 피상적으로 읽힌다. 겉으로 보면 신랑이 신부의 방 문을 열어보는 과정은 우연에 기대어 있다. 신랑은 "뜻밖에 딴 볼일이 생겨" 신부네 집 옆을 지나가다가 문을 열어본다. 오랜 세월 동안 옷자락을 잡아당긴 존재가 신부인지 문돌쩌귀인지 그가 내내 확인하지 않았다는 것이며, "잠시 궁금해서" 신부의 방문을 열고 들여다보았을 뿐이다. 신랑은 첫날밤에 소박맞은 신부의 처지를 오랫동안 한 번도 돌이켜 바라보지 않은 셈이다. 그러나 신랑은 신부의 "아직도 고스란히 앉아 있"는 모습에 마음의 변화를 일으킨다. "안스러운 생각이 들어 그 어깨를 가서 어루만"지는 것이다. 앞선 신랑의 행위들로 보아, 시의 표면적 내용으로는, 신랑의 마음의 변화가 신랑의 신부에 대한 진심 어린 '이해' 속에서 나온 감정은 아닌 것으로 보인다. 첫날밤 그 모습 그대로이기 때문에 인간적인 동정심이 유발되었거나 시간이 문제를 해결해주었다는 인상이 짙다.

신랑이 신부에 대한 자신의 오해를 오해로 보지 않고, 신부가 실제로 자신의 옷자락을 뒤에서 잡아당긴 것으로 알고 오랜 세월을 보낸 것으로 가정해보면, 신랑에 대한 다른 이해도 가능해진다. 이는 그가 40~50년 동안이나 신부를 찾지 않은 이유가 된다. 신랑은 내내 신부를 음탕해서 못쓰겠다고 생각했을 것이고 첫날밤에 자신이 신부를 버리고 달아난

것을 옳은 판단으로 간주하며 살았을 것이다. 그럼에도 불구하고 신랑은 자신의 입장에서 바라본 이 음부에게 안쓰러움을 느낀다. "초록 저고리 다홍치마로 아직도 고스란히 앉아 있"는 신부에게 그는 따뜻한 손길을 건네는 것이다. 신부의 어깨를 어루만지는 신랑의 손길에서 신부를 용인하는 이해의 태도가 드러난다.

신부가 있었던 방의 문은 신부의 마음의 문, 정신의 문으로 보아야 한다. 신랑이 열었던 방의 문이 단순히 사물로서의 문에 그친다면, 그가 신부의 어깨에 올린 손은 물리적 접촉만을 의미하게 된다. 신부의 몸이 "매운재"[6]로 무너져 내릴 이유가 없는 것이다. 신부는 첫날밤의 모습대로 아무런 변화 없이 혼자 지냈다. 아니면 첫날밤 이후 신랑과 신부가 떨어져 살지 않았다고 가정하더라도, 신부는 한평생을 음부로 오해받은 채 살아가야 했다. 그런 신부가 신랑의 우연한 손길에 "매운재가 되어 폭삭 내려앉아 버"릴 수밖에 없었다는 것이다. 이는 우연에 기댄 듯 보이는 신랑의 신부에 대한 '외면'에서 '이해'로의 변화 때문일 것이다. 그렇다면 신부를 음부로 쉽게 간주해버리는 성급함과 그런 신부에 대한 관대한 용인, 신랑의 이 다른 태도의 근원은 무엇일까. 40~50년 사이에 이루어진 이 변화의 원인을 '마을' 사람 전체의 '성' 의식으로 살펴보는 것이 이 의문에

---

6 "매운재"의 해석과 관련하여 신부의 삶의 자세에 대한 서로 다른 견해들이 있다. 육근웅은 소박맞은 '신부'의 수동적 자세를 '매운재'를 들어 저항의 적극적 의지로 해석한다. 신랑의 무관심이 '신부'를 죽음으로 몰고 가지만 '신부'의 자기 소멸적 윤리관에 의해 매섭게 질타를 당한다는 것이다.(육근웅, 『서정주 시 연구』, 국학자료원, 1997, 162~163쪽) 이와는 달리 정형근은 「신부(新婦)」를 원한의 미학보다는 단심의 미학으로 평가한다. 신부는 일부종사를 불변하는 정신 및 육체적 지주로 삼았던 우리 여인들의 한 많은 원형적 모습을 보여주는 대신에 영원히 신랑을 기다리는 단심을 고수하는 인물이라는 것이다.(정형근, 「기억의 시화와 그 변용과정」, 김학동 외, 앞의 책, 168~170쪽)

도움이 될 것이다.

3. 서방질에 대한 마을 사람들의 반응

「알뫼집 개피떡」에 등장하는 '알뫼집(卵山—)'은 '질마재 마을' 사람들에게 특이한 관심의 대상이었다. 그것은 그녀의 생활 리듬이 한 달을 주기로 해서 변화되었기 때문이다. 보름 무렵과 그믐 무렵의 그녀의 삶의 방식은 판이했다. '달'과 '알뫼집' 사이에 관련이 있었던 것으로 보인다.

달은 시간적 흐름 속에서 자신을 채우고 비우고 마침내는 사라진다. 달은 탄생과 생장과 쇠퇴와 소멸의 과정을 거친다. 그러나 그 생의 사이클은 일회적이지 않다. 달은 정해진 스스로의 운명을 거역하지 않으면서, 철저하게 숙명을 따르다가 죽음을 맞이하지만 여기서 멈추지 않는다. 영원회귀라는 영원히 반복하는 주기성이 달의 생의 리듬인 것이다. 알뫼집도 달의 주기를 따른다.

그런데 그 주기의 성격이 '성'과 관련이 있는 듯하다. 그녀는 한 달 중에 절반은 서방질을 하고, 절반은 떡 장사를 한다.

> 알뫼라는 마을에서 시집 와서 아무것도 없는 홀어미가 되어버린 알뫼댁은 보름사리 그뜩한 바닷물 우에 보름달이 뜰 무렵이면 행실이 궂어져서 서방질을 한다는 소문이 퍼져, 마을 사람들은 그네에게서 외면을 하고 지냈습니다만, 하늘에 달이 없는 그믐께에는 사정은 그와 아주 딴판이 되었습니다.
>
> 음(陰) 스무날 무렵부터 다음 달 열흘까지 그네가 만든 개피떡 광주리를 안고 마을을 돌며 팔러 다닐 때에는 "떡맛하고 떡 맵시사 역시 알뫼집네를 당할 사람이 없지" 모두 다 흡족해서, 기름기로

번즈레한 그네 눈망울과 머리털과 손 끝을 보며 찬양하였습니다. 손가락을 식칼로 잘라 흐르는 피로 죽어가는 남편의 목을 추기었다는 이 마을 제일의 열녀(烈女) 할머니도 그건 그랬었습니다.

달 좋은 보름 동안은 외면(外面)당했다가는 달 안 좋은 보름 동안은 또 그렇게 이해(理解)되는 것이었지요.

앞니가 분명히 한 개 빠져서까지 그네는 달 안 좋은 보름 동안을 떡 장사를 다녔는데, 그 동안엔 어떻게나 이빨을 희게 잘 닦는 것인지, 앞니 한 개 없는 것도 아무 상관없이 달 좋은 보름 동안의 연애(戀愛)의 소문은 여전히 마을에 파다하였습니다.

방 한 개 부엌 한 개의 그네 집을 마을 사람들은 속속들이 다 잘 알지만, 별다른 연장도 없었던 것인데, 무슨 딴손이 있어서 그 개피떡은 누구 눈에나 들도록 그리도 이뿌게 만든 것인지, 빠진 이빨 사이를 사내들이 못 볼 정도로 그 이빨들은 그렇게도 이뿌게 했던 것인지, 머리털이나 눈은 또 어떻게 늘 그렇게 깨끗하게 번즈레하게 이뿌게 해낸 것인지 참 묘한 일이었습니다.

—「알묏집 개피떡」 전문, 366~367쪽

「알묏집 개피떡」의 심상은 원형적(圓形的)[7]이다. 식욕과 성욕이 절묘하게 순환하며 진행되는 이야기의 내용 자체가 원형적일 뿐만 아니라, '알묏집'에서의 '알'과 '보름사리' '보름달' '광주리' '하늘' '눈망울' '흰 이빨' 등의 시어들이 모두 둥근 이미지를 지닌다. 또한 둥근 달이 둥근 하늘을 둥글게 돌 때, 알처럼 생긴 마을에서 시집온 알묏집은 마을을 '돌며' 떡 장

7 이경희는「알묏집 개피떡」을 수평 · 수직 공간의 통합적 원형성(原型性)으로 설명하면서 이 시의 원형(圓形) 형태를 강강술래와 놋다리밟기에 대비시킨다. 이 시의 원형성은 정월 대보름이나 팔월 보름에 마을 처녀와 부녀자들이 달빛과 어우러져 흥취를 자아내는 원무와 가깝다는 것이다.(이경희,「서정주의 시 '알묏집 개피떡'에 나타난 신비체험과 공간」,『문학 상상력과 공간』, 도서출판 창, 1992, 74~82쪽 참조)

사를 한다.

소문에 따르면 알뫼집의 생활 리듬은 달의 리듬에 맞추어져 있다. 보름과 그믐을 경계로 성욕적 생활과 경제적 생활이 교차된다. 알뫼집의 성적 욕구는 서방질로 실현된다. 마을 사람들은 그녀의 서방질을 못마땅해하지만 그것을 근원부터 배척하지는 않는다. 그랬다면 알뫼집은 '마을'에서 추방당했을 것이나 그녀는 줄곧 마을에서 개피떡 장사를 하는 여인으로 남는 것이다.

달 좋을 때와 달 안 좋을 때를 구분하여, "외면(外面)"과 "이해(理解)"로 알뫼집을 대하는 마을 사람들의 태도는 정반대의 감정을 보이지만 그들의 이러한 태도가 이율배반적이거나 이중적인 성격 탓이라고 볼 수는 없다. 마을 사람들이 알뫼집을 대하는 태도로 미루어보면, 알뫼집은 성적으로 문란하여 마을에 물의를 일으키는 여자가 아니다. 알뫼집에 대한 소문을 모를 리 없었을 "이 마을 제일의 열녀(烈女) 할머니도" 알뫼집의 "기름기로 번즈레한 그네 눈망울과 머리털과 손 끝을 보며 찬양하였"다는 진술은 마을 사람들의 알뫼집에 대한 호의적 감정의 증거가 된다. 그렇다고 해서 알뫼집의 아름다움이라는 미덕이 서방질이라는 악덕을 능가할 정도였음을 의미하는 것은 아니다. 겉으로 드러난 이유는 "별다른 연장도 없"이 "누구 눈에나 들도록 그리도 이쁘게 만든" 개피떡과, "빠진 이빨 사이를 사내들이 못 볼 정도로 그 이빨들"이 예뻤다는 것과, "머리털이나 눈"이 "번즈레하게" 예뻤기 때문이라지만 이것들이 열녀 할머니로 하여금 알뫼집의 궂은 행실을 용인하게 하는 요인은 아닐 것이다. 그렇다면 마을 사람들은 서방질하는 알뫼집에 대하여 왜 호의적인 것일까. 그녀가 타지에서 왔다는, 홀어미라는 이유로 해서 야기된 동정심이 그 원인인 것 같지도 않다.

단서는 알뫼집이 서방질한다는 '소문'에서 찾을 수 있다. 소문의 내용에 대한 진위를 떠나 '소문'이기 때문에 남자들은 소문의 당사자인 알뭣집의 서방이 될 수도 있다는 상상을, 여자들은 알뭣집이 서방질하는 그 서방의 아내가 될 수도 있다는 상상을 할 수 있다. 마을 사람들은 달 좋은 보름 동안에는 알뭣집을 "외면(外面)"하고 달 안 좋은 보름 동안은 그녀를 "이해(理解)"한다. 이 '외면과 이해'는 알뭣집을 바라보는 시선이 남자이냐 아니면 여자이냐에 따라 달라질 수 있다. 이 판단은 성적 욕구의 측면에서 이루어진다.

"빠진 이빨 사이를" 알아보지 못할 정도로 아름다운 알뭣집에 대한 남자의 외면이라면 이것이 그의 속내는 아닐 것이고, 여자의 외면이라면 알뭣집과 같은 생래적 리듬을 지녔다는 이유로 해서 '외면'의 자리에 '이해'가 올 수도 있을 것이다. '이해'의 경우도 마찬가지이다. 남자의 이해라면, 달이 안 좋을 때이므로 "빠진 이빨 사이를" 알아보지 못할 정도로 알뭣집이 아름답지는 않을 것이기 때문에 이 '이해'의 자리에 '외면'이 올 수 있고, 여자의 이해라면 이것이 그녀의 속내는 아닐 수도 있다는 것이다.

"달 좋은 보름 동안은 '이해(理解)'되었다가는 달 안 좋은 보름 동안은 또 그렇게 '외면(外面)'하는 것이었지요."라고 '이해'와 '외면'의 자리를 바꾸어도 결과는 변함이 없다.

알뭣집은 성적 선망의 대상이기도 하고, 질타의 대상이기도 하며, 욕구의 대상이자 동조의 대상이다. 이것은 서방질하는 알뭣집에 대한 마을 사람들의 용인으로 보아야 할 것이다. 마을 사람들, 특히 여자들은 알뭣집과 동일한 성적 리듬을 생래적으로, 부정할 수 없이 지니고 있다. 알뭣집의 한 달의 생활 주기는 여성의 '달거리' 주기를 암시한다. 여성(卵子)의 신체 리듬도 달처럼 한 달을 주기로 탄생하고 생장하며 쇠퇴하고 소멸한다. 여성의 성적 욕구는 이 주기에 따라 달라지며 알뭣집이 서방질한다는 소문은 여기에 근거를 둔 것이다.

달이라는 천체가 생래적 주기라는 자연적 원리를 따르듯이 알뮈집도 생래적 주기의 자연성에 순응한다. 마을 사람들도 알뮈집의 이 과정을 납득하고 용인했으며 동조했던 것이다. “방 한 개 부엌 한 개의 그네 집을 마을 사람들은 속속들이 다 잘 알”고 있었다는 진술은 알뮈집에 대한 마을 사람들의 우호적 감정을 드러낸다. 알뮈집이 타지에서 시집온 낯선 여자이며, 혼자 사는 여자이고, 행실이 바르지 않은 젊은 여자임에도 불구하고 마을 사람들은 그녀를 포용하는 것이다. 그렇다면 이 ‘마을’에서 발생한 보다 구체적이고 실제적인 불륜의 사건, 간통에 대한 마을 사람들의 대응책은 어떠하였을까.

4. 간통사건에 대한 마을 사람들의 대응

간통은 정도를 지나친 인간의 성적 욕구가 그것을 제약하려는 억압과 금기를 뛰어넘는 현장이다. 성욕에 대한 적절한 억압과 금기가 인류의 존속을 위한 질서, 인간의 인위적 규범이나 제도에 속한다면 성적 욕구 자체는 종족 보존을 위한 비이성적 본능의 발로이다. 인간의 내면에는 성적 욕구와 이에 대한 금기의 의지가 공존하고 이는 인류 존속의 근본적인 조건이다.

일부일처나 일부다처의 부계사회는 간통을 용인할 수 없다. 간통은 곧 가정의 파괴이며 이는 곧바로 ‘마을’의 파괴로 이어진다. 자연적인 감정에 의해 발생하는 성적 욕구는 규범이나 제도에 의해 조절되어야 하는 것이다. 자연스러운 성욕이라도 인간의 도리, 윤리로서 정해진 방향성을 상실한다면, 금기의 저항을 받을 수밖에 없다. 그 저항을 받지 못한다면

'죄'가 성립되고 '벌'이 시행되어야 한다. 그런데 이 '마을' 사람들이 간통사건을 다루는 방식이 평범하지 않다. '하늘'을 대하는 그들의 태도에서 특히 그렇다.

간통사건(姦通事件)이 질마재 마을에 생기는 일은 물론 꿈에 떡 얻어먹기같이 드물었지만 이것이 어쩌다가 주마담(走馬痰) 터지듯이 터지는 날은 먼저 하늘은 아파야만 하였습니다. 한정없는 땡삐떼에 쏘이는 것처럼 하늘은 웨—하니 쏘여 몸써리가 나야만 했던 건 사실입니다.

"누구네 마누라허고 누구네 남정(男丁)네허고 붙었다네!" 소문만 나는 날은 맨먼저 동네 나팔이란 나팔은 있는 대로 다 나와서 '뚜왈랄랄 뚜왈랄랄' 막 불어자치고, 꽹과리도, 징도, 소고(小鼓)도, 북도 모조리 그대로 가만 있진 못하고, 퉁기쳐 나와 법석을 떨고, 남녀노소(男女老少), 심지어는 강아지 닭들까지 풍겨져 나와 외치고 달리고, 하늘도 아플 밖에는 별 수가 없었습니다.

마을 사람들은 아픈 하늘을 데불고 가축(家畜) 오양깐으로 가서 가축용(家畜用) 여물을 날라 마을의 우물들에 모조리 뿌려 메꾸었습니다. 그러고는 이 한 해 동안 우물물을 어느 것도 길어 마시지 못하고, 산(山)골에 들판에 따로 따로 생수(生水) 구먹을 찾아서 갈증(渴症)을 달래서 마실 물을 대어 갔습니다.

—「간통사건(姦通事件)과 우물」 전문, 352쪽

이 이야기는 세 단락, 세 부분으로 이루어진다. 질마재 마을에서 드물게 간통사건이 터질 때가 있는데 이때에 하늘이 먼저 아파했다는 것과, 간통사건이 났다는 소문이 나면 온 마을이 법석을 떨었고 그래서 하늘이 아플 수밖에 없었다는 것과, 간통사건의 결과로 마을 사람들이 아픈 하늘과 함께 마을의 우물들을 모두 메웠다는 것이 그것이다. 더욱 간략한 사태의 추이는 '간통사건으로 인해 하늘이 아프고 마을 사람들이 법석을 떨고 우물이 메워졌다는 것'이다. '마을의 법석'과 '우물'의 의미를 '아픈 하늘'과 관련지어보자.

'하늘'은 세 단락 모두에서 등장하여 '아파하는' 모습을 보인다. 이때의 하늘은 인간의 삶의 행태에 대하여 함께 기뻐하고 함께 아파하는 인격적 존재로 나타난다. 이 하늘은 우주 순행의 기계적 법칙이나 원리도 아니며 신학적 차원과도 거리가 있다. 질마재 마을의 하늘은 마을 사람들의 행실에 따라 그들에게 복을 주거나 벌을 내리는, 마을 사람들의 입에서 무의식적으로 흔히 언급되는 일상적 의미의 친숙한 하늘이다.

마을 사람들은 간통사건의 소문을 듣고 '법석'을 떤다. 이 법석은 '소문'의 진위와 관련하여 두 가지 의미로 받아들일 수 있다. 먼저 '소문이 사실이어서 마을 사람들이 실제로 나팔 불고 북을 쳤다'고 받아들이는 것이다. 마을 사람들의 이러한 행위는 보통의 경우에서 예외적이다. 간통사건은 해당 마을의 치부이지 자랑할 일이 아니다. 외부의 귀와 시선을 피해 간통사건은 조용히 넘어갈 일인 것이다. 그런데 이 마을에서는 강아지와 닭들까지 뛰쳐나와 '간통 소문'을 동네방네 외쳐댄다. 마치 온 마을이 축제라도 벌이는 듯하다. 좋은 일에 대한 축제는 축하와 놀이의 의미를 지닐 것이나, 나쁜 일에 대한 축제는 상사의례(喪事儀禮)처럼 제의의 의미를 지닌다. 그러므로 이 마을 사람들의 행동은 제의, 그것도 희생제의로서의 축제의 의미를 지니는 것처럼 보인다.[8] "누구네 마누라허고 누

---

8 황종연은 「간통사건(姦通事件)과 우물」을 분석하면서 마을에서 간통사건이 일어났을 때 사람들이 마을의 도덕적 질서를 복구하기 위해 간음한 남녀에게 형벌을 내리는 대신 마을의 우물에 여물을 풀어 아무도 물을 먹지 못하게 한 것은 '주술적 제의'에 해당한다고 언급한다.(황종연, 「신들린 시, 떠도는 삶」, 『작가세계』, 1994. 봄호) 김주연 또한 '비극의 희극화'라는 논리로 『질마재 신화』를 분석하면서, 간통사건에 관한 마을의 분위기는 마치 축제의 한 장면 같다고 언급한

구네 남정(男丁)네"를 희생시켜 자신들의 죄 갚음을 대신 치르자는 속셈이다. 그렇다면 이 마을의 다른 사람들도 같은 죄를 지었다는 말이 성립된다.

"간통사건(姦通事件)이 질마재 마을에 생기는 일은 물론 꿈에 떡 얻어먹기같이 드물었"다지만 이것이 어쩌다가 터졌다가는 "주마담(走馬痰) 터지듯" 했다는 진술로 보면, 소문의 대상은 "누구네 마누라"와 "누구네 남정(男丁)네"라는 두 사람에 국한되지 않는 듯하다. 담(痰)이 온몸의 여기저기를 옮겨 다니듯이 간통사건의 진원지가 여러 곳일 수도 있다는 것이다. 소문이 소문의 꼬리를 물고 퍼져나갈 수 있지만 '담(痰)'의 특성으로 보아 이 마을의 간통사건에 대한 소문은 대상을 달리하면서 동일한 내용의 소문을 낳고 있는 것으로 볼 수 있다. 남녀노소를 불문하고, 동물인 강아지와 닭들까지 이 소문에서 자유롭지 못한 것이다.

이 법석은 그 정도로 보아 마을 사람 모두 자신의 성적 욕구를 충족시키기 위해 간통을 한 것으로 판단할 수는 없을지라도, 그렇게 했든 안 했든, 희생제의의 속성상 금기시되는 욕구에 대한 마을 전체의 '자기 고해'로 보인다. 실명이 거론된 두 사람을 희생시켜 속죄를 치르자는 제의로 이해되는 것이다. 대속을 받지 않고 모두가 벌을 받는다면 '마을'의 존속은 불가능하다. 이때 '하늘'은 지목된 두 사람을 제물로 받아들여야 할 뿐만 아니라 고해하는 마을 사람들의 심정에 동조하여 "아플 밖에는 별 수가 없"는 것이다.

마을의 법석에 대한 다른 의미는 사람들이 '소문이 사실이 아니어서 실제 행동으로는 법석을 떨지 않았을 것'이라는 가정이다. 이 경우의 법석

바 있으며(김주연, 앞의 글) 윤재웅은 「간통사건과 우물」을 사육제 개념을 들어 분석한다.(윤재웅, 『미당 서정주』, 태학사, 1998)

은 행동의 법석이 아니라 '말'의 법석, '소문'의 법석으로 이해된다. 북소리와 나팔 소리처럼 소문이 불거지고 무성해졌다는 의미이다. 마을 사람들이 성적 욕망을 억제하거나 자제하거나 절제할 수는 있으나 욕망 자체를 부인할 수는 없다. 마을 사람 모두가 지니고 있는 성적 욕구에 대한 금기의 파기가 소문이 된다면 마을 사람들에게는 간과할 수 없는 관심의 대상이 될 것이다. 이때에도 하늘은 비록 소문이 소문에 그친다할지라도 그 소문에 의해 실명으로 거론된 간통자들이 겪을 마을 사람들의 지탄과 그 이후에 진행될 과정, 어찌할 수 없는 본능적 욕구에 의해 이 두 사람이 받게 될 처벌에 대하여 "아플 밖에는 별 수가 없"었던 것이다.

「간통사건과 우물」에서 간통사건에 대한 마을 사람들의 대응 방식을 규명하기 위하여 '우물'을 이해해보자. '마을'에 정착하기 전까지 사람들에게 가장 중요한 문제는 '물'이다. 정착 생활을 하기 전에 사람들은 산골에서나 들판에서나 물이 나는 곳, '샘'을 찾아다녀야 한다. 사람들은 샘을 신성시하고 그것을 보호하기 위해 외부인과 싸움도 벌이며 각자의 샘을 개별적으로 관리해야 한다. 정착 생활을 시작하면서 그들은 인공의 샘인 '우물'을 만들게 된다. 우물은 공동의 소유물이고 인공의 샘이므로 산골이나 들판에 난 생명수, 원천적 생수 구멍으로서의 샘보다는 못하겠지만 그래도 우물은 신성시된다. 우물은 정착 생활을 하는 농경 공동체의 산물이며 생존의 필수 조건이다. 우물 없이 이 '마을'이 존속할 수는 없는 것이다. 마을의 생명을 유지시키는 탯줄이나 젖줄로서 우물은 소중하게 다루어져야 하며 우물에 대한 경시는 생명경시만큼의 죄악에 해당된다. 따라서 우물의 관리 소홀로 인해 우물물이 탁해진다거나 마르게 되는 일은 마을에 내리는 '하늘'의 천벌로 인식된다. 마을에 있는 남녀노소뿐만이 아니라 모든 생명체가 이 우물에 생명을 의존해야 하는 것이다.

간통사건을 겪는 질마재 사람들은 자신들의 생존 조건이라 할 수 있는 마을의 우물들을 메우는 것[9]으로 간통죄에 대한 속죄의식을 치르는 것 같다. 그런데 우물을 메우는 마을 사람들의 행위도 '소문'의 사실성 여부에 따라, 실제로 발생한 법석과 소문뿐인 법석의 두 가지 경우로 나누어 볼 수 있다.

먼저 '실제 행동으로서의 법석'이 일어났을 경우이다. 이 법석은 마을 사람들에게 간통의 실행 여부를 떠나 규범의 범위를 넘어선 성적 욕구의 죄의식에 대한 희생제의의 의미를 지닌 것이었다. 마을 사람들은 이 제의를 치른 후 그들의 공동 소유물인 우물들을 스스로 메운다. 신성시되는 우물이 마을 사람들에 의해 메워진다는 사실은 스스로에게 내리는 자책인 셈이다. 생명줄을 조이면서 근신하겠다는 것이다. 이들이 우물을 메울 때 '하늘'을 데리고 갔다는 사실은 마을 사람들이 하늘에 대하여 지은 죄의식의 표출이며 그에 대한 속죄와 반성의 표명이다. 그런데 우물을 메우는 재료가 '여물'이라는 점이 특별하다. 여물은 마소를 먹이기 위하여 말려서 썬 짚이나 마른 풀을 의미한다. 마을 사람들이 여물로 우물을 메웠다는 것은 이 우물을 다시 사용하기 위해서일 것이다. 이들은 우물 메우는 일을 "한 해 동안"이라고 못 박는다. 한 해 동안만 벌을 받고 근신하자는 것이다. 그 기간이 지나 다시 우물을 사용하자면 우물을 메웠던 재료들을 걷어내야 한다. 마을 사람들은 동네 어느 집에서나 신속하게 구할 수 있으며 물에 뜬다는 여물의 특성을 이용한 것이다. 그러므로 마을 사람들의 '여물로 우물 메우기'는 간통죄에 대한 1년 후의 용서를 전제한다고 볼 수 있다. 자연적 본능으로서의 성적 욕구에 대하여 '마

9 김윤식은 '우물'을 거울 이미지로 파악하고 우물을 메우는 행위를 자기의 실상과 허상을 동시에 거부하는 일종의 나르시즘의 말살 과정으로 해석한다.(김윤식, 「서정주의 『질마재 神話』 攷-거울화의 두 양상」, 『현대문학』, 1976. 3)

을' 사람들이 인정할 수밖에 없었던 것이다.

두 번째는 법석이 '소문으로서의 법석'인 경우이다. 이때 마을 사람들은 앞에서 살펴본 것처럼 자신들의 성적 욕구와 관련하여 오히려 소문을 불리고 키웠다. 남녀노소와 강아지와 닭들까지 소문에 가담했다. 그런데 이 소문의 발원지는 동네 우물터였을 가능성이 높다. 우물터는 동네 아낙네들의 일터이며 쉼터이고 수다를 통한 스트레스를 해소하는 장소이기도 하다. 마을의 소문은 으레 여기에서 시작되는 것이다. 일하던 남자가 목이 타서 뛰어가는 곳이 우물터이고 낯선 남자가 목을 축이는 곳이 우물터이니 소문만 나는 것이 아니라 실제로 '바람'이 나는 온상지이기도 하다. 마을 사람들이 스스로 소문의 온상지인 우물을 메웠다는 것은 소문을 불식시켜 실명으로 거론된 간통사건의 용의자들을 보호하고 나아가 자신들에게도 지워졌던 혐의를 지우자는 의미였을 것이다.

5. 결론

이 글은 텍스트 자체에 주목하여 '질마재 마을'에서 발생하는 일들 중 남녀 간의 '성' 관계, 그들의 성 관념과 성 생활이 부각된 이야기에 집중하였다. '성'의 발현과 발현의 결과에 따른 '마을' 사람들의 생활 양상 및 대응 형태를 고찰하고 그들의 '성'에 대한 이해의 방식을 살펴보았다.

「신부」에서 신랑의 태도, 신부의 입장에서 바라본 신랑의 신부에 대한 성급하고 경솔한 판단과, 신랑의 입장에서 바라본 음부로서의 신부에 대한 신랑의 용인의 손길은 둘 다 납득할 수 없는 것이었다. 신랑의 태도를 이해하기 위하여 질마재 마을 사람들의 전반적인 성 의식이 규명되었다.

「알묏집 개피떡」에서 알묏집은 보름 무렵과 그믐 무렵의 삶의 방식이 판이했으며 그녀의 서방질에 대한 '마을' 사람들의 반응 또한 '이해'와 '외면'을 반복하는 것이었다. 이 '외면과 이해'는 알몃집을 바라보는 시선에 따라 달라질 수 있었으나, '외면이 곧 이해'요 '이해가 곧 외면'이었다. 마을 사람들 모두 알몃집과 같은 생래적 욕구를 인정하지 않을 수 없었던 것이다.

「간통사건과 우물」에서 마을 사람들은 간통사건의 '소문'을 듣고 '법석'을 떤다. 이 법석은 소문이 사실이어서 실제로 법석이 일어났을 경우와, 소문이 사실이 아니어서 말로만의 법석이 일어났을 경우로 나누어 살펴보았다. 전자의 경우는 특정한 인물을 희생시켜 마을 사람 전체의 죄에 대한 대속의 의미였으며, 후자의 경우는 비록 소문이 소문에 그친다 할지라도 그 소문에 의해 거론된 간통자들이 겪을 마을 사람들의 지탄을 염두에 둔 것이었다. 두 가지 경우 모두 하늘이 아플 수밖에 없었음을 밝혀주었다. 간통사건을 겪는 질마재 마을 사람들은 우물을 메우는 것으로 속죄의식을 치렀다. 마을 사람들이 스스로 소문의 온상지인 우물을 메웠다는 것은 소문을 불식시켜 실명으로 거론된 간통사건의 용의자들을 보호하고 나아가 자신들에게도 지워졌던 혐의를 지우자는 의미였으며 스스로에게 내리는 자책인 셈이었다. '여물로 우물 메우기'는 간통죄에 대한 1년 후의 용서를 전제로 한 것이었으며 자연적 본능으로서의 성적 욕구를 마을 사람들이 인정할 수밖에 없는 결과였다.

「신부」에서 신랑은 신부를 음탕하다고 생각했다. 신부는 신랑의 행위, 옷고름을 풀다 말고 갑자기 밖으로 나가 돌아오지 않는 행위에 대하여 그 이유를 모른 채 첫날밤을 보내야 했다. 그러나 '서방질한다는 알몃집'과 '누구네 마누라하고 누구네 남정네가 붙었다'는 소문을 살펴보면 신랑의 태도를 이해할 수 있으며, 40~50년 후 신부의 어깨를 감싸는 그의 행위도 마을 사람들이 보여준 그들의 '성' 의식에 대한 포용과 용인으로 이해할 수 있다. 마을에 사는 모든 사람들이 간통에 대하여 동일한 죄의식을 지니고 있었으며, 이러한 성적 욕구는 특정한 개인에게만 있는 것이 아니라 마을 사람들의 보편적 성향이었던 것이다.

물동이의 물을 엎지르지 않으려던 소녀, 바로 그녀였을지도 모르는 '신부'가, "어느 해 겨울 모진 바람에 어느 바다에선지 휘말려 빠져버리곤 영영 돌아오지 못한" 남편을 그리워하는 외할머니처럼, "그 남편의 바닷물이 자기집 마당에 몰려 들어오는 것을 보고 그렇게 말도 못하고 얼굴만 붉어져 있었던" 외할머니처럼(「해일(海溢)」), '신부'는 할머니가 되어서도 문돌쩌귀에 걸려 있는 옷자락을 보며 얼굴만 붉히고 있었는지도 모른다.

제2부

현대시 창작의 이론과 실제

제4장

김춘수 시의 '순수성'의 발현 양상과 시작 기법

김춘수 시의 '순수성'의 발현 양상과 시작 기법

— '이중섭 연작시'의 객관적 진술 태도에 선재(先在)된 주관적 시각을 중심으로

1. 서론

김춘수의 시작 기법에 대한 이해는 현대시를 창작하거나 감상하는 데 있어서 하나의 길목이 될 수 있다. 근래에 이르러 한국의 현대시는 독자와 괴리될 정도의 난해성을 내포하게 되었으며 그것은 일정 부분 그동안 지속되었던 전통적인 시적 논리의 변형이나 나아가 그것의 파괴에서 기인한다고 볼 수 있다. 인과론에 따른 개연성 있는 시적 전개에 균열이 발생한 것이다.

이 균열 양상은 시의 내용과 형식 면에서 다양하게 노출되고 있으나, 김춘수의 시를 특정할 경우 시인이 시의 내용에서 시적 주체의 존재성을 의도적으로 배제하려는 시도에서 하나의 원인을 추출할 수 있다. 김춘수는 특히 중기시[1] 이래 그의 시에서 시적 주체의 주관적 목소리를 은폐하

1 김춘수 시의 시대 구분 문제에 대해서 연구자들은 지금까지 별다른 이의 제기 없이 기존의 분류방법을 수용해왔다. 즉 작가의 작고 이전이나 이후이거나를

기 시작했으며 결과적으로 객관적 진술 태도를 선명하게 보여주었다.

김춘수 시의 객관적 진술 태도는 '시의 순수성'[2]과 깊은 연관이 있다. 그런데 이 '순수성'은 시인의 의도적인 시도에 의해 달성되는 것으로 보인다. 다시 말하자면 대상에 대한 객관적 진술 태도는 시적 주체의 주관적인 시각과 판단이 선재(先在)하기 때문에 가능할 수 있다고 판단된다.

김춘수의 시집『남천』에 수록된 '이중섭 연작시' 9편(「내가 만난 이중섭」과「이중섭 1」「이중섭 2」「이중섭 3」「이중섭 4」「이중섭 5」「이중섭 6」「이중섭 7」「이중섭 8」은 김춘수가 이중섭의 삶과 그림에 대한 충분한 정보를 바탕으로 작시한 것으로 보인다.「이중섭 1」에는 본래 "고은 저(著) '이중섭에 대하여'"라는 부제가 붙어 있었으며 그의 시론에서도 이중섭이 머물렀던 제주도 서귀포를 학생들과 수학여행 하면서「이중섭 4」를 작성했다는 진술이 보인다. 이중섭이 잠시 기거하던 통영은 김춘수의 출생지이기도 하다. 그렇다면 우리는 '이중섭 연작시'의 시작 기법을 검토함으로써 김춘수의 '순수시'에 대한 이해의 폭을 넓힐 수 있을 것이다. 시적 주체와 시적 대상 둘 다에 대한 충실한 이해가 전제된다면 시적 언어가 표

막론하고 작가가 '무의미시'를 추구한 시기를 중기로 설정해서 그 이전을 초기시, 그 이후를 후기시로 구분했다. 이 글은 김춘수의 제7시집『타령조 · 기타』출간 이후부터 제13시집『들림, 도스토예프스키』까지를 중기시로 설정했다. 이 글의 분석 기제들인 시적 주체, 시적 대상, 시적 언어 들은 '화자의 태도'와 밀접하게 연관되어 있기 때문이다.(김명철,「김춘수 후기시 연구－유형에 따른 화자의 태도 변화를 중심으로」, 고려대학교 석사논문, 2006, 10쪽 참조)

2 김춘수는 그의 시론 곳곳에서 시의 순수성에 대하여 직 · 간접적으로 언급한다. 그가 말하는 시의 순수성은 현실과 역사, 관념이나 이념에 침범당하지 않은 언어 그 자체의 질서에서 발현된다.(김춘수,『김춘수 시론 전집 Ⅰ』, 현대문학, 2004, 632~644쪽 참조) 폴 발레리의 시에서 도도한 사변을 읽고 깜짝 놀랐다고도 한 김춘수는 발레리가 순수시의 가능성을 부정했다고 언급하면서 곧 이어 "순수시는 있다"고 재차 강조한다.(위의 책, 648쪽)

출되는 방식을 포착하여 김춘수 시인의 '시의 순수성'과 그 시작 기법이 해명되는 하나의 단서가 될 수 있을 것이라는 가정이다.

이 글은 먼저 '이중섭 연작시'를 검토하여 김춘수가 추구했던 '순수한 시'에 대한 시적 진술 특성을 살펴보고, 객관적 진술 태도를 기법으로 시도되는 '시적 순수성'에 시적 주체의 주관적 시각이 어느 정도만큼 선재되어 있으며 그것이 어떻게 기능하고 있는지를 살필 것이다. 이를 통해 한국 현대시의 주요한 창작 기법의 일단이 밝혀질 수 있을 것이다.

2. '이중섭 연작시'에 나타난 객관적 진술 특성

1) 시적 주체의 순수성

김춘수의 시는 그의 중기시 이래 '언어의 순수성'을 간과해서는 납득될 수 없는 측면이 있다. 김춘수가 말하는 언어의 순수성은 역사적 흐름이나 관점에서 독립적이며 구체적인 인간의 생활상과도 괴리되어 표출된다. 시적 언어가 어떤 이데올로기와 연루된다는 것도 그 순수성을 파괴하는 요소가 된다. 그런데 다른 장르와 마찬가지로 시도 구체적으로 '생활'하고 있는 한 시인의 노력으로 생산된다. 시인도 역사의 흐름 속에서 자유로울 수 없고 그가 속해 있는 사회를 떠나 생존할 수 없다. 시간과 공간을 떠나서는 존재 자체가 불가능한 것이다. 그렇다면 김춘수의 시에서 드러나는 언어의 순수성은 어떻게 획득되는 것인가. 역사와 사회라는 구체적인 생활과 무관한 시적 언어들이 출현할 수 있는 배경은 무엇인가.

김춘수가 「이중섭 1」에 부기(附記)했었던 부제인 "고은 저(著) '이중섭에 대하여'"를 나중에 삭제한 것은, 시인만이 알고 있는 시의 창작 배경에 대한 정보를 독자에게 제공하지 않음으로써, 이 시를 시간과 공간 즉 사회적 속성에서 분리하려는 의도로 보인다. 이러한 측면에서 「이중섭 2」를 읽어보면 그의 언어의 순수성이 발현되는 양상의 일단을 이해할 수 있다.

> 아내는 두 번이나
> 마굿간에서 아이를 낳고
> 지금 아내의 모발은 구름 위에 있다.
> 봄은 가고
> 바람은 평양에서도 동경에서도
> 불어 오지 않는다.
> 바람은 울면서 지금
> 서귀포의 남쪽을 불고 있다.
> 서귀포의 남쪽
> 아내가 두고 간 바다,
> 게 한 마리 눈물 흘리며, 마굿간에서 난
> 두 아이를 달래고 있다.
>
> —「이중섭 2」 전문[3)]

인간의 삶은 언제나 서사성을 동반한다. 그렇다면 현대시에서 역사성과 사회성을 배제한다는 것은 곧 서사성을 배제한다는 의미가 될 것이다. 또한 이 서사성을 배제한다는 것은 대상에 대한 사실적 정보의 배제를 의미하는 것으로도 볼 수 있다. 따라서 김춘수의 시적 주체의 순수성은 대상에 대한 서사성의 배제 곧 대상과 관련된 정보의 배제를 의미하는 것이 될 것이다.

---

3 김춘수, 『김춘수 시전집』, 현대문학, 2004, 389쪽. 이후 인용시에는 작품 제목 옆에 쪽수만 표기함.

「이중섭 2」는 이중섭의 삶의 행적과 그의 정서와 관련한 많은 사실성을 비껴가고 있다. 이중섭과 그의 아내가 평양에서 기거할 때 그들이 가난하여 마구간과 같은 집에서 두 아이를 낳았으며, 6 · 25전쟁의 참상을 피해 함께 서귀포로 내려와 살다가 아내가 두 아이를 데리고 일본으로 건너갔고, 이중섭은 게를 잡으며 연명하면서 아내와 아이들을 그리워했다는 등의 내용이 그것이다.[4] 그러나 시의 내용은 이 모든 사실들과 시간상의 흐름을 조금씩 벗어나 있다.

이 시의 서사성 은폐 방식은 두 가지라고 볼 수 있다. 하나는 시적 대상의 서사와 시적 주체의 정서를 드러내는 내용을 파괴하거나 변형하는 방식이다. 이 시의 시간적 사실성으로 볼 때 이중섭의 아이들은 현재 그의 아내와 함께 일본의 동경에 머무르고 있다. 그러나 마지막 두 행의 내용인 '게 한 마리가 아이들을 달래고 있다'는 표현을 보면 이중섭의 아내만 일본에 머무르고 있는 셈이다. 또한 시적 대상으로서의 이중섭의 정서는 가족에 대한 그리움인데 그 그리움은 '바람의 울음'과 '게의 눈물'로 변형되어 표출되고 있다.[5] 물론 이 정서는 대상에 동화된 시적 주체의 정서를 대변하고 있는 것으로 볼 수 있다.

---

4 이중섭의 생애와 관련된 내용에 대해서는 최석태의 『이중섭 평전』(돌베개, 2002)의 '이중섭 연보'와 전인권의 『아름다운 사람 이중섭』(문학과지성사, 2003, 64~83쪽과 226~250쪽)과 고은이 이중섭의 생애를 드라마틱하게 재구성한 『이중섭 평전』(향연, 2004), 엄광용의 『이중섭, 고독한 예술혼』(도서출판 산하, 2006) 및 김영진의 『이중섭을 훔치다』(미다스북스, 2011)의 '연보' 등을 참고했다.

5 이중섭의 작품 〈물고기와 게와 아이들〉의 그림을 보면 게 한 마리와 물고기 두 마리가 두 명의 아이들과 함께 노는 모습이 그려져 있다. 시적 주체가 이 그림을 보고 '게 한 마리가 아이들을 달래고 있다'고 표현했을 가능성이 있다. 그러나 그림에서든 시에서든 이 형상은 사실과는 명백히 다르다. 다음 항 '2) 시적 대상의 순수성'에 인용된 그림 참조.

다른 하나는 서사의 내용과 관련이 없거나 서사의 내용에 의해 유추된 대상을 등장시키는 방식이다. 먼저 '마구간'의 출현을 볼 수 있다. 이중섭의 가족이 평양에서 비록 가난하게 살았으나 아내가 마구간에서 아이들을 출생할 만큼은 아니었다. 이는 사실의 과장이기도 하지만 '성모 마리아의 출산'을 연상케 하여 대상의 서사성을 은폐하려는 취지가 짙다. "아내의 모발"이나 "구름" 그리고 "바람"의 등장 또한 서사의 내용과 직접적인 관련이 없다고 보아야 할 것이다.

김춘수가 시에서 서사성을 은폐하려는 시도는 시적 주체의 순수성을 확보하여 객관적 진술 태도를 견지하고자 하려는 노력이다. '서사'와 '정서'의 파괴와 변형을 통해 시적 주체가 주관적 판단과 진술에서 벗어날 수 있는 것으로 보았던 것이다. 나아가 그는 서사성과 관련이 없거나 그로부터 유추될 수 있는 대상을 새로이 등장시킴으로써 주관성이 배제된 객관적 진술 태도를 견지하고자 했다.

2) 시적 대상의 순수성

김춘수는 시적 주체의 순수성을 확보하여 객관적 진술 태도를 견지하려는 시도로 역사성이나 사회성을 배제하려 했다. 그런데 이러한 시도는 대상의 성격적 순수성이 가미되어야 일층 효과를 거둘 수 있을 것이다. 이중섭 연작시에서 동심(童心)과 그들의 무심한 행위가 진술되고 그들의 단순성과 천진함이 형상화되는 것은 시인이 추구하려는 순수성과 무관하지 않을 것이다.

> 오륙도를 바라고 아이들은
> 돌팔매질을 한다.

저무는 바다,
돌 하나 멀리멀리
아내의 머리 위 떨어지거라.

—「이중섭 4」 부분, 391쪽

다리가 짧은 아이는
울고 있다.
아니면 웃고 있다.
달 달 무슨 달,
별 별 무슨 별,

—「이중섭 6」 부분, 393쪽

아이들 사타구니 사이
두 개의 남근.
마주 보며 저희끼리 오들오들 떨고 있다.

—「이중섭 7」 부분, 394쪽

아이들이 돌팔매질을 하는 이유는 단순하다. 그들의 돌팔매질은 목표물을 정해놓고 '맞추기'를 하는 것이 아니다. 돌팔매질은 목표 지점을 설정하고 '닿기'를 목적으로 한다. 누가 누가 멀리까지 던질 수 있는가를 보는 것이다. 「이중섭 4」에서 아이들이 하는 돌팔매질의 목표 지점은 오륙도이다. 이중섭의 정서에 동화된 시적 주체의 정서는 대한해협을 건너 일본에 닿고 싶은 심정이다. 물론 일본에는 이중섭의 아내가 있다. 아내에 대한 그리움이 아이들의 무심하고 소박한 행위로 표출된 것이다.

일반적으로 정상적인 신체 비율을 고려할 때 어른들의 다리에 비해 아이들의 다리는 짧은 것이 사실이다. 그런데 이중섭의 그림에서 아이들의 다리는 한 두 작품을 제외하고는 모두 길다. 「이중섭 6」에서 시적 주체

〈두 아이와 물고기와 게〉, 종이에 먹과 수채, 10.5×12.5cm

가 “다리가 짧은 아이”라고 표현한 것은 그가 이중섭의 그림을 보았든 그렇지 않았든 간에 특별한 의미는 없을 것이다. 그보다도 아이가 “울고 있다”거나 “웃고 있다”에 주목해보면 아이들의 단순하고 무심한 심리상태를 짐작하게 한다. 〈두 아이와 물고기와 게〉의 그림에서도 그렇지만 이중섭의 그림에서 아이들의 표정은 모두 웃고 있는 모습이다. 그러나 이 웃음 속에는 슬픔이 배어 있다. 웃음과 울음이 동시에 표출된 것이다. 보통의 아이들은 금세 울다가 금세 웃다가 한다. 그들의 울고 웃음은 천진성에서 기인한다. 곧바로 이어지는 “달 달 무슨 달,/별 별 무슨 별,”은 동심을 통한 천진성과 순수성을 배가시키고 있다.

「이중섭 7」에서는 아이들의 남근이 형상화되어 있다. 아이들은 부끄러움을 모른다. 아이들은 모두 아랫도리를 드러내놓고 있다. 아이들은 무구(無垢)하기 때문이다. 나아가 시적 주체는 "두 개의 남근"이 "마주 보며 저희끼리 오들오들 떨고 있다"라고 하여 아이들의 남근을 아이들로부터 떼어놓고 있다. 이러한 의식의 미분화는 자아와 세계의 경계가 분명하게 인식되지 않는 유아기의 특성이다. 이 또한 아이들의 순진성을 표출함으로써 대상의 순수성을 드러내기 위한 시인의 기법으로 보인다.

3) 시적 언어의 순수성

김춘수는 그의 시에서 대상에 대한 정보를 누락 혹은 은폐함으로써[6] 시의 순수성을 확보하려 했고 동심과 아이들의 무구한 행위를 통해 순수성을 부각시켜 객관적 진술 태도를 견지하려 했다. 그런데 시적 주체의 순수성과 시적 대상의 순수성은 시적 언어의 순수성을 동반하지 않고는 본래의 의도를 효과적으로 달성할 수 없다. '이중섭 연작시'의 경우에 언어의 순수성은 주체와 대상은 물론 대상과 대상 간의 관계 단절이나 연관성의 희박성에 의해 시적 개연성의 괴리나 인과론의 파괴로 나타난다.

다리가 짧은 아이는
울고 있다.
아니면 웃고 있다.
달 달 무슨 달,

---

6 김유중은 김춘수가 적극적인 의미에서의 양심으로서 역사가 인간을 심판하는 것이 아니라 인간이 역사를 심판할 수 있는 도구로 받아들였다고 말한다. 그의 언급은 현실 세계에 대처하는 양심의 문제에 대한 논의였으나 이를 시인의 시작 기법으로 진전시킨다면 김춘수의 시에 드러나는 과감한 역사성과 사회성의 배제 또한 인간이 역사를 심판하는 하나의 수법으로도 볼 수 있을 것이다.(김유중, 「김춘수의 실존과 양심」, 『한국시학연구』 제30호, 한국시학회, 2011, 9~19쪽 참조)

별 별 무슨 별,
쇠불알은 너무 커서
바람받이 서북쪽
비딱하게 매달린다.
한밤에 꿈이 하나 눈 뜨고 있다.
눈 뜨고 있다.

—「이중섭 6」 전문, 393쪽

「이중섭 6」은 네 조각의 내용으로 전개된다. '아이가 웃거나 울고 있고', '달과 별이 등장하고', '쇠불알이 삐딱하게 매달려 있으며', '눈 뜨고 있는 꿈'이 그것이다. 그런데 이 네 조각의 내용들은 상호 상관성이 없다. 첫 번째의 내용과 두 번째의 내용은 동심(童心)의 행태와 동요(童謠)의 어조로서 일견 연관성을 지적할 수도 있겠으나, 사실에 있어서 이중섭 가족들과 이중섭 그림에서의 아이들의 웃음을 머금은 얼굴 표정은 앞서 기술했듯 슬픔을 내장하고 있다. 동요적 어조로서의 달과 별의 출현은 표면적으로만 연계될 뿐 내면의 심리상태와는 합치되지 않는다. 두 번째와 세 번째, 세 번째와 네 번째의 내용 또한 상호 간의 연관성은 희박하다. 이러한 시적 전개는 다른 '이중섭 연작시'에서도 자주 목격되는데, 「이중섭 1」은 '울지 않는 씨암탉'과 '없는 네 잎 토끼풀'과 '쇠불알을 흔드는 바람'이라는 세 조각의 불연속적인 이미지로 전개되고 있으며, 「이중섭 4」는 '동짓달 서리 묻은 하늘을 아내의 신발 신고 저승으로 가는 까마귀'와 '돌팔매질을 하는 아이들'로 구성되어 있고, 「이중섭 5」는 '눈이 내리는 충무시 동호동'과 '입술이 젖는 아내'와 '사철나무 어깨 위에 내리는 아내의 넋'과 '아침마다 가는 아내'로 이루어져 있다. 이 세 편의 시들 모두에서 시적 전개의 논리적 개연성은 쉽게 발견되지 않는다.

김춘수는 역사성에 연루된 언어를 '오염된 언어'로 보았으며, 김춘수가 말하는 언어의 순수성은 시의 메시지나 서사를 이끌어가는 이미지의 단절로 나타난다. 이것은 대상들 간의 관계성 단절을 의미한다. 내용이 상호 연계되어 있으면 사실성이 드러나게 되며 이는 사회와 역사의 테두리에서 탈피하지 못했음을 인정하는 것이다. 시인이 서적과 그림들을 통해 이중섭의 삶의 모습을 파악하고 있었음에도 불구하고 '이중섭 연작시'들에서 대상들의 연계성이 불연속적으로 전개되는 것은 이 때문일 것이다. 그는 단절된 이미지[7]들을 통해 대상 간의 관계에서 벗어난 언어의 순수성을 드러내고자 했다.

3. '이중섭 연작시'에 나타난 주관적 진술 특성

1) 시적 주체의 자의적 해석

시적 주체와 시적 대상 및 시적 언어의 순수성은 객관적 진술 태도로

---

7 김춘수 시의 시적 주체들은 비가시적 세계를 형상화하기 위해 가시적 세계에 실재하는 현상적 존재들의 물질성을 활용하며, 그들에 대한 사실적(寫實的) 묘사를 통해 무형의 내면세계를 객관적으로 드러낸다. 이 유형의 시작법(詩作法)과 관련하여 김춘수가 직접 언급한 것이 서술적 심상과 래디컬 이미지(radical image)이다. 그에 따르면 서술적 심상은 주도적인 심상 조성에 관계하고, 래디컬 이미지는 핵심적인 수사 방식에 관련한다. 서술적 심상은 심상 자체를 위한 심상이고, 서술적 심상에 치중하면 순수시나 '사물시(physical poetry)'가 되는데 김춘수는 이 이미지들을 '피지컬 이미지' 혹은 '래디컬 이미지'라고 지칭한다. 언어가 물질성을 획득하여야 역사성과 사회성에서 탈피한 순수한 언어가 드러난다고 강조한 것이다.(김춘수, 『김춘수 시론전집 Ⅱ』, 현대문학, 2004, 354~477쪽 참조)

나타난다. 그러나 이 순수성들은 시인의 주관적 판단을 토대로 하지 않을 수 없다. 객관성 확보를 위해 주관적 판단의 '의도'가 내재되어야 하기 때문이다. '이중섭 연작시'들에서 시인의 이 '의도'는 다양하게 노출된다. 「이중섭 8」에서는 시적 주체의 대상에 대한 주관적 해석의 일면이 선명하게 드러난다.

> 서귀포의 남쪽,
> 바람은 가고 오지 않는다.
> 구름도 그렇다.
> 낮에 본
> 네 가지 빛깔을 다 죽이고
> 바다는 밤에 혼자서 운다.
> 게 한 마리 눈이 멀어
> 달은 늦게 늦게 뜬다.
> 아내는 모발을 바다에 담그고
> 눈물은 아내의 가장 더운 곳을 적신다.
>
> —「이중섭 8」 전문, 395쪽

「이중섭 8」에는 이중섭과 관련된 사실성의 관계가 전혀 노출되지 않고 있다. 서귀포와 바다, 게 한 마리, 달과 아내 등이 등장하고 있으나 이들은 소재적 차원에서만 언급될 뿐이다. '바람과 구름이 가서 오지 않는다'는 표현은 심정적 진술이며, 바다가 "네 가지 빛깔을 다 죽이고" "밤에 혼자서 운다"는 언급 또한 감성적으로 표출된 임의적인 해석이다. 독자는 이 시만을 통해서는 네 가지 빛깔의 정체를 알 수 없을뿐더러 바다가 왜 그 빛깔을 다 죽이고, 물론 어두워졌기 때문에 빛깔이 보이지 않는 것이겠지만, 밤에 혼자서 우는지에 대한 내용을 파악할 수 없다. 바람이나 구름이 이중섭의 가족으로, 바다가 이중섭으로 비유된 것이라면 무리

한 표현일 것이다. 「이중섭 8」과는 달리 앞서 살펴보았던 「이중섭 2」에서는 '바람이 울면서 서귀포의 남쪽을 불고 있으며', 「이중섭 3」에서는 "서귀포에는 바다가 없다"로 진술된다. '이중섭 연작시'들에서 바람과 바다의 의미는 불규칙적이고 유동적이어서 어느 하나의 의미로 확정되지 않는다.

나아가 "게 한 마리 눈이 멀어/ 달이 늦게 늦게 뜬다."는 진술은 온전히 자의적인 주관적 판단으로 이루어져 있다. 인과율이 의식적으로 파괴된 것이다. 마지막 두 행은 시적 주체의 가상(假想)과 심정적 추측으로 구성되어 있음을 알 수 있다.

김춘수가 서적과 그림을 통해 이중섭의 삶의 행로를 파악하지 못했다면 '이중섭 연작시'는 생성될 수 없었을 것이다. 특히 「이중섭 8」과 같은 시는 대상에 대한 시인의 면밀한 숙지가 필요하다. 그래야만 오히려 주관적 판단의 흔적을 제거할 수 있을 것이기 때문이다. 시적 사안에 대한 정보의 습득과 그에 따른 주관적 판단이 전제되어야만 객관적 진술의 효과를 얻을 수 있는 셈이다. 결국 이 시의 객관적 진술 태도는 표면적일 뿐 시인의 자의적인 해석의 결과라고 이해할 수 있을 것이다. 그러나 그럼으로써, 현대시의 주요한 특질 중의 하나가 부각될 수 있다. 시적 의미의 미확정성이나 인과율의 의식적 파괴는 현대시의 창작과 감상 모두에서 누락될 수 없는 인자인 것이다. 이에 대한 이해는 현대시의 확장적 해석에도 중요한 기반이 될 것이다.

2) 시적 대상의 돌발적 첨가

김춘수 시의 전개 과정 중에 출현하는 새로운 대상의 돌발적인 첨가는 시의 주제의식을 약화시키면서 시의 의미를 흐트러뜨리는 효과를 낸다.[8] 시적 개연성의 논리가 파괴되는 것이다. 이것은 시적 주체가 대상이 거느린 사회성과 역사성의 흐름을, 다시 말하자면, 일반적이고 상식적인 자연스러운 흐름을 방해하여 시의 의미를 개방시키려는 시도이다. 시에서 의미가 제거되면 이미지만 남게 되고 따라서 이미지를 형성하는 언어가 물질성을 획득하여 언어의 순수성이 확보된다는 논리이다. 시에서 의미가 제거된다면 시인의 주관성이 제거되는 셈이며 결과적으로 시는 객관적 묘사의 형태를 띠게 된다. 그러나 대상의 돌발적인 첨가는 시적 주체의 면밀한 주관성이 내재될 수밖에 없다.「이중섭 3」을 보자.

> 바람아 불어라,
> 서귀포에는 바다가 없다.
> 남쪽으로 쓸리는
> 끝없는 갈대밭과 강아지풀과
> 바람아 네가 있을 뿐
> 서귀포에는 바다가 없다.
> 아내가 두고 간
> 부러진 두 팔과 멍든 발톱과
> 바람아 네가 있을 뿐
> 가도 가도 서귀포에는
> 바다가 없다.
> 바람아 불어라,
>
> —「이중섭 3」 전문, 390쪽

---

8 김명철은 현대시를 언어지향성의 시, 주체지향성의 시, 대상지향성의 시로 구분하고 김춘수의 시를 언어지향성의 시에 포함시킨다. 언어지향성의 시는 이미지의 확산을 통한 독립적 이미지화 기법을 중시하는데 '돌발적 이미지의 출현'은 이 기법의 핵심적 요소가 된다.(김명철,「시창작 교육에서의 이미지화 기법 활용 방안 연구」, 고려대학교 박사논문, 2010, 38~46쪽 참조)

서귀포에 바다가 없을 리 없다. 그런데도 "서귀포에는 바다가 없다."고 세 번 반복된다. 독자들을 당황하게 하는 돌발적 표현이다. 이 진술은 '서귀포에 정말로 바다가 없음'을 보라는 것이 아니라 '없음'과 대비된 '있음'에 주목하라는 시인의 요구로 읽혀져야 한다. 서귀포에서 바다만 보지 말고 "갈대밭과 강아지풀"과 "아내가 두고 간/부러진 두 팔과 멍든 발톱"과 "바람"을 보라는 의미일 것이다. '있는' 것들을 돌올하게 드러내기 위해 '없는' 바다를 강조한 셈이다.[9]

이 시에서 '있는' 것들 중에 "끝없는 갈대밭과 강아지풀"의 등장은 더욱 더 돌발적이다. 이중섭과 관련한 어떠한 정보에도 이들은 등장하지 않는다. 이 갈대밭과 강아지풀은 이중섭의 체험이 아니라 시인의 체험일 것이다.[10] 반면에 이중섭이 서귀포 생활을 할 때의 간난을 비유적으로 표현한 것이겠지만, 역시 돌발적으로 등장하고 있는 "아내가 두고 간 부러진 두 팔과 멍든 발톱"은 이중섭의 시각이다. 그렇다면 이 시의 시적 주체에는 김춘수의 시각과 이중섭의 시각이 함께 내재되어 있는 셈이다.

사실 이중섭 연작시 9편 중에서 「이중섭 1」「이중섭 2」「이중섭 3」「이중섭 8」은 김춘수가 학생들과 여행을 했었던 서귀포를 배경으로 하고 있으며 이 시들의 시적 주체에는 김춘수와 이중섭의 시각이 혼재해 있다. 대

9 이승원은 "나의 하나님은 늙은 비애다"라는 시행이 하나의 문장으로 보이지만 화자의 주관적 폭력성에 의해 결합된 두 개의 문장이라고 설명한다. 그의 설명은 "서귀포에는 바다가 없다"라는 시행에도 부합된다고 볼 수 있다. 이렇게 되면 표현적인 면에 있어서, 한 문장 내에서 주어부나 혹은 술어부가 돌발적으로 표출되게 된다.(이승원, 『서정시의 힘과 아름다움』, 새미, 1997, 98~99쪽; 최라영, 앞의 책, 93쪽에서 재참조)

10 김춘수는 그의 시론에서 학생들과 제주도 서귀포로 수학여행을 갔었다고 술회한다. 이 자리에서 그는 「이중섭 3」을 소개하면서 "서귀포는 온통 갈대밭이 뒤덮고 있었는지도 모른다."고 회상한다.(김춘수, 『김춘수 시론 전집 I』, 655쪽)

상을 보는 시적 주체의 태도나 발화 방식의 변화 없이 서로 다른 두 시각이 공존하여 그것이 각자 다른 목소리를 내는 방식이다.

시의 전개에서 돌발적 대상의 첨가는 객관적 태도를 지닌 진술로 읽히는 것이 사실이다. 시적 주체의 의지의 개입 없이 그의 시각에 물리적으로 보인 사물이나 사안을, 판단을 중지한 채, 있는 그대로 독자에게 전달해준다는 태도로 보이기 때문이다. 그러나 이 또한 시인의 주관적 판단과 주관성의 개입 없이는 불가능하다. 돌발적 첨가라 할지라도 시의 흐름과의 관계가 전무(全無)한 대상이 등장하게 된다면 시적 논리 자체가 파괴될 것이다. 「이중섭 3」의 돌발적 이미지들을 보면 이들이 시인의 주관적인 선택과 면밀한 해석의 결과임을 알 수 있다.

이러한 시작 방법은 우리 현대시의 의미의 확산이라는 특질로 이어진다. 김춘수는 시의 순수성을 위해 시적 언어가 역사성과 사회성에서 배제되어야 한다고 판단했다. 시의 전개에서 돌발적 대상의 첨가는 시적 언어의 폐쇄성을 극복하고 시의 의미를 확산시키는 하나의 방법이 될 것이다.

3) 시적 언어의 의지적 표현

지금까지 살펴본 '이중섭 연작시'들의 객관적 진술 태도의 이면에는 시인의 주관적 판단과 의도가 내재되어 있었다. 언어의 순수성은 '오염'을 전제로 하지 않을 수 없는 것이었다. 시적 주체나 대상의 순수성은 시인의 주관성을 전제하지 않고는 드러날 수 없는 것이니, 시적 언어 또한 시인의 주관적 선택과 판단에서 자유로울 수 없을 것이다. '이중섭 연작시'들의 대부분에서 사실성에 근거한 시적 주체의 대상에 대한 심정적 단정과 대상을 향한 청유적인 명령형 표현이 목격되는 것은 이에 대한 또 다른 근거가 된다.

> 바람은 울면서 지금
> 서귀포의 남쪽을 불고 있다.
> 서귀포의 남쪽
> 아내가 두고 간 바다,
> 게 한 마리 눈물 흘리며, 마굿간에서 난
> 두 아이를 달래고 있다.
>
> —「이중섭 2」 부분, 389쪽

> 바람아 불어라, 서귀포의 바람아
> 봄 서귀포에서 이 세상의
> 제일 큰 쇠불알을 흔들어라
> 바람아,
>
> —「이중섭 1」 부분, 388쪽

> 돌 하나 멀리멀리
> 아내의 머리 위 떨어지거라.
>
> —「이중섭 4」 부분, 391쪽

「이중섭 2」에서는 "바람"과 "게 한 마리"가 '울고' 있는 것으로 진술되어 있다. 이는 이중섭의 구체적인 삶에 근거한 심정적 표출이다. 대상에 대한 정보를 바탕으로 시인이 주관적인 판단을 내리고 있는 것이다. 이중섭의 삶의 행적을 고려할 때 이중섭에게서 '울음이나 눈물'이 연상되는 것은 자연스러운 일일 것이나 예술에 대한 그의 열정을 감안할 경우 반드시 그렇다고는 할 수 없다. 개관적인 견해에서라면 이중섭 삶의 구체적인 시 · 공간에 따라서 혹은 그를 보는 시각에 따라서 그의 삶에 대한 판단은 다양할 수 있을 것이다. 이 시의 내용에 국한해서 보면 이중섭은 아내와 아이들이 없는 상태이니 '눈물'과 '울음'이 유추되는 것은 무리가 아닐 것이나, 그럼에도 불구하고 시적 주체의 주관적인 심정의 노출을 부인할 수는 없다.

명령형 어조는 언술 주체의 강인한 의지의 표명이다. 한 편의 시에서 시적 주체가 대상을 향하여 명령형 어조의 발화를 한다면, 이는 대상에 대한 주관적 판단을 넘어 그로 하여금 어떤 행위를 유발하게 하려는 의지의 표출이다. '이중섭 연작시'에는 곳곳에 명령형의 진술이 나타난다. 이 명령형 문장들은 강압적이지 않다. 대상을 향하여 청유를 하고 있는 듯한 어조이다. 청유형 명령이라 할지라도 시적 주체의 주관적 의지가 대상에게 행위의 수행을 요청하는 것은 분명해 보인다. '이중섭 연작시'에서 이 어조는 시적 주체의 소망으로 표출된다. 「이중섭 1」의 "바람아 불어라" "가장 큰 쇠불알을 흔들어라"도 시적 주체의 소망이 피력된 것이다. '이중섭 연작시'들에서 '바람'의 의미는 유동적이지만 시적 주체의 대상에 대한 그리움이나 간절함에 대한 우회적 표현으로 본다면 무리가 아닐 것이다. 이중섭 그림의 대표적 화재(畵材)인 '소'는 우리 민족의 강인함을 상징하는 것으로 인식되어왔으며 시에서의 "쇠불알"은 곧 '이중섭'을 환유한 의미로도 볼 수 있다.

앞서 살펴보았듯이 '이중섭 연작시'에 나타난 명령형 어조들은 모두 시적 주체의 대상에 대한 직접적인 의지의 표출이라고 볼 수 있다. 그러나 이 명령형에 실린 내용들은 사실 현실적으로 그 실현이 불가능하다. 이 명령들을 받고 수행할 대상들이 '바람'이나 '돌'과 같은 무인격적이고 무의지적인 무기물들이기 때문이다. 그렇다면 '이중섭 연작시'에 등장하는 시적 주체의 명령형 발화는 시적 주체가 역사와 사회의 구속에서 벗어나려는 간접적이고 은폐된 노력일 수 있다. 시의 내용에서 의미나 의도를 노출시키지 않으려는 시인의 속내로 볼 수 있는 것이다. 시적 주체의 의

〈흰 소〉, 종이에 유채, 34.2×53.0cm

지를 함유할 수밖에 없는 명령형 어법이 오히려 개방성을 획득하여 현실의 구속에서 탈피하려는 '시의 순수성'에 기여하고 있는 셈이다.

결론적으로 정리하자면, 김춘수 시의 순수성 발현 기법은 첫째, 시적 사안에 대하여 시인이 습득한 정보를 시인 스스로가 자의적으로 해석한 결과라는 점과 둘째, 시의 주제의식을 약화시키면서 시의 의미를 흐트러뜨리는 새로운 대상의 돌발적인 첨가 셋째, 시적 주체의 대상에 대한 직접적인 의지의 표출인 청유형 문장 형태의 활용 등이라고 볼 수 있다. 이러한 시작 기법들은 현대시의 확장적 해석과 언어의 폐쇄성이 극복된 시적 의미의 확산 및 현실적 속박을 탈피한 개방성의 획득이라는 우리 현대시의 주요 특질들을 보여주는 것이다.

제5장

한국 현대시의 갈래적 특성과 시작 기법

한국 현대시의 갈래적 특성과 시작 기법

1. 서론

현대시를 향유하는 데 있어서 감상과 창작을 분리해서 생각하는 것은 절반만의 과정이다. 향유자들이 시를 읽고 이해하며 감상하는 행위에 그들의 능동적이고 주체적인 창작 행위가 추가되지 않는다면 시대적 흐름을 따라가지 못한다고 볼 수 있다. 2020년 현재 한국에서 활동하고 있는 시인들의 수가, 정확한 통계는 아니겠지만, 5~6만 명에 이른다고 한다. 독자들보다 시인들의 숫자가 더 많다는 아이러니가 아닐 수 없다. 이 점에 대하여 그렇게 된 이유와 긍정적 혹은 부정적 분석은 차치하고 일단 현대 한국인들의 시에 대한 사랑을 인정하지 않을 수가 없겠다. 이 글은 독자로서 시를 음미할 뿐만 아니라 시 창작자로서 자신의 시를 직접 창작하기를 원하는 예비 시인들을 위한 안내가 되고자 쓰였다. 그러기 위해서 먼저 창작 주체의 관점에 따른 현대시의 시적 형상화 경향을 파악해보기로 하자.

시 텍스트의 독해가 새로운 창작을 염두에 두는 독해라면 텍스트의 구조와 언술적 특성에 주목해야 한다. 이 글은 특히 '이미지'에 주목하고 있다. 한 편의 시가 구성되기 위해서는 내용과 형식이 동시에 고려되어야 한다. 시의 주제와 그에 따른 시상 전개의 구성 방식은 물론 시가 운문인 한에 있어서 숙고되어야 할 다양한 사항들이 있을 것이다. 시 텍스트 자체의 범위를 벗어나 창작 주체의 시대적, 심리적 정황들과 수용자의 상황까지 고려한다면 시의 구성 인자들은 부정어법으로써만 정리될 수 있을 것이다. 그럼에도 불구하고 이 글이 이미지의 특성에 따라 시 창작 과정의 모형을 구안하고 실제화하려는 것은 현대시의 핵심적 특성을 '이미지'로 이해하고 있기 때문이다. 현대시는 '감각적 형상화'가 갖는 중요성 때문에 이미지를 수단으로 하여 구성된다. 이미지화란 머릿속에 들어 있는 생각을 하나의 도상으로 그려내는 일이다.

형상을 갖춘 모든 가시적인 사물들은 그 나름의 이미지를 지니고 있기 때문에 한 편의 시에는 복수의 이미지가 등장할 수밖에 없다. 단일한 이미지에 대한 특성과 효과뿐만 아니라 복수의 이미지들이 맺고 있는 관련성과 구조적 조직 체계가 파악될 필요가 있는 것이다. 이미지의 분류나 기능에 대한 해명도 시어나 시행 단위의 단일한 이미지뿐만 아니라, 한 편의 시에 나타난 전체적인 문맥적 차원의 이미지나, 조금 더 나아가 시가 구성된 당대의 시대상황이나 시대정신과의 연관하에서도 검토되어야 한다. 개별적 범주의 이미지 규명은 한 편의 시 전체에서 창작 주체가 추구하는 이미지 구사의 의도를 파악하는 데 한계가 있다. 창작 주체의 의도에 따라 표상된 하나의 이미지는 시의 내재적 차원에서 다른 이미지에 내포될 수 있고 시의 외부적 차원까지 고려된다면 보다 큰 범주의 이미지에 포괄될 수가 있는 것이다.

여기서는 포섭하는 범주를 근거로 하여 이미지를 세 가지로 구분하는데, 언어 현상에 주목하여 대상의 객관적인 형태를 표상하는 시어나 시행 단위의 이미지를 '표층적(表層的) 이미지', 시적 주체에 주목하여 내면적 형상화까지 내포하는 시편 단위의 이미지를 '내포적(內包的) 이미지', 시적 대상에 주목하여 시의 전편과 그와 관련된 외부적 현상까지 포괄하는 이미지를 '포괄적(包括的) 이미지'로 정의하기로 한다. 개별적 대상의 외형적 특성에 대한 감각화를 중시하는 기법이 표층적 이미지라면, 내포적 이미지는 개별적 혹은 통합적 대상의 내면적 형상에 초점을 맞추는 이미지이며, 포괄적 이미지는 시에 내재된 맥락적 의미는 물론 시의 외부까지 포섭하여 표현하는 이미지라고 볼 수 있다.

2. 언어, 주체, 대상을 지향하는 시들의 특성들

1) 언어지향적 경향의 시

이 경향의 시는 창작 주체가 '언어 현상' 자체에 시적 의의를 부과하는 특성이 있다. 시는 어쨌든 언어예술이다. 언어 없이 시를 생각할 수는 없다. 창작 주체가 시적 주체나 시적 대상에 관심을 기울인다 할지라도 언어로 매개되지 않는 시적 형상화는 불가능하다. 이때 '표층적 이미지'는 이 경향의 특성을 파악하는 주요한 이미지이다. 언어 현상을 중시하는 창작 주체는 시적 대상의 이면적 혹은 내면화된 의미보다는 언어의 표면적 지시성의 특성에 주목하게 된다. 표층적 이미지화는 대상의 객관적 형태 묘사와 외형적 형상화에 치중하는 기법이다.

언어 현상에 주목하는 창작 주체가 가시적 대상들의 표면적 형상에 관심을 보이는 것은 지시체로서의 언어가 피지시체와 맺는 의미 형성 관계에 대한 회의(懷疑)를 반영한 결과라고 볼 수 있다. 이때에는 창작 주체가 언어를 매개로 시적 대상을 호명하고 호출하는 것은 사실이지만 그것은 필수불가결한 문면 맥락적 의미 구조에 의해서가 아니라 단순히 이미지의 결합 관계를 드러내기 위해서일 때가 많다. 시적 대상에 대한 묘사는 표층적이며 사실적(寫實的) 방법에 의존한다. 시상의 전개는 시적 대상에 대한 주체의 내밀한 천착이 아니라 표면적 형상만으로 연계되는 진행을 따른다.

하늘 가득히
자작나무꽃 피고 있다.
바다는 남태평양에서 오고 있다.
언젠가 아라비아 사람이 흘린 눈물,
죽으면 꽁지가 하얀 새가 되어
날아간다고 한다.

— 김춘수, 「리듬 · 1」 전문[1)]

김춘수의 「리듬 · 1」에서는 시적 주체의 명징한 전언을 파악하기가 쉽지 않다. 자작나무꽃과 남태평양과의 연계는 단절적이며 남태평양과 아라비아 사람과의 연결도 자연스럽지가 않다. 그가 흘린 눈물과 꽁지가 하얀 새와의 결합은 의미 단절에 가깝다. 개별 이미지의 특성을 '여름'이나 '가벼움' 등으로 통합한다 할지라도 이 또한 무리가 따른다. 이처럼 언어지향적 시에서 시적 대상은 단일하지 않은 경우가 대부분이며 단일하다 할지라도 의미상으로 단절적인 이미지의 병렬이나 병치, 나열의 형태로 제시된다. 이것은 언어 현상에 의지한 이미지의 연쇄 과정이라고 할

1 김춘수, 『김춘수 시전집』, 현대문학, 2004, 357쪽.

수 있다. 이 이미지의 연쇄는 시어 자체가 드러내는 형상이나 피상적 의미로부터 유발된 다른 이미지로의 전환(轉換)이나 도약(跳躍) 현상을 보인다. 이 전환이나 도약은 언어의 음성적 특성이나 동음이의 또는 동의이음 등과 같은 언어유희에 의해 이루어질 수도 있으나 감각적 이미지, 그중에서도 시각적 이미지의 연동(連動) 방식이 주류를 이룬다.

2) 주체지향적 경향의 시

이 경향의 시에서 창작 주체는 '시적 주체'를 우선시하여 시를 전개한다. 이 경향의 특성을 파악하는 주요한 기법은 '내포적 이미지'의 원리와 효과이다. 내포적 이미지화는 시적 대상의 이면적(裏面的)이거나 내면화된 의미를 드러내는 방식이다. 이는 지시체로서의 언어가 피지시체와 맺는 의미 형성 관계에 대한 다소간의 믿음을 반영한 결과라고 할 수 있다. 그러나 지시체와 피지시체 사이의 관계가 일대일로 대응하는 직접성을 보이지는 않는다. 시적 주체가 시적 대상들을 표층적으로 제시하는 듯 보이지만 그 내면에는 창작 주체에 의해 의미화된 내밀한 정서가 내장되어 있다. 즉 창작 주체가 언어를 매개로 시적 대상들을 호명하고 호출하는 것은 사실이지만 이는 결과적으로 시적 주체의 내면 형상을 드러내기 위한 것이다. 이 경향은 창작 주체가 인간에 대한 근원적 질문이나 인간과 세계 사이의 관계나 혹은 형이상학적 사상이나 가치를 표출하는 데 유용하다. 이때 시적 주체는 시적 주체 자신의 사고(思考)를 표출하고 형상화하기 위하여 시적 대상들에게 상징성을 부여하는 경우가 많다.

내 마음 속 우리님의 고운 눈섭을
즈믄밤의 꿈으로 맑게 씻어서

하늘에다 옮기어 심어 놨더니
동지섣달 나르는 매서운 새가
그걸 알고 시늉하며 비끼어 가네

— 서정주, 「동천(冬天)」 전문[2]

서정주의 「동천(冬天)」에는 시적 주체의 내밀한 전언이 내포적 이미지를 통해 표출되어 있다. 짧은 시임에도 불구하고 "우리님의 고운 눈섭"으로 비유된 천년의 사랑이라는 정서가 고도의 압축미를 동반하여 표현되고 있는 것이다. 이 시의 시적 주체는 영원에 이르는 사랑을 하늘에 비견될 만한 지고의 가치로 상정하고 있다. 그러므로 동지섣달을 견디는 매서운 새가 그것에 대한 경의를 표출한다는 시적 전개는 자연스럽다고 할 수 있다. 시의 시종(始終)이 일관된 통일성을 보여주고 있으며 하나의 단일한 이미지를 향해 조직적으로 구조화되어 있는 것이다. 결국 우리 님의 고운 눈썹은 시적 주체의 내면화에 의해 즈믄 밤의 꿈과 하늘, 동지섣달의 새 등의 모든 이미지를 이미 내포하고 있다고 보아야 할 것이다.

이처럼 주체지향적 시의 시적 대상은 단일한 경우가 대부분이며 단일하지 않다 할지라도 시적 주체가 중시하는 핵심적인 대상의 이미지가 시상을 주도하는 형식을 따르게 된다. 다양한 이미지들이 등장한다 할지라도 이 이미지들은 최종적인 단일 이미지로 진행해 가기 위한 과정으로서의 의미가 크다. 시적 주체가 중시하는 이미지를 주축으로 그것과의 내면적인 관련 하에 구성된 이미지들이 고도의 시적 체계를 형성하며 조직적으로 구조화되는 방식을 따르는 것이다. 내면적 결속에 따라 하나의 상징적 혹은 원형적 이미지를 향해 공고히 결합하는 이미지 체계라 할

2 서정주, 『미당 시전집 1』, 민음사, 1994, 185쪽.

수 있다.

3) 대상지향적 경향의 시

이 경향의 시는 창작 주체가 '시적 대상'에서 의미와 의의를 추구하는 경우의 시이다. 시간과 공간의 제한을 받는 유한한 존재로서 창작 주체도 가족 · 사회 · 국가라는 시대 상황에서 자유로울 수 없다. 이 경우에 창작 주체는 이러한 상황에 관계하여 이에 대한 자신의 견해를 표명하며 부정하거나 긍정하는 등의 입장을 시적으로 형상화한다.

이 경향은 '포괄적 이미지'로 설명될 수 있다. 포괄적 이미지화는 시상의 전체적 맥락은 물론 시의 외부적 현상까지 포괄하여 시적 주체와 시적 대상이 맺고 있는 상호 관련성의 전반적인 양상을 형상화한다.

푸른 하늘을 제압하는
노고지리가 자유로웠다고
부러워하던
어느 시인의 말은 수정되어야 한다

자유를 위해서
비상하여 본 일이 있는
사람이면 알지
노고지리가
무엇을 보고
노래하는가를
어째서 자유에는
피의 냄새가 섞여 있는가를
혁명은

왜 고독한 것인가를

혁명은
왜 고독해야 하는 것인가를

— 김수영, 「푸른 하늘을」 전문[3)]

시 텍스트에 대한 이해의 여부는 창작 주체의 체험에 대한 독자의 추체험의 정도와 관련된다. 그것은 창작 주체의 체험이 추상적이냐 혹은 구체적이냐에 따라서도 달라질 수 있다. 김수영의 「푸른 하늘을」은 구체적인 현실 속에서 '자유를 위하여 비상하여 본 일이 있'거나 적어도 자유에 대하여, 자유를 위한 노력에 대하여 직 · 간접적인 경험이 있는 사람이 보다 잘 이해할 수 있을 것이다. 그렇지 않고서는 시적 주체가 표명하는 자유의 피의 냄새와 혁명의 고독성의 깊이를 시의 문맥만으로는 온전히 파악하기 어렵다. 노고지리의 자유로움으로 비유된 인간의 자유가 시적 논리의 개연성을 획득하며 진술되어 있지만 이 시가 탄생한 사회적 · 역사적 정황을 배제한다면 이 시는 부분적으로만 이해된다. 자유와 혁명의 의미를 파악하기 위해서는 부자유한 상황과 혁명을 초해할 수밖에 없는 시적 주체를 둘러싼 외부적 환경까지 포괄되어야 이 시는 해명될 수 있다는 말이다.

포괄적 이미지화를 주요한 시 창작의 기법으로 활용하는 창작 주체는 시적 대상으로 선택한 가시적 현상들의 포괄적이며 총체적인 의미에 관심을 갖는다. 그는 언어의 독립성이나 존재성에 대하여 관심이 덜하다. 언어가 피지시체와 맺는 의미 형성 관계에 대한 의심이나 신뢰가 문제가

3 김수영, 『김수영 전집 1 시』, 민음사, 2003, 190쪽.

되는 것이 아니라 시적 주체가 소속되거나 관계하며 서로 영향을 주고받는 현실 상황이 중대한 사안이 되기 때문이다. 이때의 창작 주체는 스스로가 역사, 사회, 국가, 혹은 민족의 한 구성원임을 자각하고 이 공동체 내에서의 의무와 책임을 의식하고 수행하는 존재가 된다.

'시적 언어'에서 시적 의의를 찾는 창작 주체의 시 창작 행위의 근거가 비역사적(非歷史的) · 비사회적(非社會的)인 언어 현상 자체라면, '시적 주체'에서 시적 의의를 추구하는 창작 주체의 시적 행위의 근거는 원역사적(遠歷史的) · 원사회적(遠社會的)인 시적 주체의 내부에 있는 자신이라고 볼 수 있으며, '시적 대상'에서 시적 의의를 찾는 창작 주체의 시적 행위의 근거는 시적 주체를 둘러싼 역사 · 사회적인 외부적 환경 요소들인 셈이다.

대상지향적 경향의 시에서는 시적 대상이 직설적 서술의 방식으로 이미지화되는 경우가 많다. 시적 언어로서의 지시체와 피지시체 사이의 관계가 일대일로 대응하는 양상을 보이는 것이다. 시적 대상들은 사실적(事實的) 이미지에 의해 총체적으로 맥락화된다. 이 총체성 속에서 노출된 주제의식을 통해 시적 주체의 대상에 대한 사회적 · 역사적 관점과 견해가 표명된다.

제6장

시 창작 과정의 실제

시 창작 과정의 실제

— 학습 현장의 실제

1. 서론

현재의 한국의 문학적 현실은 수적으로 유례 없는 많은 작가들의 등장과 새로운 다수 문예지들의 출현으로 인해 과거에 비하여 위축되지 않는 모습을 보여주고는 있으나 여기에는 위험성이 드리워져 있다. 문학작품과 독자와의 괴리감이, 특히 시와 관련하여서는 2000년대에 출현한 작품들에 대한 일반 독자들의 무관심한 반응이 이를 예감하게 한다. 이러한 현상에 대하여는 내외적인 다양한 원인이 있을 것이나, 시의 난해성에서 오는 일차적 거리감이 주요한 원인 중의 하나일 것이다.

또한 오늘날에 들어서 많은 독자들은 스스로가 시 쓰기에 대한 열망을 지니고 있다. 4차 산업혁명 등의 영향으로 자신의 정체성에 대한 불안감이 시에 대한 감상을 넘어 직접적인 시 쓰기의 열망을 불러오는 것이 아닌가 판단된다. 시 쓰기를 통해 독자들이 자신들의 정체성을 재정립하려는 욕망으로 보이는 것이다.

이 글은 현대시 창작의 연습 방법과 과정을 제시함으로써 현대시에 대하여 느끼고 있는 일반 독자들의 생경함을 덜어주고 독자들 스스로도 직접 시를 창작해볼 수 있는 방안을 제시하는 것을 목표로 두고 있다. 시의 이해와 감상에 대한 많은 연구들이 독자들의 시에 대한 접근의 난감함을 상당 부분 해소시키고는 있으나, 이 글은 여기에서 한 걸음 더 나아가 독자들로 하여금 스스로 시 창작 과정을 경험하게 함으로써 시의 이해는 물론 창작에 보다 직접적이고 효율적인 접근을 가능하게 하려는 것이다. 시의 창작 과정에서 발생되는 다양한 난관과 고충들에 대한 실제적 경험은 현대시에 대한 직접적이고 간접적인 접근을 용이하게 할 것이다.

시 학습은 학습자들이 시를 읽고 감상하고 창작하는 3단계로 나누어 실시되는 것이 일반적이다.[1] 시 읽기는 시의 리듬과 독해 차원으로서의 학습이며, 시 감상은 읽기의 차원을 넘어 학습자들이 시에 공감하거나 거부함으로써 시를 자기화하고 세계에 대한 보다 광범위한 시각을 확보하게 하는 학습이다. 예술작품의 감상과 음미는 해당 예술에 대한 지식과 식견 없이는 불완전하거나 왜곡될 수 있다. 많이 아는 자가 넓고 깊게 볼 수 있는 것이다. 예술로서의 문학에 대한 제대로 된 감상과 이해 또한 다양한 각도에서의 배경지식을 요구한다. 그러나 지식과 이론이 예술작품에 대한 감상과 감흥을 위한 것이 아니라 이론이나 논리 자체를 위한 것이라면, 예술 지식과 예술 작품은 서로 관련을 맺을 수 없게 된다. 이론이 실제와 분리되어 따로 존재하게 되는 것이다. 이 글은 이론은 물론 시 창작 초보자들이 작성한 시 창작 과정의 실례를 충실히 기록하였다.

시 창작 학습은 읽기와 감상의 단계에서 한 걸음 더 나아간다. 시 창작은 세계에 대한 창작자의 고백이며 자기 표출이고 세계를 새롭게 해석하는 행위이다. 학습자들은 시 창작 과정을 통해서 자아에 대한 본질적인

---

1 심재휘, 「시교육론」, 『현대문학이론연구』 17집, 현대문학이론학회, 2002, 178쪽.

정의를 새롭게 하고 자신이 추구하는 세계나 이상에 대하여 재정립할 수 있는 기회를 얻을 수 있을 것이며, 내 · 외적 체험의 결과물인 자신의 시에 반영된 세계상을 직시함으로써 세계에 대한 주체적이며 고유한 시각을 확보할 수도 있게 된다. 이러한 시 창작 과정상의 경험들은 기성 시인들의 경험을 추측하게 할 수 있다는 점에서 시 창작 학습자의 현대시에 대한 흥미와 관심도를 증가시키는 결과를 낳을 것이다. 그러므로 시 학습은 읽기와 감상의 단계를 넘어 궁극적으로는 창작 과정까지 확장될 필요가 있다.

이 글은 먼저 시 창작 학습을 위해 실험적으로 구안된 방법적 모형을 제안할 것이다.[2] 시 창작의 무수한 방법들 중 한 가지 경우에 불과할 것이나, 가설로서의 방법적 체계를 설정하는 작업이 선행되지 않는다면 논의의 진척은 기대할 수 없을 것이다. 그 다음 장에서는 제시된 모형이 실제 학습 현장에 적용된 과정과 결과가 기술될 것이다. 이는 제시된 모형의 실천적 유효성에 대한 점검일 뿐만 아니라, 시 창작 학습자들이 체계적인 단계를 거쳐, 체험적으로, 시 창작을 시도해봄으로써 현대시에 대하여 얻게 될 이해와 감상 및 학습자 본인들의 현대시 창작 가능성을 밝혀보는 일이다.

---

2 이 글에서 제안하는 시 창작 방법의 모형은 대학 교양 교육으로서의 시 창작 수업과 일반인들을 대상으로 한(서울역 인근 노숙인들 등) 시 쓰기 학습에 적용되어 상당한 성과를 거두었으며, 여기에서는 대학 수업에서의 실례를 들었다.

2. 시 창작 학습의 방법적 모형 제시

일반적으로 시 창작의 시발점은 창작자의 시적 발상이나 착상이다. 처음에 창작자는 '시적인 것'으로 인식되는 유 · 무형의 대상에 대하여 심적으로 감흥을 받게 된다. 시적 대상은 사람이나 사물을 넘어 어떤 사안일 수 있고 하나의 단어나 문장일 수도 있다. 신비한 체험, 영감일 수도 있다. 창작자는 이 시발점에서 부분적이거나 혹은 전체적인 시상을 궁리하기 위하여 짧든지 길든지 얼마간의 시간을 보내게 되지만, 어느 경우이든 시적 대상이 '언어적으로 표현되면서부터' 시 쓰기가 시작될 수밖에는 없을 것이다.

모든 글쓰기에 해당되겠지만 시 창작 또한 창작자의 체험을 바탕으로 한다. 이 체험을 시적으로 형상화하는 것이 구체적인 시 쓰기 과정이다. 한 편의 시에는 주제, 운율, 이미지 등 내용과 형식적 측면에서 다수의 구성 요소들이 있으며, 이 구성 요소들에 대한 조직의 적절성 여부가 시 창작의 성패 여부를 결정한다고도 볼 수 있을 것이다.

시 창작에 있어서 시적 진술 개진의 선후(先後)를 선제적으로 제시하는 일은 무모한 시도인 것처럼 보인다. 창작자는 시의 제목을 먼저 쓸 수도 있고, 주제가 드러난 서술적 진술로 처음이나 중간 혹은 마지막 시행을 시작할 수도 있음은 물론, 머릿속으로 전체의 시편을 완성시킨 후에 지면에 그대로 옮겨 적는 경우도 있을 수 있으니 이때에는 창작자조차도 시 창작 진행의 선후 관계에 대하여 옳고 그름을 확신할 수 없을 것이기 때문이다.

이러한 다양한 난맥상에도 불구하고 초보의 시 창작 학습자들에게 순차적인 단계별 시 쓰기 과정을 제안하는 것은 '무조건 써보라', 혹은 '시는 써야 시가 된다'라는 무리한 요청들로부터 오는 학습자들의 난감함과 답답함을 어느 정도 해소시켜주는 데 효과가 있을 것으로 판단되기 때문이다. 이 글이 제안하는 시 창작의 각 과정들을 먼저 간략히 설명하면 다음과 같다.

첫째, 초보의 시 창작 학습자에게는 자신의 시적 체험의 계기가 된 시적 대상을 소재나 제재로 선택하여 '묘사–이미지화'하는 과정이 첫 번째 단계로 제시될 필요가 있다. 완성된 시를 목표로 한다는 부담감과 의식적으로 주제를 설정해야 한다는 강박적 사고에서 벗어나 가볍게 시 창작에 접근하도록 하기 위함이다. 이때 학습자에게 시적 소재나 제재가 학습 지도자에 의해 먼저 제시될 필요가 있다. 사실 초보의 시 창작 학습자들에게서 자신의 체험들 중에 어느 것이 '시적'인지에 대한 분별력을 기대하는 것은 무리이기 때문이다. 학습자들은 '주어진 소재나 제재들을 묘사–이미지화해가는 과정' 속에서 시적 체험을 회감하고 그것을 재현하는 경우가 대부분이다.

둘째, 학습자들이 '자신의 체험을 산문으로 구성해보는 과정'을 두 번째 단계로 둘 수 있다. 체험의 산문화 단계를 거치지 않고 곧바로 시적 운율이 구사된 시행 쓰기로의 진행은 학습자들에게는 과중한 부담이 된다. 학습자들은 자신의 체험의 기억을 구체화하며 전체적인 시의 내용을 비로소 확보하게 될 것이다.

셋째, 학습자들이 쓴 '서사적 산문은 마땅히 운문으로' 다시 쓰여야 한다. 산문적 진술이 운문화되지 못한다면 이는 시 창작 학습이라는 학습 목표에서 곧바로 멀어지게 되는 셈이다. 시의 중요한 구성 요소로서 운율이 도외시될 수는 없다.

넷째, 다른 문학 장르에서도 마찬가지겠지만, 시에서 참신한 상상적 이미지가 표출되지 않는다면 '창조적 행위'로서의 시 쓰기의 가치는 평가절하될 수밖에 없다. 창작자의 '연상 작용에 의한 시행 구성'은 간과할 수 없는 네 번째 항목일 것이다.

마지막으로, 한 편의 시가 첫 시행에서부터 쓰이기 시작하여 제일 마지막 행을 끝으로 완성되는 것만은 아니라는 점에 주의할 필요가 있다. 맨 마지막 행이 제일 먼저 시 창작의 시작이 될 수도 있다. 특히 이 글에서와 같은 단계별 시 창작에서는 각 과정에서 작성된 시행들이 '종합적으로 재조직'될 필요가 있다. 이 과정은 제목 붙이기도 포함하게 된다.

아래의 그림은 위에서 제시한 각 과정들을 간략하게 단계화한 도표이다.

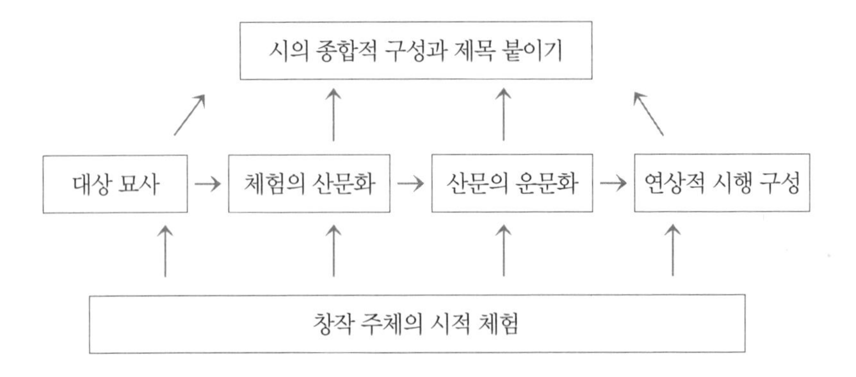

도표는 창작자의 시적 체험이 각 과정에 긴밀히 개입하고 있으되, 대상 묘사를 첫 단계로 하여 연상적 시행 구성에 이르기까지의 순차적인 진행 과정을 보여주고 있다. 그러나 구체적인 시행 구성의 마지막 단계인 연상적 시행 구성이 완료되었다고 하여 한 편의 시가 완성되는 것은 아니다. 도표는 이 모든 단계가 다시 종합적으로 재배치, 재조직의 과정을 거치고 제목이 붙여져야 비로소 완성되는 과정임을 보여준다.

다음 장은 제시된 시 창작 학습의 방법적 모형이 현장의 학습자들에게 단계별로 수행된 실제 시 창작 과정에 기반을 둔 내용이다. 시 창작에 관여하는 요소로는 대상의 형상화, 주제, 운율 등을 전제로 했으며 이 요소들은 대상 묘사, 체험의 산문화, 산문의 운문화, 연상적 시행 구성, 그리고 마지막으로 앞의 네 가지 단계의 종합과 제목 붙이기의 진행 과정 속에서 그 요소들이 자연스럽게 드러나게 될 것이다. 수도권 소재 모 대학의 비문학과 1학년 학생들을 대상으로 1회에 두 시간씩 3주간의 시 창작 수업에서 시도되었던 내용이다.[3]

3. 제시된 모형의 학습 현장 적용

1) 대상에 대한 시적 묘사

문학은 언어예술이다. 시는 언어를 매개로 하는 문학 행위 중에서도 가장 첨예한 언어 형식을 따른다. 일반적으로 시는 시적 대상을 형상화함으로써 완성된다. 서사를 중심으로 하는 시가 있으나 이 또한 적절한 형상화 없이는 시의 본령인 운문이 아니라 산문이 될 가능성이 있으며, 철학적 사상을 시화(詩化)한다 할지라도 시적 형상화 없이는 관념과 이념적 언어들의 혼돈스런 나열에 불과할 위험이 있다. 형상화라는 용어 자체가 어떤 대상을 언어로써 감각적으로 기술한다는 의미를 지니고 있으니 시적 형상화의 전제는 '이미지'가 될 것이다. 이미지화는 물론 묘사에서부터 시작된다.

---

3 전반적인 수업 진행 지도 방침으로는 첫째, 학습자들에 대한 지도자의 지나친 간섭은 배제하며 둘째, 수업 분위기는 옆 자리의 친구들과 서로 의견을 주고받을 수 있도록 자유스럽게 유지하고 셋째, 문학 용어의 개념과 관련하여 이론적 정합성의 가부에 대해서는 가능하다면 엄밀하게 적용하지 않을 것 등이었다.

(1) '수식어(구/절)+피수식어'로 이루어지는 대상 묘사

학습자들에게 무턱대고 시 한 편을 써보라고 요구하기 전에 구체적인 하나의 사물을 묘사해보라고 지도하는 것이 시 창작에 쉽게 접근하게 하는 한 방법이다. 주제적인 접근 방식이나 시의 전체적인 형상을 미리 구성하는 방식도 있을 수 있겠으나 초보의 학습자들에게는 막막한 시도가 될 수 있다.

이 수업에서는 탁자 위의 신발에 대한 묘사를 요구했다. 이때 반드시 학습자들에게 주지시켜야 할 두 가지 사항이 있다. 첫째는, '학습 지도자가 놓은 탁자 위의 신발'을 묘사하는 것이 아니라, '자신들과 체험적으로 관련이 있는 자신들만의 신발'을 묘사하도록 해야 한다는 점이다. 학습자들은 본인들이 과거에 겪었던 체험이나 인상이나 혹은 에피소드를 먼저 기억해내어야 하는 것이다. 둘째는, 그 신발을 묘사하는 동안 신발과 관련된 처음의 기억을 놓치지 말아야 한다는 점이다.

이 두 가지 사항은 초보의 시 창작자에게는 매우 긴요하다. 기성의 시인들에게는 반드시 그런 것이 아니겠지만, 시 쓰기가 창작자의 체험을 바탕으로 한다는 것과 체험의 일관성이 시적 전개에 통일성을 부여해준다는 사실은 학습자들에게는 큰 도움이 된다. 소재와 관련하여 시적 논리와 부합되지 않는 진술과 중구난방의 묘사는 하나의 작품으로 완성될 수 없음에 대한 주의인 것이다. 시 창작에 있어서 이미지 형상화는 주체로서의 시 창작자가 자신이 현재 처해 있는 세계를 이해하는 핵심적인 요소이며, 현재의 세계 인식에 의해 과거의 기억이 재편된다는 사실은 창조적 시 쓰기를 위해서도 중요한 항목이다.

대상 묘사의 방법으로 먼저 수식어(구/절)를 활용하는 방법을 제시한다. 이 묘사 구문은 '~ 신발'의 형태를 취하게 되는데, '~'의 자리에 형용사와 부사 혹은 하나의 수식어뿐만 아니라 이중 삼중의 수식어를 활용할

수 있으며 관형사절이나 부사절, 서술절 및 안긴문장 등으로 된 수식 구문이 올 수 있음을 지도한다.

이 수업에서 학생들이 작성한 이미지 묘사에는 다음과 같은 것들이 있었다.

① 잔주름이 자글자글한 얼굴의 신발
② 머리카락처럼 농구화 끈을 풀어 헤친 농구화
③ 흙탕물에 빠져 온몸이 눈물로 범벅이 된 신발
④ 재미없는 시 창작 수업처럼 밍밍하게 졸고 있는 못생긴 내 신발
⑤ 뒤축은 바닥나고 앞은 움푹움푹 들어간 검은 오래된 구두
⑥ 나를 매일 도둑질해 가는 그 사람의 발을 매일 훔쳐 가는 갈색 랜드로버
⑦ 내가 간다고 말했을 때 나보다 먼저 도망쳐버린 빨간 운동화

위의 구문들 중에는 특히 ④와 ⑥, ⑦번의 경우처럼 '묘사'라고 할 수 없을 만큼 묘사 개념에서 멀어진 경우도 있으나, 이 단계에서는 대상의 '이미지화'가 주된 목적이므로 구성된 시행에 체험적으로 얻은 이미지가 가미되어도 무방할 것이다. 용어에 대한 설명은 객관적 묘사와 주관적 묘사의 차이점을 간략히 설명해주는 정도에서 그치는 것이 창작의 진행에 도움이 된다.

학습자들은 두세 행 정도의 묘사 연습에 대하여는 부담스러워하지 않는다. 이들은 처음에는 주로 하나의 형용사만으로 '신발'을 묘사하나 그 정도에 스스로 불만을 느끼게 되면 지속적으로 수정해가면서 점점 구문을 길게 늘려나간다. 이때 학습자들은 자신들이 작성한 문장들을 서로 바꿔 읽어보며 '어떠어떠한 문장은 와~ 시적인데?'라고 웃으면서 서로 의견을 주고받는 모습을 볼 수 있는데, '시적'인 것이 어떤 것인지 이미

느낌으로 알고 있다는 사실은 매우 흥미로운 일이다. 그들은 직설적인 어법보다는 비유적 표현에서, 모호한 진술보다는 선명한 이미지 구사에서 '시적'임을 감지한다. '시적'이란 것을 학습자들은 이론적인 면에서가 아니라 실제적인 면에서 보다 많이 알고 있는 것이다. 그러나 감미로운 이미지만으로 한 편의 시가 완성되는 것이 아님이 여기서 지적될 필요가 있다. 단순히 기교 자체만으로 이루어진 시는 좋은 시로서 평가받을 수 없기 때문이다. 학습자들은 서로의 견해에 대하여 수긍하거나 혹은 부정하면서 자신들의 구문을 다듬어 나간다.

다음은 종결형 서술어를 활용한 묘사 연습, 완성된 하나의 문장으로서 대상을 형상화하는 작업이다.

(2) '서술 대상+서술어'로 이루어지는 대상 묘사

시적 소재로서의 대상을 주어로 하는, 이 수업에서는 '신발'을 주어로 하는 '문장 구성'으로서의 이미지 형상화 연습을 시도했다. 학습자들은 수식어(구/절)를 통한 묘사보다 주어와 서술어를 활용한 묘사 연습을 보다 어렵게 생각한다. 일반적인 산문이 아니라 자신의 시작품 안에 포함될 문장, 즉 하나의 시행을 작성한다는 사실이 그들에게 부담으로 작용하는 것이다. 서술형 종결어미인 '~(이)다'의 형태는 초보적 시 쓰기 학습자들을 곧잘 비시적(非詩的)인 산문의 설명으로 빠져들게 한다. 그러나 이 과정에서는 학습자들이 작성한 묘사 문장이 산문적인가 아니면 운문적인가에 대하여 논란할 필요가 없다. 시적 리듬감이나 운문에 대한 연습은 추후의 과정에서 시도될 것이다.

대상 묘사를 실시하면서 시의 주제나 작가의 의도를 미리 선정하는 것은 바람직하지 않을 수 있다는 점을 인식시켜야 한다. 아무리 객관적인 묘사라 할지라도 이미 작가의 주관에 의해 시어의 선택과 배제가 따르기 마련이고 이것이 곧 시의 주제의식이 될 수 있다.[4] 시 창작에 있어서의 성급한 주제 선정은 초보의 시 창작자들에게는 자유롭고 흥미로운 시 쓰기의 관점에서 커다란 해악이 될 수 있으며 주제를 먼저 의식하다 보면 시가 작위적으로 창작될 가능성이 높아질 수 있다.

'대상+서술어' 연습 과정에서 학습자들은 시의 주제의식을 드러내는 문장을 선언적으로 노출시키기도 했으며 수식어(구/절)를 활용한 묘사 과정보다도 더 많이 주관과 감정을 드러냈다. 이런 현상은 하나의 문장에는 하나의 완결된 의미가 의지적으로 포함되어야 한다는 무의식적 사고가 빚어낸 결과일 것이다. 역시 이에 대한 학습 지도자의 적절한 지도가 필요하다.

학습자들은 처음에는 단순히 대상+서술어의 형태를 취하다가 점차 문장이 길어져 대등절로 연결된 문장이나 복합적인 문장을 구성해내기도 한다.

① 신발이 자기 몸이 무거워 움직이지 못한다
② 새하얀 운동화 한 짝만 슬프게도 시커멓게 변했다
③ 슬리퍼가 현관문에서 고독하게 울고 있는 것은 나처럼 버림받았기 때문, 나도 눈물이 난다
④ 검은 구두가 코를 오똑하게 세우고 나비 리본을 흔든다
⑤ 낡은 작업화 한 켤레의 눈빛이 아침 햇살처럼 맑고 꼿꼿하다

4 바슐라르는 특별한 물질에 결부되어 있는 창작자의 상상적 이미지 자체가 곧 창작자의 대상에 대한 가치부여라고 설명하고 있으며 이 이미지가 작품의 주제의식이 될 수 있음을 언급한다.(G. Bachelard, 『물과 꿈』, 이가림 역, 문예출판사, 1980, 24쪽 참조)

특히 ③번의 표현에서 신발에 대한 인상이 주관적인 감상으로 치우쳤다. 시적 표현에 있어서 주관적 감정의 표출이 모두 다 부정되어야 할 성질의 것은 아니나, 시에 대한 독자들의 공감은 주관적인 표현보다는 객관적 형상화에서 더 많은 호응도를 기대할 수 있다. '아픔'이나 '슬픔'과 같은 감상적인 단어를 객관적 묘사로 전환해주는 것이 보편적 공감을 얻을 수 있는 방법임이 강조되어야 할 것이다. 이때 개인적 감정을 그대로 드러내는 것이 아니라 사물과 사건을 통해서 객관화하는 창작 기법인 '객관적 상관물'에 대한 개념의 이해와 실제 학습에서의 구체적인 적용이 이 문제를 해결하는 한 가지 방법이 될 수 있다. 이 수업에서 학습자들은 주관적 감정을 객관적 상관물로 전환하는 것에 대하여 많은 어려움을 토로했으나, ⑤번의 경우처럼 몇 번의 수정을 통해서 얻은 고급의 시적 표현이 작성되기도 했다.

2) 체험의 산문화

한 편의 시에는 서사가 있는 경우도 있고 없는 경우도 있다. 시에 나타난 서사성은 오히려 시적인 아름다움을 감소시키기도 한다. 그러나 시를 처음 창작해보는 학습자들에게는 서사성이 없는 시, 즉 직관적 인상이나 영감 혹은 사상과 같은 선험적이고 철학적인 의식을 시적으로 형상화하기란 쉬운 작업이 아니다. 천부적인 시적 감각을 지니고 있지 않다면, 그들에게 그와 같은 현상이나 감성은 형상을 잡을 수 없는 혼돈의 덩어리로만 인식되기 때문이다. 그러므로 사건의 전말이 있는 서사를 구성하여 시화해보는 연습이 시 창작 시도에 좋은 과정이 될 수 있다.

누구나 삶을 살아가면서 개별적인 특정의 체험을 한다. 자신만의 독특한 체험을 서사로 구성해보는 일은 그리 어렵지 않을 것이다. 앞에서의 묘사 연습도 '반드시' 학습자 개개인의 기억을 전제로 한 것이었다. 묘사 연습을 하는 동안 학습자들 각자가 신발과의 관련하에 맺었던 그들만의 체험과 느낌을 유지하도록 요청했다. 앞에서도 언급했거니와 그것은 한 편의 시를 창작함에 있어서 시적 형상화의 일관성과 통일성을 유지하기 위한 것이다.

서사는 처음에 일기를 쓰듯이 자연스럽게 구성될 수 있도록 한다. 시적 리듬감까지 고려한다면 학습자들은 과중한 부담을 갖게 된다. 그러나 산문적 서사의 단계에서 몇몇 학습자들은 이미 불완전하나마 나름대로의 시적 리듬감을 지니고 있었다. 이전 단계인 묘사 연습에서의 시행 쓰기를 통해서 그들에게 무의식적으로 언어적 리듬감이 발생한 것이다. 다음은 학습자들이 작성한 산문적 서사의 몇 가지 사례들이다.

사례 1

현관은 항상 어둡다. 불을 밝힌다지만 켜진 불도 빨리 꺼진다. 낮에도 밤에도 항상 어둡다. 조금의 빛도 허락하지 않는 듯하다. 동짓날 신발을 감추거나 팥을 뿌리지 않으면 신발 귀신이 가져간다는 말이 있다. 세상에 귀신이 어디 있어? 고개를 설레설레 흔들면서도 현관문을 꽝꽝 잠그고 현관문을 향해 빌었던 적이 있었다. 현관문이 수호신이라도 되는 듯. 그런데 다음날 아침에 신발이 싹 다 없어져서 너무 놀랐었는데, 알고 보니 엄마의 장난. 신발들은 고스란히 신발장 안에 있었다.

사례 2

엄마랑 나랑 싸우는 날은 내가 신발을 사온 날. 신발장 속은 내 신발들로 꽉 차서 다른 신발들이 들어설 틈이 없을 정도. 내가 신발을 사올 때마다 난리 치는 엄마. 하지만 어쩌겠어? 신발에 대한 욕심을 떼어놓을 수가 없다. 속으로는 엄마도 내심 좋아하는 것 같다.

엄마와 나의 발은 크기가 같아서 같은 신발을 신을 수 있다. 엄마가 나 몰래 나의 신발을 신고 나간다. 싫어하는 것처럼 행동하고는 나 몰래 나의 신발을 신고 다니는 우리 엄마가 귀엽다.

사례 3

가을 날씨가 유난히 좋았던 한가위. 고향 대신 가족은 아빠의 회사가 있는 대전으로 내려가야 했다. 오른쪽 발이 톱니바퀴에 끼인 사고! 운전하는 대신 아빠는 침대에 누워 계셨다. 오른쪽 발은 내 동생 허리만큼 크게 부어 있었고, 충격적인 사고였고, 처음으로 아빠가 작아 보인 순간! 아빠의 작업용 운동화는 시커멓고 다른 한쪽 신발은 찌그러져 있었다. 새로운 출발을 위해 새로 사드린 운동화는 양쪽 사이즈가 달라야 했다. 시커먼 신발은 가슴을 미어지게 했다. 3년 후, 아빠의 신발은 여전히 같은 사이즈가 아니다. 유난히 큰 오른쪽 신발과 3년 전 아빠의 새하얀 운동화!

학습자들의 산문은 부정적인 내용이 주류를 이루었으나, 살아오면서 겪었던 그들의 체험 속에는 재미있었던 에피소드와 행복했던 기억들도 있었을 것이다. 그런데 왜 하필 그들은 주로 부정적인 내용을 서사화했을까. 그들은 '시'를 슬픔이나 고통, 아쉬움, 안타까움, 혹은 분노나 저항과 같이 어둡고 암울한 세계로 인식하고 있었다. 그들에게 시는 창작자의 현실 세계에 대한 불만의 표출이었던 것이다. 그러나 반드시 모든 한국의 현대시가 부정적인 경향을 보이는 것은 아니다. 이를 적절한 기성의 시를 선택하여 학습자들에게 제시해줄 필요가 있으며, 세계에 대한 인식이 무겁든 가볍든 강렬한 시적 인상이 시로써 완성될 수 있음이 지적되면 좋을 것이다. 이러한 지도는 시적 제재에 대한 선택과 시 창작 시도의 부담을 덜어준다는 측면에서도 효과가 있다.

3) 산문의 운문화

이제 산문적 서사를 운문화한다면[5] 시적 형상화에 한 발 더 다가서게 되는 셈이다. 운문화는 물론 언어에 리듬감을 부여하는 과정이다. 어떤 글이 산문이냐 운문이냐를 판단할 때 언어적 리듬감은 중요한 기준이다. 줄글로 된 산문시가 있는 것이 사실이나 그러한 산문시 또한 리듬감이 전혀 없다면 좋은 시로서 인정받기 어려울 것이다. 시의 리듬은 시를 쓰는 창작자들마다 다르다고 할 수 있고 동일인이 쓴 시라 할지라도 개개 시편마다 다를 수 있다. 저마다의 시에 따라 그에 합당한 리듬이 있는 것이다. 초보적 시 창작 학습자들에게는 복잡한 운율에 대한 상세한 지도보다, 시에서 리듬감이란 호흡의 길이 단위에서 발생한다는 정도에서 지도될 필요가 있다.

처음 시를 창작해보는 학습자들에게서 자기 나름대로의 완전한 시적 리듬을 기대하는 것은 무리이다. 그러므로 앞에서 연습했었던 묘사들 중에서 한 행을 선택해서 그것을 기준이 되는 호흡으로 선정해볼 것을 권유한다. 거기에 이미 무의식적으로 당사자의 시적 리듬감이 깃들어 있기 때문이다. 의식적인 시의 리듬감을 위하여서는 반복이나 병렬, 나열의 기법 등을 활용하는 과정과 음절 수를 조절하는 방법 등에 대하여 기성의 시에서 몇 가지 실례를 들어 설명하는 정도에서 그친다. 다음의 사례에서 보는 바와 같이 복잡한 이론적 설명 없이 그 정도로의 지도만으로

---

5 물론 이때 체험적 산문을 운문화하기만 하면 한 편의 시가 완성된다거나, 혹은 모든 시가 산문을 운문화한 것이라는 오해가 없도록 학습자들을 지도할 필요가 있다. 앞에서 언급했듯이 이 과정 또한 시 창작의 무수한 과정들 중의 하나이며, 시인들의 경우에 있어서는 '없는' 과정이 대부분일 것이다. 이 글에서 체험의 산문화와 그것의 운문화 과정을 제시한 것은 초보의 학습자들로 하여금 시 창작에 대한 접근을 쉽게 하기 위한 것이다.

도 학습자들은 반복과 열거 등을 활용하여 나름대로의 시적 리듬을 산출해내기도 한다. 다음은 체험의 산문화 과정에서 작성되었던 사례 1과 사례 3의 경우를 해당 학습자들이 운문화한 시행들이다.

사례 1의 전환

동짓날인데 현관의 신발들은
모두 검은빛으로 질리고 있다
옆으로 눕거나 새우잠을 청해보지만
어둠의 소리가 들린다
뿌려진 팥 사이사이를 뚫고
들려오는 저 무서운 어둠의 소리머리가 움직여지지 않고 온몸이 딱딱하게 굳는다
현관문의 커다란 통유리를 뚫고
들려오는 저 귀신의 소리
오, 현관문이시여! 오, 현관문이시여!

사례 3의 전환

단순하고 무식하게 돌아가는 톱니바퀴처럼 지내온 날들
그 속에 화려한 휴가, 풍성한 한가위라는데,
멋진 옷에 멋진 신발을 입고 다닌다는데
톱니바퀴에 끼어있는 아빠의 발과
검은 운동화와 나의 눈에서 흐르는 눈물
톱니바퀴처럼 멈추어버린 화려한 휴가

산문적 서사의 운문화 단계에서는 되도록이면 한 행에 하나의 이미지나 하나의 내용이 표출되도록 지도한다. 두 행 혹은 세 행에 걸쳐서 나타나는 이미지의 전개는 보다 많은 훈련이 필요할뿐더러 자칫 시의 리듬감을 해칠 위험이 있다. 하나의 시행으로 처리되지 않는 이미지나 내용이

라 할지라도 시행을 구분할 것을 요구하는 것이 좋다.

사례 1은 처음에 '옆으로 눕거나 새우잠을 청해보지만 뿌려진 팔 사이사이를 뚫고/들려오는 어둠의 소리가 무섭다'라고 되어 있었다. 그러나 시행을 구분할 것을 요구받은 학습자는 시행을 분리해보았고, 그것이 오히려 만족스럽지 않다고 하여, 다시 시행을 연결시키는 연습을 거듭하다가, 결국 위와 같은 결과를 낳았다. 시행은 간결하게 다듬어졌으며 보다 명확한 이미지와 리듬감을 얻을 수 있었다. 그러나 이 학습자는 최종적인 시 완성의 단계에서 다시 시행들을 붙여서 표현했다. 전체적인 시행들과 호흡이 잘 맞지 않는다는 생각에서 비롯된 결과였을 것이다. 몇 차례의 다양한 연습으로 이 학습자는 나름대로의 시적 리듬감을 깨닫게 된 것으로 보인다.

4) 연상적 시행 구성

묘사와 산문의 운문화가 이루어지자 학습자들은 특별한 지도 없이도 이 둘을 결합시키려는 성급한 반응을 보였다. 그러나 묘사와 서사의 운문화만으로는 시 창작의 창조적 의미라는 관점에서 보면 미흡한 점이 있다. 연상에 의한 상상력 발휘가 요청될 필요가 있는 것이다. 창작자의 시에 대한 관점에 따라 그 중요도가 달리 정해지는 것이겠지만, 혹은 비현실적이라 하여 적극적인 활용에 배타적일 수도 있겠지만, 그럼에도 불구하고 초보의 시 창작 학습자들에게는 연상을 통한 상상적 표현의 중요성과 즐거움이 강조될 필요가 있다. 연상이란 어떤 사물을 보거나 듣거나 생각하거나 할 때, 그와 관련 있는 다른 사물이 떠오르는 일이다. 상상력은 연상을 바탕으로 제고될 수 있으며, 초보의 학습자들은 연상에 의거한 상상적 시행 써보기를 통해 또 다른 창작의 즐거움을 느낄 수도 있을 것이다.

학습자들에게 연상 기법과 상상의 의미나 종류나 시적 기능 등에 대한 이론적 강의는 시 창작에 큰 도움이 되지 못한다. '연상은 시적 소재나 대상에 밀착하여 창작자의 체험을 조금 변형시키거나 그 소재와 관련하여 떠오르는 다른 대상에 대한 사고이며, 이러한 연상과정은 소재와 다소 관련이 없어 보이는 대상으로까지 확장되기도 하고, 아직 현실화되지 않은 미래의 어떤 사건이나 상황을 가상적으로 생각해보는 것'이라고 단순하게 설명되는 것이 좋다. 그러나 상상적 사고를 넘어 허황된 공상이나 엽기적 환상까지 진행된다면 적절히 자제하도록 요청될 필요가 있다. 초보의 학습자들에게 과도한 가상은 시상을 흐트러지게 하거나 자신의 체험과는 무관한 공허함으로 빠져들게 할 가능성이 있다.

이 수업에서 대부분의 학습자들은 '연상하기'에 대하여 난색을 표명하였으나 몇몇 학습자들은 참신한 시행 구성을 보여주기도 하였다. 기성의 시인이 쓴 연상의 예를 듣고 즉석에서 자신만의 상상력을 발휘한 학습자들도 있었다. 연상을 통한 상상력 제고는 지속적인 학습에 의해서도 계발되거나 발전될 수 있는 것임을 보여준 결과였다.

이 수업에서 학습자들이 작성한 연상적 시행들에서는 다소 희망적인 내용들이 많았으며, 시적 화자가 대상과 대화를 나누는 상상이 표출되기도 하였다.

사례 1
장갑을 끼고 발바닥이 아닌 손바닥으로 걸어본다
내 마음처럼 세상이 뒤집힌다 내 여친도 뒤집혀라

사례 2
날개가 있으니 너는 신발이 아니라 새다

구름을 날고 있으니 너는 신발이 아니라 새다
너를 신은 나도 새가 된다

사례 3
무서워 죽겠어. 너도 무서워? 웅크리고 있을래. 나도 웅크리고 있어.
숨소리, 아 무서운 어둠의 숨소리. 어디서 들려오는 거니? 무서워 죽겠어.

사례에서 보는 바와 같이 산문적 서사를 운문화한 학습자들은 연상을 통한 시행 구문을 작성해보는 과정에서는 이미 산문적 경향을 거치지 않고 곧바로, 불완전하나마, 운문의 리듬감을 보여주었다. 그러나 제일 앞에서 시도했던 '수식어(구 · 절)+대상' 묘사의 연습에서 ①번의 "잔주름이 자글자글한 얼굴의 신발"과, '대상+서술어' 구문의 연습에서 ④번의 "검은 구두가 코를 오똑 세우고 나비 리본을 흔든다"라고 표현했던 학습자는 좋은 연상 과정을 거치지 못해 다음과 같이 단순한 시를 창작하는 데 그치고 말았다. 경쾌하고 재미있는 시가 될 가능성이 충분했으나 창작자의 상상력이 '상상'이라는 단어만으로 단순 대체된 결과였다.

나만의 꽃

김○○

잔주름이 자글자글한 얼굴의 신발을 버리고
꽃 같은 신발을 사러 간다
신발장을 여는 순간 난 천국에 와 있는 여신처럼 즐겁다
검은 구두가 코를 오똑 세우고 나비 리본을 흔든다
모든 걸 다 가진 것처럼 날 상상 속에 빠뜨리는 신발들

나의 꽃들을 하나 둘 내다버리는 우리 엄마
도둑고양이 우리 엄마

「나만의 꽃」은 이제 막 대학에 입학한 청순 발랄한 청년기의 창작자가 자신의 '신발'들과 관련하여 엄마와 겪은 신나고 즐거운 에피소드가 재기롭게 완성될 가능성이 있었다. 그러나 "모든 걸 다 가진 것처럼 날 상상 속에 빠뜨리는 신발들"이라는 시행에서 적극적인 연상력을 발휘하지 못해 아쉬운 시가 되고 말았다. "모든 걸 다 가진 것"이 창작자 나름대로 어떤 상태에 이른 것인지, 그렇게 되면 어떤 상황이 전개될 것인지, 그 전개는 "신발"과 "꽃"과 "도둑고양이" 등과 관련한 연상 속에서 구체적으로 어떤 이미지들로 개진될 것인지 등이 표출되었더라면 좋은 시가 될 여지는 충분했을 것이다.

5) 시의 종합적 구성과 제목 붙이기

남은 문제는 앞에서 연습했던 과정들을 종합하고 배열함은 물론 제목까지 붙여 시다운 시로 완성시키는 일이다. 학습자들은 앞에서 연습한 시행들의 배열에 많은 흥미를 보였다. 그들은 시의 창작 과정이 무조건 첫 행부터 차례대로 시작하여 맨 마지막 행을 끝으로 순차적으로 완성되는 것으로 알고 있었으나 이 수업을 통해서 꼭 그런 것만은 아니라는 사실에 놀라워했다. 학습자들은 시적 리듬감을 살리고 시의 주제의식을 적절히 드러내도록 하는 것을 감안하여 시행을 정리해나갔다. 서사적 시행을 먼저 넣을 것이냐, 혹은 묘사나 연상적 시행을 시의 첫 행으로 배치할 것이냐에 대하여 진지했다. 이 과정은 학습자들의 자의에 맡겨두는 것이 바람직할 것이다. 시 창작을 위한 지도가 시행의 배열에까지 이루어진다면 창작자들의 의도를 학습 지도자의 의도로 바꿀 가능성이 있으며 이는 학습자들의 시가 아니라 학습 지도자의 시가 되겠기 때문이다.

이 수업에서는 제목 붙이기에 대하여 시 내부의 단어나 문구도 좋으나 되도록이면 시의 밖에서 구할 것을 요구했다. 이는 단순히 시의 의미를 확장시켜보자는 의도도 있는 것이나 학습자들에게 자신들이 쓴 시에 대하여 스스로 확연하게 파악하고 있는지의 여부를 자문하게 하기 위함이다. 이 과정을 통해서, 작품에 개입된 지나친 언어적 상상력, 창작자의 체험에서 멀어져서 자신의 의도와는 전혀 관련 없이 '만들어진' 공허한 내용은 적절히 수정될 수 있을 것이다. 학습자들에게 정체성 확립의 계기를 제공한다는 시 창작 학습 목표들 중의 하나가, 즉 학습자들에게 그들 본래의 시각으로 바라본 세계상을 구성하게 하고, 다시 그 세계상을 직시하게 하여, 그들의 정체성과 바람직한 세계관 설정에 기여하도록 한다는 목표가 이 수업 단계에서 효과적으로 수행될 것이다. 그런 점에서 과잉의 환상이나 공상은 초보적 학습자들에게는 시상(詩想)의 혼란을 초래할 가능성이 있다. 다음은 제목까지 붙여서, 위에서 언급했었던 사례들을 중심으로 완성된 시들 중 두 편이다.

주름

오○○

동짓날이다 현관의 신발들은 모두 검은빛으로 질린다
옆으로 눕거나 새우잠을 청해보지만
어둠의 숨소리
뿌려진 팥 사이사이를 뚫고 들려오는 저 어둠의 숨소리

낮과 밤의 손길이 닿지 않는 칠흑빛 어둠

넌 저기에 난 여기에 난 여기에 넌 어디에

머리가 움직여지지 않는다 온몸이 굳는다
현관문의 커다란 통유리를 뚫고 들려오는 저 귀신의 소리
오, 현관문이시여! 오, 현관문이시여! 나의 수호신이시여!

무서워 죽겠어. 너도 무서워?
웅크리고 있을래. 나도 웅크리고 있어
숨소리, 어둠의 숨소리. 어디서 들려오는 거니? 무서워.

수호신의 경호 속에 짐짓 의기양양한 실루엣
팥을 뿌린 어둠 속에 괴기한 빛이 드리운다

톱니바퀴

변○○

아, 무섭다 톱니바퀴

단순하고 무식하게 돌아가는 톱니바퀴처럼 지내온 날들
그 속에 화려한 휴가
풍성한 한가위라는데, 멋진 옷에 멋진 신발을 입고 신는다는데
톱니바퀴에 끼어있는
아빠의 발과
검은 운동화와
나의 눈물

톱니바퀴처럼 멈추어버린 화려한 휴가
새하얀 운동화 한 짝만 슬프게도 시커멓게 변했다

또다시 돌아가는 톱니바퀴, 지루한 일상
다시 돌아갈 수 없는 것에 대한 무서움
아, 무섭다

톱니바퀴를 해머로 부셔야겠다
이 무서움 이 두려움을 부셔야겠다
낡은 작업화 한 켤레의 눈빛이 아침 햇살처럼 맑고 꼿꼿해지게

「주름」은 동짓날에 팥을 뿌리지 않으면 집안에 귀신이 들어온다는 설화적 이야기를 바탕으로 한다. 이 시의 창작자는 어린 시절에 이 이야기를 듣고 자신이 겪었던 과거의 기억들을 감각적 이미지로 재생하는 데 성공한 듯하다. 무형의 어둠이나 비현실적 존재인 귀신은 '소리'를 낼 수 없다. 창작자는 이 '없는 소리'가 "뿌려진 팥 사이사이를 뚫"거나 "통유리를 뚫고" 자신에게 다가온다고 형상화하고 있다. "소리"를 막아달라고 "현관문"에게 간청하는 시적 화자의 두려워하는 목소리가 생생하다. 4연에서 이루어진 신발과 화자와의 상상적 대화 장면 역시 시적 전개에 있어서 초보적 수준을 뛰어넘는 참신성을 보여주고 있다. 다만 '주름'이라는 제목이 시의 내용과 동떨어진 듯하다. 창작자는 어릴 때 들었던 귀신 이야기가 줄곧 주름치마 속에 숨어 있는 것처럼 느껴졌기 때문에 그렇게 제목을 붙였다고는 하나 재고의 여지가 있다.

「톱니바퀴」는 창작자의 충격적이면서도 고통스러운 체험이 고스란히 반영된 작품이다. 이 작품을 보면 창작자의 체험이 시 창작에서 차지하는 진정성의 무게를 짐작할 수 있다. 사실 시 창작 학습을 통해 쓰이는 시 작품의 완성도는 앞에서 시도했던 '체험의 산문화' 과정에서 미리 예견될 수 있다. 이 시의 창작자는 수업 중에 당시의 상황을 떠올리는 일을 두려워하면서도 감상에 빠져들지 않으려고 노력했다. 그 감정은 1연의

후반부에서 명사형의 시어들을 거의 한 행으로만 처리하는 완만한 호흡을 통해서 시 작품에 적절히 드러내는 효과를 낳았다. "톱니바퀴"와 "아빠의 발"과 "검은 운동화"를 거치고 난 후에야 "눈물"을 보여주는 인내가 드러나는 것이다.

이 시의 마지막 시행은 시란 것을 처음 써보았다는 창작자의 말을 의심할 정도로 수준 높은 이미지화에 성공했음은 물론, 시의 암울한 내용과는 달리 시적 화자의 미래에 대한 세계상이 밝고 환해서 시를 읽는 이들의 마음을 가볍게 해준다는 점에서도 인정을 받아야 할 것이다. 다만 창작자가 과거 기억의 재생을 고통스러워한 탓인지 사실 관계를 뛰어넘는 연상에 의한 상상적 시행이 보이지 않는 것은, 시 창작의 단계별 수업과정으로만 생각해볼 때, 작은 아쉬움으로 남을 수 있겠다. 그러나 두 작품 모두 전반적으로 시 창작 수업의 진행 단계를 충실히 따른 만족할 만한 작품으로 평가될 수 있을 것이다.

4. 결론

시 학습에 관련한 연구들은 읽기와 감상, 창작 등의 분야로 나뉘어 진행되었으나 몇몇 연구들은 이론에 지나치게 치우친 경향이 있었다. 이 글은 이론과 원론에 병행하여 현장에서 실제적으로 적용될 수 있는 시 창작 학습 모형의 필요성에 대한 인식에 토대를 두었다. 이 글은 시 창작 연습을 위한 방법적 모형을 제시해 보였으며, 그 모형을 일반 대학생을 대상으로 하는 교양 교육으로서의 시 창작 학습에 실제로 적용해보고, 수업 진행 과정상 겪었던 과오와 성과를 종합하여 정리하였다.

2절에서 제시한 모형에 따라 시 창작은 다섯 부분으로 구분되어 진행되었다. 대상에 대한 시적 묘사, 체험의 산문화, 산문의 운문화, 연상적 시행 구성, 시의 종합적 구성과 제목 붙이기가 그것이다. 학습자들은 처음에 시 창작을 시행한다는 학습 내용을 제시받았을 때 부정적 반응을 보였으나 시 창작의 세부적인 단계를 이행하면서 예상과 달리 상당한 흥미를 보였다. 학습자들은 첫 번째와 네 번째 단계에서 특히 어려움을 토로하였으나 몇 가지 실례에 따른 연습 후에는 각자의 개성을 살린 시행들을 구성해내었다. 그들은 작품의 좋고 나쁨을 떠나 자신들의 힘으로 쓴 자신의 시 한 편에 대하여 매우 만족스러워했다.

학습자들은 직접 시를 창작해보았고 그것의 어려움과 고충을 체험했으므로 기성 시인들의 시에 대한 감상에서도 이전과는 다른 관심을 보일 것이다. 시인들의 시를 읽으면서 자신들이 시 창작 학습 과정에서 어려워했던 대상 묘사의 측면에 관심을 가질 것이며, 자신의 체험과 기성의 시에 구현된 시적 체험을 비교도 해볼 것이다. 시행의 배치와 제목의 호(好), 불호(不好)에 대한 의견도 개진해볼 것이다. 또한 그들은 시 창작의 즐거움을 분명히 깨달았을 것으로 판단된다. 기회가 된다면 그들도 전문적인 시 쓰기에 도전해볼 것이다.

참고문헌

1. 기초자료

강인한, 『신들의 놀이터』, 책만드는집, 2015.
고형진 편, 『정본 백석 시집』, 문학동네, 2011.
금은돌, 「a가 사과를 던지면」, 『시인광장』, 2018. 6.
김명은, 『사이프러스의 긴 팔』, 천년의시작, 2014.
———, 「터널」, 『시와표현』, 2017, 11월.
김명철, 『짧게, 카운터펀치』, 창비, 2010.
———, 『바람의 기원』, 실천문학, 2015.
———, 「끈 2」, 『시에』, 2019, 봄.
김백겸, 『거울아, 거울아』, 천년의시작, 2017.
———, 「스타벅스 로고logo」, 『시인수첩』, 2017. 가을.
김상미, 『우린 아무 관계도 아니에요』, 문학동네, 2017.
김석환, 「갈대의 유업」, 『문학청춘』, 2017. 여름.
김선향, 『여자의 정면』, 실천문학, 2016.
김수영, 『김수영 전집 1시』, 민음사, 2003.
김유선, 『은유의 물』, 시와시학, 2012.
———, 「우리의 안녕」, 『시인광장』, 2018. 4.
김재용 편, 『백석전집』(증보판), 실천문학사, 2005.
김정수, 『하늘로 가는 혀』, 천년의시작, 2014.

김춘수, 『김춘수 시론전집 Ⅰ』, 현대문학, 2004.
———, 『김춘수 시론전집 Ⅱ』, 현대문학, 2004.
김희숙, 『곡물의 지도』, 시와표현, 2017.
남궁선, 『당신의 정거장은 내가 손을 흔드는 세계』, 천년의시작, 2013.
맹문재, 『책이 무거운 이유』, 창비, 2005.
박복영, 『눈물의 멀미』, 문학의전당, 2013.
박수빈, 「도마뱀」, 『시인광장』, 2017, 4월.
박찬세, 『눈만 봐도 다 알아』, 창비교육, 2018.
박현수, 『겨울 강가에서 예언서를 태우다』, 울력, 2015.
박형권, 「나무 아래 잠들다」, 『시인광장』, 2019. 7.
박형준, 「달나라의 돌」, 『모:든시』, 2019. 봄.
반연희, 「달의 뒷면」, 『시인광장』, 2019. 5.
방민호, 『숨은 벽』, 서정시학, 2018.
백인덕, 「낮술, 푸에르토리코에서 쓰는 비가(悲歌)」, 『시인광장』, 2018. 2.
서정주, 『미당 시전집 1』, 민음사, 1994.
송과니, 「찔레꽃과 나와 새」『시인광장』, 2017. 7.
신철규, 『지구만큼 슬펐다고 한다』, 문학동네, 2017.
———, 『미당 자서전 1』, 민음사, 1994.
안차애, 「난생卵生의 계보학」, 『시와경계』, 2017. 여름.
오민석, 「쌍계사 벚꽃길의 연어떼」, 『현대시』, 2018. 5~6.
이덕규, 『놈이었습니다』, 문학동네, 2015.
이령, 「낙타가시나무풀」, 『시산맥』, 2017. 가을.
이문재, 『지금 여기가 맨 앞』, 문학동네, 2014.
이영광, 『끝없는 사람』, 문학과지성사, 2018.
이영춘, 「쇼펜하우어의 입을 빌리다」, 『시인광장』, 2019. 5.
이현승, 『생활이라는 생각』 창비, 2015.
인은주, 『미안한 연애』, 고요아침, 2018.
장석원, 『리듬』, 파란, 2016.
전비담, 「언제 어디면 어때」, 『시인광장』, 2019. 4.
정　선, 『안부를 묻는 밤이 있었다』, 문학수첩, 2019.

정숙자, 『액체계단 살아남은 니체들』, 파란, 2017.
———, 「죽은 생선의 눈」, 『시인광장』, 2018. 11.
정진규, 『무작정』, 시로여는세상, 2014.
정한아, 「먼지(ft. 병조림인간)」, 『시와사람』, 2018. 겨울.
정한용, 『거짓말의 탄생』, 문학동네, 2015.
정우신, 『비금속 소년』, 파란, 2018.
조정권, 『떠도는 몸들』, 창비, 2005.
조혜영, 『봄에 덧나다』, 푸른사상사, 2012.
차주일, 「제자리」, 『POSITION』, 2017. 봄.
최동호, 『얼음 얼굴』, 서정시학, 2011.
———, 『한용운 시전집』, 서정시학, 2009.
홍일표, 「달의 풍속」, 『문학선』, 2017. 겨울.
휘 민, 『온전히 나일 수도 당신일 수도』, 문학수첩, 2018.

2. 단행본

강재철, 『기러기아범의 두루마기』, 단국대출판부, 2004.
고 은, 『이중섭 평전』, 향연, 2004.
고형진, 『백석시 바로 읽기』, 현대문학, 2006.
곽효환, 『한국근대시의 북방의식』, 서정시학, 2008.
김광언, 「샘」, 『한국민족문화대백과사전』, 한국정신문화연구원, 1991.
김대행, 『문학교육 틀짜기』, 역락, 2000.
김두한, 『김춘수의 시세계』, 문창사, 1992.
김성리, 『김춘수 시를 읽는 방법』, 산지니, 2012.
김승종 · 이동재 · 이희중, 『문학감상과 글쓰기』, 역락, 2004.
김열규, 「물」, 『한국문화상징사전』, 한국문화상징사전편찬위원회, 동아출판사, 1992.
———, 『한국의 신화』, 일조각, 1976.
———, 「신화적 재생 상징, 그 형상과 원리」, 『문학과 비평』, 1989. 3.

김영진, 『이중섭을 훔치다』, 미다스북스, 2011.
―――, 『백석평전』, 미다스북스, 2011.
김우창, 「미당 선생의 시」(해설), 서정주, 『떠돌이의 시』, 민음사, 1976.
김윤식, 「현대시와 불교」, 김달진 문학제 세미나, 2007.
―――, 「서정주의 『질마재 神話』 攷－거울화의 두 양상」, 『현대문학』, 1976. 3.
김은전 외, 『현대시 교육의 쟁점과 전망』, 월인, 2001.
김인환, 『상상력과 원근법』, 문학과지성사, 1993.
―――, 『문학교육론』, 한국학술정보, 2006.
김재홍, 『한용운 문학연구』, 일지사, 1982.
김점용, 『미당 서정주의 시적 환상과 미의식』, 국학자료원, 2003.
김정우, 『시 해석 교육론』, 태학사, 2006.
김종인, 『날카로운 첫 키스의 추억』, 나남, 2005.
김주연, 「신비주의 속의 여인들… 詩? 시－서정주의 후기시 세계」, 『작가세계』, 1994. 여름.
김중신, 『문학교육의 이해』, 태학사, 1997.
김지선, 『김춘수』, 글누림출판사, 2010.
김창렬, 『국어수업 연구』, 일지사, 1981.
김창원, 『시교육과 텍스트 해석』, 서울대학교 출판부, 1995.
노 철, 『시교육 방법과 실제』, 보고사, 2002.
박민영, 『현대시의 상상력과 동일성』, 태학사, 2003.
박주택, 『낙원회복의 꿈과 민족정서의 복원』, 시와시학사, 1999.
송 욱, 『님의 침묵 전편해설』, 과학사, 1974.
송희복, 『영상시대의 글쓰기와 문학교육』, 월인, 2005.
엄광용, 『이중섭, 고독한 예술혼』, 도서출판 산하, 2006.
오광수, 『이중섭』, 시공사, 2000.
오세영, 『한국현대시인연구』, 도서출판 월인, 2003.
유영희, 『이미지 형상화를 통한 시창작 교육 연구』, 역락, 2003.
유종호, 『다시 읽는 한국 시인』, 문학동네, 2002.
―――, 「소리지향과 산문지향」, 김우창 외, 『미당 연구』, 민음사, 1994.
유종호, ·최동호 편저, 『시를 어떻게 만날 것인가』, 도서출판 작가, 2005.

육근웅, 『서정주 시 연구』, 국학자료원, 1997.
윤여탁, 『시교육론 · Ⅱ』, 서울대학교 출판부, 1998.
윤재웅, 『미당 서정주』, 태학사, 1998.
이경희, 「서정주의 시 '알묏집 개피떡'에 나타난 신비체험과 공간」, 『문학 상상력과 공간』, 도서출판 창, 1992.
이기문 · 임홍빈 감수, 『우리말돋음사전』, 동아출판사, 1995.
이남호, 『교과서에 실린 문학작품을 어떻게 가르칠 것인가』, 현대문학, 2001.
이숭원, 『백석시의 심층적 탐구』, 태학사, 2006.
———, 『백석을 만나다』, 태학사, 2008.
———, 『서정시의 힘과 아름다움』, 새미, 1997.
이인범 편, 『신사실파』, 유영국미술문화재단, 2008.
이중섭, 『이중섭 1916-1956 편지와 그림들』, 박재삼 역, 다빈치, 2000.
전인권, 『아름다운 사람 이중섭』, 문학과지성사, 2003.
정재찬, 『문학교육의 사회학을 위하여』, 역락, 2003.
정형근, 「기억의 시화와 그 변용과정」, 김학동 외, 『서정주 연구』, 새문사, 2005.
최동호, 『사랑과 혁명의 아우라』, 건국대학교 출판부, 2001.
———, 『현대시 창작법』, 집문당, 1997.
최동호 외, 『백석 시 읽기의 즐거움』, 서정시학, 2006.
최라영, 『김춘수 무의미시 연구』, 새미, 2004.
최석태, 『이중섭 평전』, 돌베개, 2002,
최윤정, 「'바람'의 모티프와 비극적 세계인식」, 김학동 외, 『서정주 연구』, 새문사, 2005.
최정례, 『백석 시어의 힘』, 서정시학, 2008.
홍신선, 『한국시와 불교적 상상력』, 역락, 2004.
황종연, 「신들린 시, 떠도는 삶」, 『작가세계』, 1994, 봄호.
———, 『인터넷시대의 시 창작론』, 고려대학교출판부, 2002.

Bachelard, G., 『촛불의 미학』, 이가림 역, 문예출판사, 1975.
———, 『물과 꿈』, 이가림 역, 문예출판사, 1980.
———, 『공간의 시학』, 곽광수 역, 민음사, 1990.

Barthes, R., 『이미지와 글쓰기』, 김인식 편역, 세계사, 1993.
————, 『텍스트의 즐거움』, 김희영 역, 동문선, 1997.
Bakhtin, M., 『도스토예프스키의 시학』, 김근식 역, 정음사, 1988.
Benjamin, W., 『발터 벤야민의 문예이론』, 반성완 역, 민음사, 1979.
————, 『작가란 무엇인가』, 박인기 편역, 지식산업사, 1997.[원제 *The Author as Producer*]
Benveniste, E., 『일반언어학의 제문제 I』, 황경자 역, 민음사, 1992.[원제 *Probèlmes de linguistique générale*, I]
Claude Aziza · Claude Olivieri, 『문학의 상징주제 사전』, 장영수 역, 청하, 1989.[원제 *Dictionaire des symboles et des thémes littéraires*]
Collingwood, R. G., 『상상과 표현』, 김혜련 역, 고려원, 1996.[원제 *The Principles*]
Debray, R., 『이미지의 삶과 죽음』, 정진국 역, 시각과언어, 1994.[원제 *Vie et mort de l'image*]
Deleuze, G., 『베르그송주의』, 김재인 역, 문학과지성사, 1996.[원제 *Le Bergsonisme*]
————, 『주름, 라이프니츠와 바로크』, 이찬웅 역, 문학과지성사, 2004.
Durand, G., 『상징적 상상력』, 진형준 역, 문학과지성사, 1983.[원제 *L'imagination symbolique*]
————, 『상상력의 과학과 철학』, 진형준 역, 살림, 1997.[원제 *L'imaginaire*]
Eco, U., 『글쓰기의 유혹』, 조형준 역, 새물결, 1994.[원제 *Sugli Speccbi e altri saggi: il segno, la rappresentazione, i'illusione, l'immagine*]
Eliade. M, 「제4장, 달과 달의 神秘學」, 『宗敎形態論』, 이은봉 역, 서울: 형성출판사, 1982.
Flusser, V., 『디지털시대의 글쓰기-글쓰기에 미래는 있는가』, 윤종석 역, 문예출판사, 1998.[원제 *Die Scbrift: Hat Scbreiben Zukunft?*]
Freud, S., 『정신분석 강의-하』, 임홍빈 · 홍혜경 역, 열린책들, 1997.
Gribble, J., 『文學敎育論』, 나병철 역, 문예출판사, 1987.
Kristeva, J., 『시적 언어의 혁명』, 김인환 역, 동문선, 2000.
Lotman, J., 『시 텍스트의 구조 분석: 시의 구조』, 유재천 역, 가나, 1987.
————, 『예술텍스트의 구조』, 유재천 역, 고려원, 1991.
Maffesoli, M., 『현대를 생각한다-이미지와 스타일의 시대』, 박재환 · 이상훈 역, 문

예출판사, 1997.[원제 *La Contemplation du Monde*]
Ted Hughes, 『현대시 창작법』, 최동호 편저, 집문당, 1997.[원제 *Poetry in the Making*]
Tzvetan Todorov, 『구조시학』, 곽광수 역, 문학과지성사, 1997.
柄谷行人, 『일본 근대문학의 기원』, 박유하 역, 민음사, 1997.

3. 논문

고형진, 「서정주의 『질마재 神話』의 '이야기 시'적 특성 연구」, 『예술논문집』 제34호, 1995.
구미래, 「우물의 상징적 의미와 사회적 기능」, 『비교민속학』 제23집, 비교민속학회, 2002.
권혁웅, 「한국 현대시의 운율 연구」, 『어문논집』 제57호, 민족어문학회, 2008.
김남조, 「중고교생의 시의 지도를 위한 소고」, 『국어교육』 2, 국어교육연구회, 1960.
김명철, 「김춘수 후기시 연구」, 고려대학교 석사논문, 2006.
———, 「시창작 교육에서의 이미지화 기법 활용 방안 연구」, 고려대학교 박사논문, 2010.
———, 「백석 시와 이중섭 그림에 나타난 대이상향의 세계」, 『비평문학』 43호, 한국비평문학회, 2012, 03.
김유중, 「김춘수의 실존과 양심」, 『한국시학연구』 제30호, 한국시학회, 2011, 04.
나은미, 「대학에서의 글쓰기 교육 현황 분석」, 『우리어문연구』 32집, 우리어문학회, 2008.
박동철, 「청운마을 혼례문화의 지속과 변화에 관한 연구」, 안동대학교 석사논문, 2006.
박미령, 「未堂의 생명의식과 풍류」, 『비평문학』 제15호, 한국비평문학회, 2001.
심재휘, 「시교육론」, 『현대문학이론연구』 17집, 현대문학이론학회, 2002.
유지현, 『서정주 시의 공간 상상력 연구』, 고려대학교 박사논문, 1997.
이경수, 「시 감상 교육의 현황과 방법론 모색」, 『국제비교한국학』 제13권 제2호, 국제비교한국학회, 2005.
이계윤, 「서정주의 『질마재 神話』 연구」, 고려대학교 석사논문, 2002.

이상혁, 「대학 글쓰기에서 학습자 수준을 고려한 교육과정에 대하여」, 『우리어문연구』 33집, 우리어문학회, 2009.
이현승, 「백석 시 연구」, 고려대학교 석사논문, 2002.
장석원, 「김수영 시의 수사적 특성 연구」, 고려대학교 박사논문, 2004.
전병준, 「김춘수 시에서 적극적 수동성의 윤리」, 『한국시학연구』 제27호, 한국시학회. 2010, 4.

찾아보기

인명 및 용어

ㄷ

ㄹ

ㅁ

ㅂ

ㅅ

ㅇ

ㅈ

ㅊ

ㅋ

작품 및 도서

ㄷ

ㄹ

ㅁ

ㅂ

ㅅ

ㅎ